晚熟的人

莫言

著

人民文学出版社
PEOPLE'S LITERATURE PUBLISHING HOUSE

目录

Contents

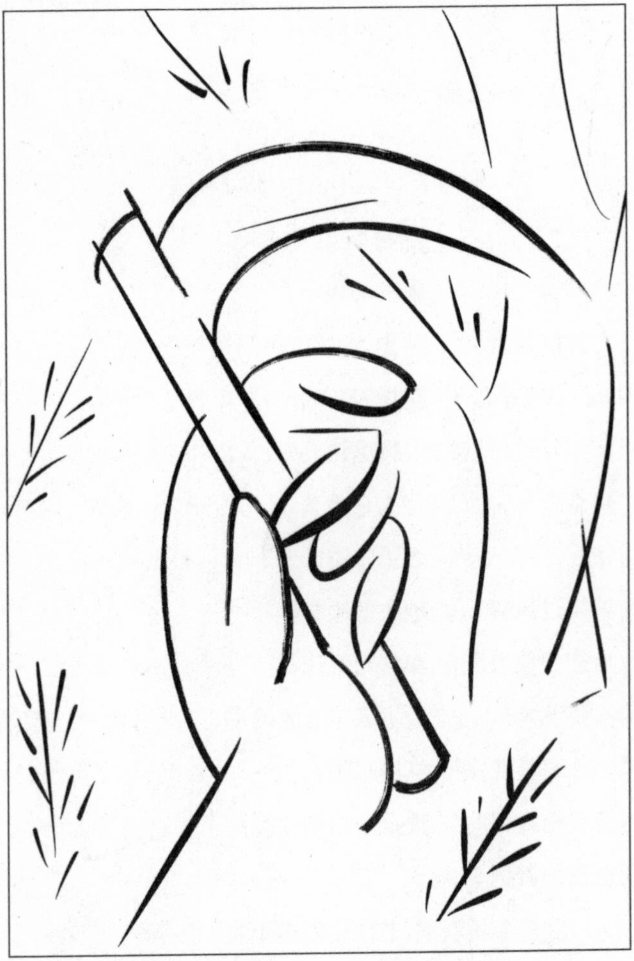

左镰

小 引

各位读者，真有点儿不好意思，我在长篇小说《丰乳肥臀》、中篇小说《透明的红萝卜》、短篇小说《姑妈的宝刀》里，都写过铁匠炉和铁匠的故事。在这篇歇笔数年后写的第一篇小说里，我不由自主地又写了铁匠。为什么我这么喜欢写铁匠？第一个原因是我童年时在修建桥梁的工地上，给铁匠炉拉过风箱，虽然我没学会打铁，但老铁匠亲口说过要收我为徒，他当着很多人的面，甚至当着前来视察的一个大官的面说我是他的徒弟。第二个原因是，我在棉花加工厂工作时，曾跟着维修组的张师傅打过铁，这次是真的抡了大锤的，尽管我抡大锤时张师傅把警惕性提到了最高的程度，但毕竟我也没伤着他老人家。张师傅技艺高超，但识字不多。他的儿子当时是个团参谋长，我代笔给他写过信。后来我当了兵，进了总部机关，下部队时见了某集团军司令，一听口音，知道是老乡，细问起来，才知道他是张师傅的儿子。

一个人，特别想成为一个什么，但始终没成为一个什么，那么这个什么也就成了他一辈子都魂牵梦绕的什么。这就是我见到铁匠就感到亲切，听到铿铿锵锵的打铁声就特别激动的原因。这就是我一开始写小说就想写打铁和铁匠的原因。

一

每年夏天，槐花开的时候，章丘县的铁匠老韩就会带着他的两个徒弟出现在我们村里。他们在村头那棵大槐树下卸下车子，支起摊子，垒起炉子，叮叮当当地干起来。他们开炉干的第一件活儿，其实不是器物，而是一块生铁。他们将这块生铁烧红，锻打，再烧红，再锻打，翻来覆去的，折叠起来打扁打长，然后再折叠起来，再打扁打长。烧红的铁在他们锤下，仿佛女人手中面，想揉成什么模样，就能揉成什么模样。他们将这块生铁一直锻打成一块钢。我小时候从我哥的中学语文课本上读到“百炼钢化为绕指柔”这样的句子，脑海里便浮现出铁匠们的形象，耳边便回响起铿铿锵锵的声音。这块钢，最终会被铁匠锉成一条一条的，夹到村里人送来修复的菜刀、镰刀等农具的刃口上。被加了钢的农具，只要淬火的火候恰当，使用起来锋利持久，得心应手，会大大提高劳动生产率。这就是我们村的人从来不去供销社购买县农具厂生产的劣质农具的原因，这就是老韩每年必来我们村的原因。当然，我想，在高密东北乡的许多个村庄里，大概都会有像我这样的孩子，每年在槐花盛开之前或之后的日子里，思念着老韩的到来并成为他们的忠实观众。

老韩的两个徒弟，一个是他的侄子，大家叫他小韩。另一个名叫老三。老韩瘦高、秃顶、长脖子，永远是眼泪汪汪的样子。小韩大个子，身材魁梧。老三是个矬子，身板浑厚，腿短臂长，有点儿猩猩体型。老三性格开朗，爱说爱笑，与沉默寡言的小韩成为鲜明对照。干活时，老韩掌钳，小韩抡大锤，老三拉风箱、烧件，并在干大活的时候，提着一柄十二磅的锤子上阵助战，形成三锤轮打的热烈的劳动场面。小韩使用的大锤是十八磅的。

二

我爷爷是个技艺高超的木匠，手艺人，对活儿挑剔。我能明显地感觉到铁匠们对我爷爷的反感，心里很是遗憾。我爷爷拿着一把斧头，要求铁匠们给加钢。那把斧头已经用了很多年，大部分刃儿都化为元素渗透到木头里了。老韩接过那把斧头看了看，说：“这还叫斧头？”

我爷爷问：“那你说该叫什么？”

老韩说："另给你打一把吧。"

"另打的我不要，"爷爷说，"如果你们干不了这活，我另找别人。"

"老爷子，"老三道，"你就放心吧，大到铡刀小到剪刀，没有我们干不了的。"

我爷爷问："绣花针能打吗？"

"绣花针打不了，"老三笑着说，"老爷子，咱们不是同行吧？您是木匠。"

"新打一把，一块钱；这旧斧头翻新，一块五。"老韩道。

我爷爷说："你们三个别打铁了，去劫道吧。"

"中就放下，不中就拿走！"老韩斩钉截铁地说。

"好，"我爷爷说，"你们可要看好了，我这把斧头可不是一般的斧头。"

"鲁班用过的？"老三嬉笑着问。

"鲁班是个传说，管二是个真人。"我爷爷说。

我爷爷就是管二。

老三歪着头，用粉笔头儿往那块倚在柳树干上的锈铁板上写字：官二，福头加钢一块五。

我说："写错了！是'管'不是'官'，是'斧'不是'福'！"

没人理我。

饲养员赵大叔将一把旧铡刀扔在地上，问："老韩，今年来晚了吧！"

“不晚，跟去年一天到。”老韩闷声闷气地说。

“翻新，加钢，快点，等着用呢。”赵大叔说。

“十块！”

“老韩，”赵大叔道，“穷疯了吧？”

“十块！”

“我不敢应承，”赵大叔说，“待会儿让队长来跟你说吧。”

“队长来了也是十块。”老三道。

“老三，我给你说个媳妇吧。”赵大叔说。

“老赵，”老三道，“有熏鸡熏鸭的，没见过熏人的。去年你就说过这话。”

“去年我说过吗？”赵大叔道，“今年是真的，我老婆娘家有个远房侄女儿，白白净净，大高个儿，模样周正，就是眼睛有点儿毛病。”

“眼睛有毛病不碍事儿，”老三道，“只要能摸索着办个饭儿就行。”

“那你就放心吧，”赵大叔道，“这闺女，别说能办饭儿了，连鞋都能做。”

“那你赶快去说，”老三道，“我什么都不想，就是想个媳妇儿。”

老韩看了老三一眼，重重地叹了一口气。

田千亩阴沉着脸来到铁匠炉前，说：“打张镰。”

“旧镰加钢吗？”老三问。

“没有旧镰。”

“是胶县镰还是掖县镰？”老韩问。

胶县镰窄，掖县镰宽。胶县镰轻，掖县镰重。有的人爱用胶县镰，有的人爱用掖县镰。

“左镰。”

“左镰？”老三问，“什么叫左镰？”

“左手用的镰。”

“左撇子啊！”老三道，“左撇子也可以用右手拿镰的呀！”

“知道了，”老韩说，“我们会给你打张左镰。”

刘老三的傻儿子喜子光着屁股从大街上跑过来，他的妹妹拿着一件衣服跟在后边追。

老三道：“去年不是请了一个游方神医给治好了吗？”

“什么神医，”赵大叔道，“骗子！”

田千亩低垂着头，一声不吭。

“去年我就提醒你们，神医没有摇着铃铛走街串巷的，瞧，上当了吧?!”老三说。

“干活！”老韩把一块烧红的铁从炉中提出来，恼怒地说。

三

那个手持左镰蹲在树林子割草的少年名叫田奎，是田千亩唯一的儿子。田奎比我大五岁，是我二哥的同班同学。我二哥考上中学，到距家十八里的马店上学去了。田奎的学习本来比我二哥好，但他不上学了，每天割草。

村子里有很多孩子割草。放学之后，我也割草。我们割了草送到生产队的饲养棚里。十斤草换一个工分。工分是人民公社时期社员劳动的计量单位，也是年终分配的重要依据。当时流行的话叫“工分工分，社员的命根”。

我天生不是个割草的料儿。我姐姐一天能割一百多斤，挣十几个工分，比男劳力挣得还多。有一天我只割了一斤草。当我把那一斤草提到饲养棚时，在场的人大乐。饲养员赵大叔用食指挑着我那一斤草，说：“你真是个劳模儿！”——从此我有一个外号“劳模儿”。

晚饭时，全家人聚在一起批评“劳模儿”。

我爷爷说：“想不到我们家还能出‘劳模儿’，你割的是灵芝草吧？”

我爹说：“你坐在地上，用脚丫子夹，一下午也不止夹一斤草吧?!”

我娘说：“你到底干什么去了？”

我姐姐说：“肯定是偷瓜摸枣去了。”

我哭着说：“我跑了一下午，到处找草，但是没有草……”

我姐姐说：“明天你跟着我，不许乱跑。”

但我不愿意跟我姐姐去割草，我愿意去找田奎。

田奎永远在那片树林子里活动。树林子里有几十个坟墓，他就在那些坟墓间转来转去。坟墓上生长着一些低矮枯黄的茅草，还有菅草。这些草我瞧不上眼。田奎蹲着，有时也弯着腰站着，用那张左镰，像给坟墓剃头一样，耐心地割。我们割草，都是右手挥镰，左手将割下来的草抓在手里。他用左手挥镰，因没有右手，右胳膊上绑着一个铁钩子。他用铁钩子将割下来的草拢在一起。我感觉到他那个铁钩子比我的手还灵便。我也曾尝试用他的左镰割草，但感觉非常别扭。我问田奎：“你从小就用左手吗？”

他说：“刚上学时，我拿笔都用左手，后来老师不允许，逼着我改过来。但不当着老师的面我还是用左手。左手写得快，右手写得慢。左手写得俊，右手写得丑。”

“我二哥说你学习很好。”

“也不是很好。”

“你为什么不考中学呢？”

他用右手的铁钩子指指前面一座坟墓，低声道：“那座坟里有一条大蛇。”

“多大？”我恐惧地用手摸头发。因为传说蛇一见儿童就会数头发，只要让它把头发数清魂就被它勾走了，因此，遇到蛇必须迅速将头发弄乱。

“想看看吗？”

我犹豫着，但还是跟着他向那座坟墓走去。

那座坟墓上有几个拳头大的洞眼，他指指其中一个。

我屏住呼吸，摸着头发，凑近那个洞眼。起初看不清，渐渐地看清了。那里边确有一条茶碗般粗的大蛇，黑皮白纹。看不到整体，只看到部分。我感到周身冰凉，悄悄地退下来。一直退到离这座坟墓很远的地方，才敢与他说话。

“你见过它出来吗？”

“见过两次。”

“有多长？”

“像挑水的扁担那样长。”

“它，它什么样子呢？”我问，“它头上有冠子吗？”

“有。”

“什么颜色？”

“紫红色。”

“像熟透的桑葚？”

“对。”

“你听过它叫吗？”

“听过。”

“像什么声音？”

“咯咯的，像青蛙的叫声。”

“你一个人天天在这里，不怕吗？”

“自从我爹剁掉了我的手，我就什么都不怕了。”

四

我经常回忆起那个炎热的下午，那时候田奎还是一个双手健全的少年。

我们聚集在村南的池塘边上，衣服挂在树上，我们光着屁股，戏水，摸鱼。

池塘里生长着蒲草、芦苇，我们在里边钻来钻去。突然有人喊：

“喜子来了！”

喜子是我们村刘老三的独生儿子，是个傻子。

喜子一丝不挂，沿着小路朝着池塘这边跑来了。他的妹妹拿着他的衣服，跟在后边追赶。

喜子当时就有十七八岁了，身体发育很好。阴毛漆黑，生殖器很大。他跑到池塘边上，站住了脚，对着我们，傻呵呵地笑。

我确实记不清到底是谁先喊了一声：

“打啊，挖泥打傻瓜啊！”

我们从池塘里挖起黑色的淤泥，对着喜子投去。

有一团泥巴打在了喜子的胸膛上。他没有躲避，还是傻呵呵地笑着。

有一团泥巴打在喜子的生殖器上。他痛苦地弯下腰。

我们感到很开心，嘻嘻哈哈地笑起来。

“打啊！打啊！打傻瓜！”

有一团泥巴击中了喜子的脸。喜子双手捂住了脸。

喜子的妹妹拿着喜子的衣服赶上来。她挡在喜子面前。有一团泥巴击中了她的胸膛。她哭了。她哭着喊：

“你们不要打了，他是个傻瓜！”

一团泥巴击中了她的头，她哭着喊：

“你们不要打了，他是傻瓜，他什么都不懂……”

喜子的妹妹名叫欢子，她的岁数跟我二哥差不多。她是个很好看的小姑娘。喜子是个仪表堂堂的小伙子，村里人都说，真可惜，他是个傻子。

欢子用身体掩护着喜子，身上中了很多泥巴。她哭着骂起来：

“你们这些坏种，欺负一个傻瓜，老天爷会打雷劈了你们的……你们这些坏种……”

也许是惧怕老天爷惩罚，也许是良心发现，也许是累了，大家突然停了手，有的喊叫着，有的不出声，钻到蒲草和芦苇中。

五

当天晚上，我们在院子里吃饭的时候，刘老三怒冲冲地撞进来。

“三哥，您来了，正好吃饭。”我父亲对我姐姐说，“嫚，找个板凳来，让你三大伯坐下。”

刘老三冲着我爷爷说："二叔，咱两家老辈子没仇吧？"

我爷爷愣了一下，说："老三，你这是说哪儿的话？我跟你爹，多年的兄弟，俺们俩一块去沂蒙山给八路出伕，我得了痢疾，要不是你爹一路照顾，我这把骨头，都要扔在山沟里了。"

"既然如此，"刘老三对我父亲说，"那么我倒要问问这两位大侄子，今天中午为什么要对喜子和欢子下那样的狠手？"

"怎么回事？"我父亲呼地站起来，指着二哥和我，怒道，"你们两个，干什么啦?!"

我和二哥站起来，紧靠在一起，支支吾吾地说："我们……没干什么……"

刘老三带着哭腔说："我刘老三，前辈子一定是干过缺德事儿，生了个儿子是傻瓜，十七八岁了，光着腚满街跑。跑出来丢人哪，用绳子拴着都拴不住，这是老天爷惩罚我……可再怎么着他也是个傻瓜啊，他要不是个傻瓜，能光着腚往街上跑吗？你们打个傻瓜干什么？欢子都给你们跪下了，你们还不住手……"

刘老三捂着头蹲在地上。

我父亲抄起板凳对着我们没头没脸地砸下来。

我爷爷说："过来，给你们三大伯跪下！"

我们赶紧跪在地上。我二哥哭着说："三大伯，你饶了我们吧，我们错了，不是我们领的头……"

"是谁领的头?!"父亲停下手中的板凳，厉声问，"是谁领的头?!"

“是……”我二哥支吾着。

“说！”父亲高高地举起板凳。

“是田奎，”我二哥说，“是田奎领的头儿……”

父亲用板凳重重地敲了我一下，厉声逼问：“你说，是谁领的头？！”

“田奎……”我说，“是田奎领的头，我们不干，他就打我们……他劲大，我们打不过他……”

“如果你们敢撒谎，”父亲说，“我就割掉你们的舌头！”

“没有撒谎……”我二哥说，“我弄坏过田奎的手电筒儿，我不打喜子，他就要我赔钱……”

“你听到过田奎这样说了吗？”父亲问我，口气已经缓了很多。

“我听到了，”我说，“他说，你们要是不打，咱们新账旧账一起算。”

“老三哥，”我父亲提着凳子说，“我教子无方，向您赔罪。您看这事……”

“兄弟，”刘老三道，“咱们两家是生死的交情，这点事儿不算什么。我只是不明白，田奎为什么要挑这个头？他家是地主，俺家是贫农，这不差，但斗争他爷爷老田元时，如果不是俺爹站出来做保人，老田元当场就被拉出去毙了，这不是恩将仇报吗？不行，我得去问个明白！”

刘老三怒冲冲地走了。

我感到脖子上热乎乎的，伸手一摸，是血。

父亲十分严肃地说:“我再一次问你们，是不是田奎领的头?!”

借着月光，我看到父亲的脸像暗红的铁。

母亲用石灰敷着二哥头上的伤口，说:“孩子都快被你砸死了，你还有完没有?!”

我呜呜地哭起来，说:“娘，我的头也破了。”

“这个刘老三,”我姐姐气愤地说,“仗着个傻瓜儿子欺负人呢！”

我父亲将凳子扔到地上，说:

“闭嘴！”

六

许多年过去了，我还是经常梦到在村头的大槐树下看打铁的情景。那把已经初见模样的左镰在炉膛里即将被烧白了。不，已经被烧白了。那块即将加到镰刃上的钢也烧白了。老三奋力地拉着风箱，他的身体随着风箱拉杆的出出进进而前仰后合。老韩用双手攥着长钳先把左镰夹出来，放到铁砧上。然后他又将那块钢加到镰刃上。他拿起那柄不大的像指挥棒一样的锤子，对着流光溢彩的活儿打了第一下。小韩抡起十八磅的大锤，砸在老韩打过的地方，发出沉闷得有点儿发腻的声响。钢条和镰已经融合在一起。老三扔下风箱，抢过二锤，挟带着呼呼的风声，沉重地砸在那柔软的钢铁上。炉膛里的黄色的火光和砧子上白得耀眼的光，照耀着他们的脸，像暗红的铁。三个人站成三角形，三柄锤互相追逐着，中间似乎密不通风，有排山倒海之势，有雷霆万钧之力，最柔软的和最坚硬的，最冷的和最热的，最残酷的和最温柔的，混合在一起，像一首激昂高亢又婉转低回的音乐。这就是劳动，这就是创造，这就是生活。少年就这样成长，梦就这样成为现实，爱恨情仇都在这样一场轰轰烈烈的锻打中得到了呈现与消解。

左镰打好了。这是一件特别用心打造的利器，是真正的私人订制，铁匠们发挥出了他们最高的水平。

七

很多年后，村子里的媒婆袁春花，要把寡居在家的欢子介绍给田奎。那时，她的爹刘老三和她的哥喜子都死了。她先是嫁给铁匠小韩，小韩死后她改嫁给老三，老三死后，她就带着孩子回来了。袁春花说：“人们都说欢子是克夫命，没人敢要她了。你敢不敢要啊？”

田奎说：

“敢！”

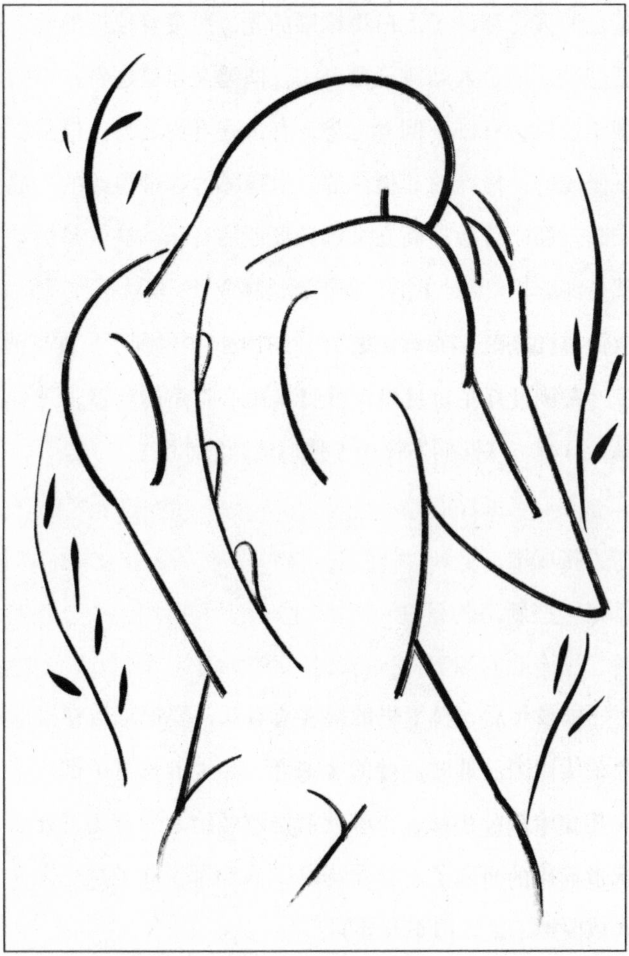

晚熟的人

一

高粱初红，吾乡影视基地的旅游旺季到了。自从在我的家乡蛟河北岸拍摄过电视连续剧《黄玉米》后，当地政府在电视剧所搭景观的基础上，迅速把这里建设成了一个在半岛地区赫赫有名的旅游热点。每到五一、十一长假，车辆排大队，游人挤成堆。见到这样的热闹场面，我感到有点儿不可思议。都是一些新造的景观，什么土匪窝、县衙门，有什么可看的呀。还有我家那五间摇摇欲倒的破房子，竟然也堂而皇之地挂上了牌子，成为景点，每天竟然有天南海北甚至国外的游人前来观看。我实在想象不到他们能在这里看到什么。尽管我想象不到他们能在这里看到什么，但是我也经常带着一些远道而来的贵宾去参观，并且煞有介事地为他们解说，当然我也可以不来，但总是来。

大概在五年前，我带着法国的一位作家朋友，来看这个旧居，在门口，遇到了我的老邻居蒋二。其实他的原名叫蒋天下，在阶级斗争天天讲的年代，这名字能演绎出吓死人的结果，幸亏他的爹是退伍军人，家庭成分又是雇农，根红苗正。起这样一个名字完全是无意，所以也就没别的好说，只是让他立即改名。他爹说就叫蒋天吧，有人说，蒋天也不行，那就去一横，叫蒋大，叫蒋大也不行，于是又把"天"字里的"人"撤掉，蒋天下就这样成了蒋二。我亲眼见过蒋二抱怨自己的爹：爹呀爹呀，姓狗姓猫也比姓蒋好啊！他爹说：这是老祖宗传下来的，你怨我我怨谁去？

"蒋二！"我问，"忙什么？"

我早就听说蒋二借着我获奖的机会发了财。有人说：你看蒋二，真是财运来了拦都拦不住。他先是在旧居旁摆摊，卖你的书，然后又兼销当地的土特产，什么剪纸、泥塑、草鞋、木雕……关键的是他在大家都没反应过来时，低价买下了我的旧居西边那块扔满垃圾的洼地，雇人推土填平，迅速盖了五间屋，又在原先的老屋和新屋之间搭起了一个大天棚，在里边建设了几十个摊位，然后又把这些摊位出租给做买卖的，把那五间新屋租给了一个来自青岛的作家，每年租金数万，据说他扬言要娶一个二房太太。几十年前，蒋二脑子曾经出现过一点儿问题，村里人都把他当傻瓜看待，但事实证明，他是村里最精明的人。他前些年是装傻，因为装傻，在未免除农业税和各级提留之前，他一分钱也没交过。

"嘿嘿，瞎忙。"他搔着脖颈子说。

“怎么样？发财了吧？”我问，同时我侧身对法国朋友说，“这是我的邻居，从小在一起长大，割草、放牛、下河洗澡、摸鱼，是真正的发小！”

“凑合着吧，”他说，“比种地强多了。”

“你的地呢？流转出去了吗？”

“流转什么？每亩每年二百元，还不够费事的，荒着去吧，长草养蚂蚱。”

“果然是发了财了！”我说。

“大哥，”他说，“托你的福，咱们村都沾你的光，我要请你吃饭！今天中午怎么样？赵志饭馆，东北乡最高水平，想吃家禽吃家禽，想吃野味有野味。”

我说：“我记得你比我大一岁，应该我叫你哥！”

他笑道：“当大哥的不一定年龄大，你说对不对？给个面子，我请你吃午饭，连你这些朋友一起请！”

我说：“谢谢你的好意，吃饭就免了，只求你今后别卖我的盗版书。”

“大哥，我从来不干那种缺德事！”他指着旧居前后那十几个摊主，道，“都是他们干的，我还经常去批评他们呢。”

“好，那我要谢谢你！”

“不用客气，大哥！”他说，“你必须赏脸给我，让我请你吃顿饭。吃饭是个借口，主要是想向你汇报一下我的计划。你知道，我们蒋家的滚地龙拳是很厉害的，我小时候跟着我爷爷学过，因此我也算滚地龙拳的传人……”

寒风凛冽，法国朋友耳朵鼻尖儿都冻红了，我忙说：“蒋二，咱们改日再聊吧。”

我带着朋友进入旧居，蒋二在我身后喊：“今后不许再叫我蒋二，我叫蒋——天——下。”

二

蒋天下的爷爷蒋启善，外号“蛐蟮”。他个头矮小，其貌不扬，但村里人对他无不敬仰。敬他的原因，一是因他有一身武功；二是传说他曾赤手空拳打死一个日本兵，并夺了一支大盖子枪。虽然这故事的版本很多，但我们都深信不疑。

二十世纪70年代初期，临近我们村的国营蛟河农场改制为济南军区生产建设兵团独立营，安排了五百多名青岛市的知识青年。知青们都发军装，但没有领章帽徽，只能算是准军队编制。

虽是准军队编制，但他们享受着比军人高的待遇，这与福建那个教师斗胆给毛泽东主席写了一封反映他的儿子们插队在农村的艰难生活的信有关。

最让我们羡慕的是这个独立营里，每星期六晚上都会在篮球场上放一次电影。这也让我们这些农村小青年跟着沾光，每个星期六，也成了我们的节日。每到周六下午，我们就无心干活，只盼着队长能早点下令收工。但队长故意与我们作对，平常日放工还早点，每到星期六，红日不压在西边的地平线上，他是不会下令收工的。队长虽然是我堂叔，但我恨透了他，恨透了他的不仅仅是我，还有队里所有的年轻人。从田里回到村庄，放下工具，即便抓起一块干粮就往农场跑，也赶不上电影的开头，而农场的知识青年们烦我们这些来蹭看电影的农村青少年，所以他们就故意地提前了放映的时间，这使得我们看了好多部半截子电影。

为了不看半截子电影，我们索性不回家吃饭了，队长一下收工令，我们扛着工具直奔蛟河农场的篮球场。一路奔跑，急行军，上气不接下气。干了一下午活本来已经又渴又累，加上这七八里路的奔跑，到了农场的篮球场，一个个汗流浃背，无论是什么季节，估计我们的身上都散发着不好闻的气味。我们的气味，应该是那些知青，尤其是那些浑身香喷喷的女知青，厌恶我们的原因之一。再加上我们没文化没修养，看到电影里尤其是外国电影里的一些情节便大呼小叫，有时甚至妄加评议。譬如看到《列宁在1918》中芭蕾舞剧《天鹅湖》的片段，我们便嗷嗷乱叫，常林——村子里最调皮捣蛋的青年，大声评论："奶奶的，脚尖走路，屁股上打伞，这是什么玩意儿？"我们的无知和野蛮，引得知青纷纷侧目。趁着换片亮灯的时刻，一个头发蓬松、个头高大的知青站起来，大声喊:“老乡们，我们不反对你们来看电影，但希望你们能保持安静，不要影响别人。”

他的话毫无疑问是正确的，但却遭到了常林的公然抵制。换片完毕，放映开始，场子一片黑暗，只有银幕上的人物在活动、说话。这时常林突然放了一个极响的屁，一般情况下臭屁不响，响屁不臭，但常林这个屁既臭又响。尽管我们站在知青队伍的外围（他们每人一个小马扎，坐着），但那股令人窒息的气味，瞬间扩散，弥漫了一片空间，那些坐在常林前面的知青一个个掩鼻尖叫，有的竟像被电击了一样蹦了起来。

人跟人不同，有的人天生就具有一些特异的功能。譬如，有的人能听到常人听不到的声音，有的人能看到常人看不到的物体，有的人能嗅到常人嗅不到的气味，这个常林，能驱动意念，制造出又响又臭的大屁，因为这特异功能，村里人都不敢惹他，生怕中了他的毒招。人们私下议论，说这家伙肯定是黄鼠狼转世，其实他比黄鼠狼厉害多了。黄鼠狼只在遇到危难时才会释放臊气保护自己，但常林却可以随时驱念放屁，这样的特异功能也应该是社会生活不正常时的产物，动荡不安的生活是大善的培养基地，也是大恶滋生的温床。乱世出英雄，国败出妖怪，也是类似的道理。所以，也可以说，常林之恶是时代之恶。

几根强烈的手电光束，交叉着照到常林的脸上，几个知青跳出来，其中一个对着常林的脸捅了一拳，这一拳打在鼻子上，鲜血流出，常林把血往脸上一抹，大吼一声，就跟那几个知青打成了一团。常林身高马大，家庭出身好，爷爷早年当贫农协会主任，领着斗地主分田地，后来被还乡团杀害，这样的家庭出身，使他成为那个时代的骄子，我们见惯了他打人，从来没见过他挨打。常林平日里也好施拳弄脚，自吹是蒋启善的高徒，但在一群知青的包围下，却只有挨揍的份儿，毫无还手之力。我们这些平日里跟着常林胡作非为的小喽啰，都缩着脖子，躲在一边，连声都不敢吭。

这时有一个上了年纪的干部模样的人站出来劝知青们收手，然后又义正词严地宣布："你叫常林，我认识你，我们兵团保卫科的人也都认识你，去年你偷走了我们地磅上两个秤砣，你还偷剪过我们种马场那匹苏联马的尾毛。你还偷过我们拖拉机上的零件。这些我们都记着账，如果不是看你家庭出身好，早就把你扭送到公安局里去了，现在，你又来扰乱公共秩序，施放毒瓦斯害兵团战士，这是大罪！你知罪不知罪？"

常林摸着脸上的血吼叫着——他虽然挨了痛打但嘴上一点儿都不软："你们管天管地，还管着老子拉屎放屁?！老子就是要放，老子要用毒瓦斯把你们这些鸡屎（知识）青年全毒死！"

那中年干部道："常林，你要为自己的话付出代价的，我警告你，如果我们这些兵团战士被你熏出了毛病，你要负全部责任！”

常林道：“我负个屁的责任，臭死你们才好！”

中年干部道：“不怕你小子嘴硬！咱们骑驴看唱本——走着瞧！”

常林道：“走着瞧就走着瞧！”

这时，电影也在闹闹哄哄中演完了，电灯猛地亮起，照耀得周围白亮如昼，我们看到常林的脸上全是血，头发凌乱，牙缝里也有血，完全是一副鬼脸子，有三分可怜七分狰狞。

中年干部道：“我代表生产建设兵团保卫科宣布你为不受欢迎的人！今后，不准你出现在我们农场的土地上。”

知青中有人高喊：“下次再来捣乱，就砸断他的狗腿。”

“一群人打我一个，算什么英雄好汉?！还……还……还兵团战士，狗屁！你们穿瞎了这身军装！有种，咱们下次一对一，单挑！一群人打我一个，你们，狗屁……”常林说着说着，竟呜呜地哭起来了，“一群人打我一个，你们算什么好汉……算什么好汉……”

常林如果死硬到底，我们一点儿也不会感到奇怪，但他这一哭却把我们，起码是把我弄糊涂了，他是害怕了吗？还是被打痛了？或者这是他的苦肉计？

知青们七嘴八舌地讥笑着：“好好，下次来一对一，单挑，我们这里有青岛市体校的武术冠军，有摔跤队的冠军，还有戏曲学校的武生，随便拉一个出来，也能打得你屁滚尿流……”

“可别让他屁滚尿流，他的屁一滚，无论什么冠军也被他熏倒了……”

在众人的笑声中，敌对的气氛渐渐成了戏谑。常林道：“你们谁打过我，老子都记得，君子报仇不用十天，你们等着吧。”

中年干部笑道：“行啦，常林，滚吧，只要你不施展你的屁功，这里随便拉出一个也能打得你四脚朝天或是嘴唇啃地！”

常林道：“你说不让我放屁，我就不放了?！老子偏要放！臭死你们这些狗杂种！”

说着，常林就开始双手揉肚子，大口地吸气。然后，猛地转了身，对着那些人把屁股翘了起来。

三

下一个周六上午，可靠情报传来：农场晚上放映阿尔巴尼亚电影《地下游击队》。一听这名字，我们就猜到这是战争片，好好好，妙妙妙！我们不停地看太阳，但太阳就像焊在了西天离地平线三竿子高的地方，一动也不动。记得那天下午是种麦子，在我们队那块距离村庄最远的地里。我们人在地里干着活，心早就飞了。我悄悄地对队长说：“叔啊，今晚上农场放阿尔巴尼亚电影《地下游击队》。战争片，能不能早点放工啊？”队长，也就是我堂叔，把眼一瞪，道：“我管你地下游击队还是地上游击队?！就这么块活，早干完早收，晚干完晚收，今儿个八月十六,十五的月亮十六圆。”队长抬头看天，我们也跟着看天。太阳还在西天悬着，但颜色已经发红，东边那一轮巨大的圆月已经升了起来。

“要想去把电影看，那就使劲把活干！太阳底下干不完，月亮照着继续干！”队长道。

“伙计们，加把劲！”常林喊叫着。

“拼了，干吧！”我们十几个人呼应着。

因为春天生产队的牛传染上瘟疫，死了大半，畜力不够，拉耧的活只好由人来干。三个人拉一耧，常林是壮劳力，双手扶耧杆，主拉；我与蒋二是小青年，准劳力，左右傍着常林，副拉。耧后跟着扒粪的，撒化肥的，拉拖覆盖垄沟的，因此，播种的快慢，全在拉耧的身上。另一盘耧由郭林主拉，小启与老纠副拉，老纠不老，只有十六岁，我们六个人一起呼喊：“伙计们，为了《地下游击队》，拼了吧！”我们使出了最大的力气，我心里回响着悲壮的旋律，那是一部忆苦戏的旋律。心里有旋律，脚下迈大步。我们赤脚踩着松软的土地，绳子紧紧地煞进肩膀上的肌肉。步伐又大又均匀，在后边扶耧的队长被我们拖得气喘吁吁。客观地说，扶耧的活儿一点儿不比拉耧轻松，既要有技术又要有体力。扶耧人要掌握耧尖入土的深度，还要不停地摇晃耧把，使那个石头做的耧蛋子来回敲击耧仓后边的左右挡板，使那根拧在耧蛋子上的铁条不停地，但又必须均匀地摆动，使耧仓里的麦种均匀地流出来，伴随着扒粪手扒到耧盘上的粪肥，进入耧尖豁出来的垄沟里。我们行进的速度愈快，队长摇晃耧把的速度也必须随之加快。在耧蛋子清脆而急促的响声里，在两个扒粪手接力赛般的奔跑中，我们终于在太阳通红巨大贴近了地平线，而一轮巨大的圆月在东边天际放出银白色光辉时，将这块地播种完毕。按说我们必须轮番与队长抬耧回家，但为了《地下游击队》，哪怕让队长扣我们的工分，我们也在所不惜！我们从肩上摘下绳子，跑到地头穿上鞋子，不顾队长的喊叫，便结伙向蛟河农场的方向奔去。

尽管我们已经筋疲力尽，但为了电影，为了《地下游击队》，我们动员起身上的残余力量，跑，跑，跑。八月十六日傍晚，辽阔的田野真是诗与画一般的美好，秋风吹来阵阵清凉，田野里的庄稼大都收割完毕，只有那些晚熟的高粱在月光下肃立。我们尽最大力量奔跑，但腿越来越沉，肚子越来越饿，汗已经流光了，口也越来越渴。我们已经看到了农场大粮仓顶上那盏水银灯的光芒，因为天上明月的辉映，这盏水银灯似乎不如往常那般耀眼。我们跑到了蛟河新桥，过了桥再有三百米便是那放电影的操场。因为大粮仓的遮挡，我们看不到那露天的银幕，但我们似乎听到了电影的声音。

“弟兄们，”常林说，“到河里洗把脸，喝点水，拾掇得利索点，别让那些‘鸡屎青年’笑话我们。”

我们沿着桥头两侧的台阶下到河边，踩着探到水中的石条，各自捧水洗掉了脸上厚厚的泥土，然后又捧水畅饮，浇灌了焦干的肚肠。我感到河水使肚腹充盈起来，但肠子一阵阵的绞痛，一走动，便发出咣当咣当的响声。刚刚饮足水的牛，在走动的时候，肚子里也会发出这样的响声。我感到很饿，我知道大家都饿。常林道：“伙计们，先看电影，看完电影我带大家去‘保养机器’。”

“保养机器”，是我们这伙人的黑话，其意思就是去偷东西填肚皮。麦熟前，我们会跑到麦田里手搓麦粒吃；玉米将熟前，我们会偷了玉米烧吃；花生成熟时偷来花生，那更是美味大餐；而现在这季节，农场的农田里剩下的，就是那两百亩良种的红瓤薯了。

我听到大家的肚子都在响，常林打了一个响亮的水嗝，道：“今天晚上这一肚子凉水，为我制造毒瓦斯提供了动力。哼，奶奶的，他们要是再敢欺负我，我就要把他们全部放倒！”

我们很想笑但实在笑不动了。拐过大粮仓，篮球场就在面前，水银灯与银盘月合伙照着光滑的水泥地面，没有银幕，没有整齐坐着的一片知青，哪里有电影？电影在哪儿？原来那情报是假的，我们被骗了。顿时，我感到浑身再也没有一丝力气，极度的失望让我想趴在地上放声大哭，但哭又有什么用呢？忽然，我们听到从大粮仓里传出了一阵猛烈的爆炸声，然后是激烈的枪声……天哪，电影，战争片《地下游击队》，竟然在大粮仓里放映。这些家伙，为了不让我们蹭看电影，竟然跑到大粮仓里放映。我们找到了粮仓的大门，门半掩着，有两个知青手持步枪站岗。我们看到那块耀眼的银幕挂在大粮仓内的墙上，几百个知青，排排坐着，仰脸观望。

> ……姑娘，听说你已经连续48个小时没有喝到水啦？这可不是我的本意……
>
> 我们这里，连小孩都是革命战士！……

电影显然已经演了大半，我们来晚了，我们来早了也没用，他们躲在粮仓里放映，其目的昭然若揭，我们成了不受欢迎的人，怨谁？多半怨常林，这个屁精。

常林斜着肩膀想往里挤，站岗的知青用枪托子把他捣出来。

常林怒了，大吼着："兵团战士们，你们竟敢用枪托捣我贫农子弟，你们的阶级立场站到哪里去了？还还还军民鱼水情呢，还还还军民团结如一人呢？我看你们简直就是黄皮子游击队，是蒋介石的部队，是国民党反动派，你们不放我们进去，我们也不让你们看舒坦，伙计们，往里冲，看他敢怎么样，难道你们还敢开枪?!”

在常林的鼓动下，我们心中生出了仇恨，也陡生了勇气，便一起大呼小叫着往门里挤。那两个持枪哨兵中的一个，端起枪来，咣当一声，推动了枪栓，似乎把子弹上了膛——后来我知道他们的枪是剧团的道具，那枪栓虽然能拉动，但既无弹仓更无子弹。

常林弯腰憋气，按摩肚腹，显然又在制造毒瓦斯。我们怕被熏倒，慌忙掩鼻跑到一边去。

没等常林把毒瓦斯放出来，他的屁股上就挨了一脚。我们看到常林的身体猛然往前一蹿，然后就实实在在地趴在地上。我们听到他嘴里发出一声怪叫，这声怪叫与他的脸碰撞地面的声音混在一起，潮湿而黏腻，令人闻之极度不快。明月照耀着那个出脚的人，只见他头发蓬乱，个头高大，疙疙瘩瘩的脸光芒四射，上唇上留着黑油油的小胡子。这还是上周六晚上从人群里站出来批评常林的那个知青。后来我们知道他姓单名雄飞，爷爷与父亲都是铁路工人，在当时这样的出身可谓高贵无比，货真价实的无产阶级后代，按说上大学、参军、招工，都应该先安排他这样的人，但在走后门盛行的时代里，他却成了独立营里回不了青岛的少数知青中的一个，最后竟屈尊与我们村的吴桂花结了婚。粉碎“四人帮”之后，才勉强安排到县化肥厂就了业，他当时怒踢常林屁股时，想不到几年后自己竟成了常林邻居吴老二家的上门女婿，后来又与常林成了不打不相识的朋友。

常林被单雄飞从后偷袭。那一肚子臭屁似乎从嘴里呕了出来。他跪在地上，哇哇地吐着，吐出了在河里狂饮进去的水，这些呕出来的水仿佛——不说了。他终于站了起来，嘴唇破了，门牙也动摇了，牙缝里流着血，他狂叫着："是谁踢了我?!"

单雄飞冷冷地说："我！"

"尽管老子拉了一天耧，尽管拉了一天耧老子又疯跑了八里路来看电影，尽管老子中午只吃了一个饼子两棵葱到现在还没吃一粒米，尽管老子又饥又累肚子痛牙也痛，尽管老子是在你们的地盘上，但老子还是要豁出个破头撞一撞你这个金钟！"常林的好口才突然地展现出来，估计让那些读过高中初中的知识青年们都自愧不如。他对我们说："伙计们，如果我今天被这个卷毛兔子打死，你们就把我抬到河边扔到河里，我活了二十多岁还没见过海呢，我要被河水漂到东海里去，见见大波大浪。如果我把他打死，那我也就回不去了，那就麻烦你们跟我爹娘说一声，我是为了贫下中农的尊严而死！"然后他就紧了紧裤腰带，退几步，猛转身，走到被水银灯和月光照耀得纤毫毕现的球场上，说："卷毛兔子，来吧！"

我们跟随着常林到了球场，很多知青——其中有好多个因为抹了雪花膏而气味芳香的女知青——也都围上来，有的知青兴奋得嗷嗷叫。

“来吧，卷毛兔子，”常林咬着牙根说，“不是鱼死，就是网破！”

“嘿，真是小瞧你了，”单雄飞道，“想不到你还满嘴豪言壮语呢！从哪儿学的？”

“这还用学？”常林道，“老子早熟，生来就会！”

“你想怎么打？是文打还是武打？”

“什么文打武打？”常林道，“往死里打！”

“那就来吧。”单雄飞抱着膀子，坦然地说。

“你来啊！”常林双手攥拳，摆出一个骑马蹲裆步，“你来！”

“来了！”单雄飞猛喝一声，对着常林捅出一拳，常林急忙出手招架，但单雄飞的拳半途收了回去，狠狠地将常林奚落了一下。

知青群里发出了一声笑。

单雄飞的第二拳又是虚晃，但这一次常林动了真格的，他一个癞狗钻裆，便把那个卷毛单雄飞扛了起来，转了一圈，猛地掼出去，但单雄飞早就用手抓住了常林的膀子，右腿插到常林的双腿间顺势一别，两人同时倒地，但单上常下，按摔跤的规矩，常林输了。这时我也才明白，他们吆喝了半天的生死搏斗，不过是摔跤而已。而只会使蛮力的常林，显然不是在体校里专门学过的单雄飞的对手。

知青们为单雄飞喝彩，我们为常林鸣不平，我们说："不公平，常林干了一天活，十几个小时没吃东西了！哪像你，晚饭还吃了两个馒头一碗肉吧?!"

单雄飞道："哎，放屁虫，要不今天就算了，等下次你吃饱了再来？"

常林对蒋二说："蒋二，你去撸几把苘叶过来。"

球场边上堆着一垛朽烂的木材，木材旁边有一片野生的苘麻，叶片肥大，枝丫里尚有黄花，蒴果正嫩。我们蜂拥过去，每人揪了几把顶端的嫩叶和蒴果。这蒴果，我们都吃过，我们叫它"苘饽饽"。

常林坐在地上，将那些苘叶和蒴果摆在面前，抓起来就往嘴里塞。青涩的气味扑入我的鼻腔，让我想起上学时采摘苘叶喂养老师的兔子的往事。我的老师说，苘叶是上好的饲料，苘饽饽的营养尤为丰富。

常林吃苘叶的粗鲁和威猛，估计让那帮知青开了眼界，他们大概从来没见过这样的人。这群知青里有一个女的，后来成了小有名气的作家，我看过她写的一篇散文《吃苘叶的人》，绘声绘色地描写了常林的吃相。她写道："这哪里是个人？分明是一只饥饿的公羊！看着他嘴角流出的绿色的汁液和那因大口吞咽而翻白的眼珠子，我恍然感到他的头顶冒出了犄角……”

吃了几把苘叶和苘饽饽后，常林揉了揉肚子，拍了拍胸脯，活动了一下身上的关节，大吼一声，对着单雄飞扑上去。单雄飞慌忙架住了常林的双臂，常林却往后自倒，双腿蹺起，蹬着单雄飞的肚子，猛地往上一挺。一般的人，中了这一招，都会在空中翻滚一百八十度，然后沉重落地，但单雄飞是练家子，知道真要跌过去，那就像水泥地上摔青蛙，嘎一声，断了脖子、破了后脑勺子的可能性都是存在的。所以他迅速地用双腿盘住了常林的腿，这样的胶着战况，难分胜负。肚子里有了几把苘叶和苘饽饽的垫底，常林的气力明显提高，他的力大，在周围十几个村子里都是有名的，但单雄飞的确是高手，他的小动作一个接一个，几乎是防不胜防。常林后来基本上是在地上翻滚，以双手和背肘为支撑，两条大长腿，像梿枷一样抡来抡去，像大夹剪子一样又夹又别，终于有一脚，蹬在了单雄飞的小腹上，他惨叫一声，弯着腰就坐在了地上。

“让你见识一下，滚地龙拳中的鸳鸯脚！”常林气喘吁吁地说，“滚地龙拳二十四招，我只学了两招，一招鸳鸯脚，一招夹剪步，半生不熟的。我师父要是来了，你们全营五百个知青，也不够他老人家一个人打的。”

“你的师父是谁？”单雄飞脸色煞白地问。

“滚地神龙，蒋启善！”常林庄严地说。

蒋二自豪地说：“我爷爷！”

四

日本北九州作家鹤田泽庆来华，知我在高密，便乘坐高铁赶来。老友相见，不胜欢洽。他希望我能带他去我故乡一游，并说这是十年前他带我去他的家乡游览时，我对他的承诺。

我带他先去看我的旧居，这也是他的要求，他的眼眶里竟然盈着泪水。我说，这房子在当时，是村子里中等水平啊，大家都这样，而且我们也没感觉到有多么艰苦，而且而且，我说，而且甚至还有很多欢乐啊！一直跟随在我们身后的蒋二，不，蒋天下，蒋总，高密东北乡地龙文化公司的蒋总说："那是那是，那时我们下河摸鱼，上树偷枣，去农场看电影，与知青比武，欢乐多多，不胜枚举！"我看着这个剃着光溜溜的头，有文化的人爱剃光头，脚蹬软底布鞋，下穿肥腿黑裤，上穿黑色中式大褂，胸前绣着一条张牙舞爪的金龙，背后绣着"滚地龙"三个草体大字，精神抖擞、出口成章的奇人，不由得感叹道："蒋兄，离上次见面不过五年，想不到您竟然成了大老板，而且，文化水平好像也有了很大提高。"我的话里其实含有讥讽之意，因为我们一起上小学时，这个蒋天下，是以鲁钝著称的，上学五年，勉强升到三年级，老师见了他就头疼。大哥，他说，人走时运马走膘，兔子落运逢老雕。我这是运气到了，而我的运气，是大哥您带来的，所以，今天，我必须请您和您的外国友人吃饭。

我们被蒋总和他的秘书小单半拖半拉到他的公司总部，就是他突击盖起的那五间新房子。我问：不是说租给青岛作家了吗？早就被我轰走了，他不屑地说，什么作家，冒牌的！不瞒您说，大哥，他天天躲在屋里，伪造您的书法，然后让那些摊位给他代卖。哦，还有这事儿！我问。不瞒您说，大哥，他的字比您的字漂亮多了！我到文化局执法队告了他，借机与他解除了租房合同。文化局处罚他时，他还不服气，说这是为您增光添彩呢！我说，呸，放屁，我哥的字无论多么丑，那上面也有我哥的气息，就像那臭豆腐，无论多么臭，那也有人喜欢！我说，闭嘴，蒋二，没有你这样夸人的！

我和我的日本作家朋友坐在蒋二的地龙公司专为吃饭喝酒装潢得金碧辉煌的房间里，那位单秘书给我们倒上茶。此女浓眉大眼，一头乌压压的卷发，我立刻想到单雄飞，仔细一端详，眉眼也像，而且她一口青岛话。蒋二想对我介绍他的秘书，我说，不用介绍，你是卓娅吧？她笑着说，大叔，卓娅是我姐，我叫舒拉。你父亲还好吧？退休了吧？早退了。现在常住青岛？这不，被蒋总聘回来当武术指导，今天下午您就能见到他。

赵志酒店的小伙计开着电动车送来了蒋二为招待我们订购的菜，鸡鸭鱼肉，应有尽有。我说最好来几棵大葱！蒋二随即对那送菜的小伙计说：快，去拿几棵章丘大葱。别忘了带酱。接着又说，大哥，闯外这么多年，还好这一口啊！我说，天可改地可改，饮食口味不能改。你还记得常林大战单雄飞那晚上他吃的什么吗？怎么会忘？刻骨铭心的记忆！蒋二道，吃了一堆茼叶、茼饽饽，然后用鸳鸯腿把单雄飞踢翻。他笑着说，老单连生两个女儿，竟赖上了常林，说他把自己的种子库给踢坏了，那常林道，你的种子库坏了，可以用我的。蒋总！单舒拉嗔道，不许你说我爸爸的坏话。这是坏话吗？蒋二道，这都是色香味俱全的好话！来，大哥，还有尊敬的远道而来的贵宾，请品尝一下本公司用我们老蒋家的祖传秘方酿造的地龙酒！他将一个贴有滚地龙商标的酒瓶打开，往我们的酒杯里倒了浅绿色液体，气味辛辣扑鼻，有些古怪。这是啥酒啊，会不会有毒？大哥，这也就是你，要是换个人敢这样说，我一个大耳刮子扇得他满地找牙！这酒，舒筋活血，舒经健络，那是基本的功能了；治疗跌打损伤，消痰活血，那也是酒到病除。最神奇的是，经我们的老乡心脑血管专家李文海教授临床验证，此酒能溶解附着在血管壁上的斑块！知道什么是斑块吗？不知道吧，不知道就算了，总而言之言而总之，咱这地龙酒是真正的琼浆玉液！你别吹了，就说这酒是用什么泡制的吧！大哥，蒋二看看鹤田泽庆，说，涉及国家机密，过几天我单独去告诉你，来，他举起杯，又说，小单，你也来喝。蒋总，我不会喝酒。胡说，你会不会喝水？会喝水就会喝酒，来，替你爸爸喝，必须的！

蒋总，这安全吗，我狐疑地问。什么？蒋二瞪圆了眼，道，大哥，省长，市长，他们的命不比你金贵？他们都点着名要这酒喝！你还真把自己当成大人物了？想想咱一块儿喝沟里的水把蛤蟆疙瘩子都喝到肚子里的时候！我先干，有毒先把我毒死！他将一大杯酒一饮而尽！怕他生气，我也喝了大半杯，那鹤田泽庆，也太实在了，见主人干了杯，他竟然也跟着干了。单舒拉抿了一小口。蒋二一瞪眼，单舒拉道，蒋总，饶了我吧！不行，蒋二道，你这是替你爹喝，你爹那酒量，高密东北乡谁人不知何人不晓？单舒拉道，他是他，我是我呀！什么他是他你是你？蒋二道，没有天哪有地？没有他哪有你？龙生龙，凤生凤，老鼠生来会打洞！单雄飞的女儿不会喝酒？那我要给你做一个DNA检测了，看看你到底是不是他的女儿！蒋总，我豁出去了，但我就喝这一杯，要不下午上了台，忘了词儿我可不负责。好吧，就这一杯。单舒拉将那一大杯酒一饮而尽，眉眼间陡然生出一股豪气，这就更像单雄飞了。我问：你爸爸当时已在化肥厂工作，吃商品粮，他怎么可以生二胎？蒋二道，二胎？三胎还有呢！大叔，您别听蒋总的，我爸爸是城市户口，但我妈是农村户口，可以生二胎呀。二胎，那你弟弟是哪儿来的？大叔，现在反正也不怕了。我妈生了我后，就偷偷地把我送到了我大姨家养着，对外就说我夭折了，然后又有了我弟弟。这计划生育也是撑死大胆的，饿死小胆的呀！我感慨地说。你以为呢？

世界上的事儿就是这样，无论多么高的山，也有鸟飞过去；无论多么密的网，也有鱼钻过去。好，大葱大酱来了，天大地大不如嘴大，爹亲娘亲不如饭亲，来吧，吃，大哥，别装文雅！

我抓起一段葱，蘸上黄酱，咣当咬了一口，这一下唤醒了我的胃，唤醒了我的豪气，唤醒了我的乡愁。葱酱一入口，那酒的辛辣就变成了甘甜和芳香，鹤田泽庆这孩子太实在了，跟着我们吃葱抹酱，跟着我们大口喝酒，一会儿工夫就接近全醉了，这孩子醉相很善，不哭不闹，不喊不叫，眯着小眼，满脸微笑。其实人家也快五十岁了，我还叫人家孩子。小单把他扶到沙发上去睡觉，我与蒋二边胡吃海喝边回忆往事。蒋二这个上语文不认字、上算术不识数的笨蛋，竟然不时地引经据典，口出佳句，听听:大哥，毛爷爷怎么说的来着？“忆往昔，峥嵘岁月稠”，苏爷爷怎么说的来着？“遥想公瑾当年，小乔初嫁了，雄姿英发”，大哥您是怎么说的来着，“高密东北乡是最英雄好汉、最王八蛋、最能喝酒、最能爱的地方！”毛爷爷和苏爷爷文化太高，话说得深奥，不如大哥您土鳖人讲土鳖话，犹如臭鸡蛋拌上隔夜的蒜泥，气味独特，冲击灵魂！大哥你们都说我装傻，其实我不是装傻，我们老蒋家的人有个特点，那就是：晚熟！当别人聪明伶俐时，我们又傻又呆；当别人心机用尽渐入颓境时，我们恰好灵魂开窍，过耳不忘、过目成诵、昏眼变明、秃头生毛，我就是个例子。

他尽管讲得不太靠谱，但确实又有一点儿道理，傻瓜蒋二，东北乡里谁人不知谁人不晓？我记得有一年我探家回来路过河上石桥，发现石桥上坐着四个人，都光着膀子，挽着裤腿子，把脚伸到桥下的流水中，问他们在这儿干什么，他们说用脚丫子钓鱼，这四个人，一个是吴家庄的二嫚，性别男，因妻子跟人跑了，神经受了刺激，每天穿着妻子的花衣裳，抹一脸胭脂在集市上唱戏。一个是刘家庄刘月，老光棍子，神志不清，常说自己是刘邦转世。一个是高家店高大年，据说解放前曾在青岛拉过黄包车，后来参加马拉松比赛得过亚军，后来不知何故而疯狂。另一个就是蒋二。这四个人坐在石桥上用脚丫子钓鱼，钓着钓着就打了起来，互骂膘子痴巴神经病，然后不欢而散，但用不了几天又会聚到一起。他们四人当年是我们高密东北乡的四大神仙。当时我想，真是物以类聚人以群分啊，现在二嫚、刘月都作了古，高大年流落在外不知所终，只有这蒋二，不但存在着，而且脱胎换骨、返老还童、智慧大开，于是我明白，与他相比，我才是真正的傻瓜。

大哥，蒋二道，我爷爷生于1903年，1973年时他七十岁，村里与他同龄的人都弯腰驼背、耳聋眼花了，但我爷爷是满头黑发，一口铁牙，耳聪目明，腿脚矫健，单雄飞挨了常林一脚后，知道了我爷爷的滚地龙拳，便前来拜师学艺。那时候你已经当兵离开了家乡，不知道这段秘史。我爷爷那时在生产队饲养室当饲养员，住在饲养棚里。我每晚去跟他做伴睡觉。你应该还记得饲养棚门前那眼八角水井吧？你还记得井边那棵夯拉柳吧？你还记得饲养棚前我们生产队的打谷场吧？你还记得每到晚上尤其是有月光的晚上，在光滑的打谷场上我们村里的青年们在那练武吧？常林说自己是我爷爷的徒弟那是吹牛，但我爷爷夜深人静时在打谷场上演练他的二十四招滚地龙拳时，一定被这小子偷看过，他是偷艺者，是看武艺，看武艺也能打倒两个不通武艺的蛮汉。单雄飞第一次来找我爷爷拜师时，是与三个知青一起。他们见了我爷爷就很不礼貌地问：你就是滚地龙蒋蛐蟮吧？我爷爷翻着白眼装聋，根本不回答他们的话。我爷爷当然不能回答，他们竟然直呼我爷爷的外号。然后他们又说：听常林说您会打滚地龙拳，能不能教教我们？我爷爷当时还在饲养棚里铲牛屎，便把一铁锹汤汤水水的稀牛屎猛地往他们面前一扔，粪水溅起，沾了这几个知青的衣裳。他们中的一位说：这老头，又聋又哑，能会什么武术？什么滚地龙？屎壳螂滚蛋吧。我当时在场，愤愤不平地说：爷爷，给他们点颜色瞧瞧！我爷爷依然装聋。我又骂单雄飞他们：滚，你们这些屎壳螂，我爷爷生了气，一出脚，就让你们断胳膊断腿。

过了几天，那单雄飞又来了，这次是他一个人，一见我爷爷就道歉说：蒋师傅，我们年轻不懂事，上次出言不逊，惹您老人家生气了。说着他就从挎包里摸出了一瓶栈桥白干，一包灯塔牌香烟，放在饲养室的灶台上。我爷爷严厉地说：拿走！那单雄飞学武心切，不在乎我爷爷的态度，点上一支烟，硬往我爷爷嘴里插，我爷爷无奈，只好把那香烟叼了。单雄飞恳切地说：蒋师傅，您就收下我吧。我爷爷装出很尴尬的样子，说：青年，你别听常林那鳖羔子胡说，我一个农民，会什么拳？除了会蜷着腿睡觉，别的啥都不会。单雄飞道：蒋爷爷，我知道您会，我学过武术，能看出来的，您都七十多岁了，还目光炯炯，黑发如漆，而且您的两个太阳穴都是凸起来的，不是练家子，哪有这样的精气神？我爷爷说，年轻人，我要是会拳，还用得着在这里喂牛养马？单雄飞道，这不奇怪，古来高手都在民间。您要不收我这徒弟我就不走了。我爷爷道：青年，听我老头子一句话，赶快回你的农场去，别影响了进步。而且，我还劝你，不要去练什么武，管用吗？不管用。李家官庄几十个会拳的，手持枪刀剑戟跟日本人去拼命，被人家一个胡子还没扎全的机枪手，端着挺歪把子机枪嘟嘟了一梭子，就全部躺了，死的死，伤的伤，所以我说，年轻人，练武的时代过去了。单雄飞道，这么说，您承认自己会武术了？我爷爷道：我不会，我一点儿都不会，走吧，年轻人，别耽误我干活。

又过了几天，单雄飞又来了，这一次他提着两瓶景芝白干——那可是当时最好的酒啊！还用报纸包来了一块猪肉，起码有四斤！天哪，这是多么厚的礼！他把酒和肉放在饲养室的一个空闲马槽里，然后扑通跪在地上，说：师父，你要是不收我，我就跪在这儿不起来了。

首先是我受了十分的感动，我觉得单雄飞是诚心诚意的，二斤美酒二斤肉，不诚心哪能送此厚礼？不诚心哪能下跪，而且人家是三顾牛棚，而且还跪在了地上。爷爷，我喊了一声，爷爷不理我，只顾端着筛子筛喂马的谷草。爷爷你就答应了吧。我爷爷不睬我的喊叫。自言自语着干自己的活儿。我去拉单雄飞，希望他能起来，但他很拗，我根本拉不动他。终于，爷爷筛完了草，坐在炕沿上吧嗒吧嗒地吸烟。好久，爷爷说:你真想学？单雄飞跪着喊:师父，我真想学。爷爷问：你知道习武之人的规矩吗？单雄飞道：知道，“练武为健身，不以武欺人，武艺长一寸，见人矮一分”。我爷爷道：那是你们的规矩，我的规矩是“无事时胆小如鼠，有事时胆大如虎”。单雄飞道：师父，徒儿记住了。我爷爷道：你都跑了三趟了，如果我不答应，也就太不给你面子了。起来吧，年轻人。单雄飞恭恭敬敬地给我爷爷磕了三个头。我爷爷上前把他拉了起来。我爷爷说：年轻人，我收你为徒，但这些东西我不要。单雄飞道：孔夫子收徒弟也要收束脩的。师父您必须收下。我爷爷也就不再说什么了。

从此，每到星期六的晚上，单雄飞就来跟我爷爷学滚地龙拳，我是单雄飞的陪练，武行里的规矩是师徒如父子，但我爷爷为了我给单雄飞降了一辈，不许他称师父而称师祖，这样，我与单雄飞便成了师兄弟。

我爷爷用一年的时间，把他的滚地龙拳二十四招，全部传授给了单雄飞，当然，也全都传给了我，也有人说这滚地龙拳实际上是二十八招，我爷爷留下了四招，这也是从猫教老虎学艺的故事里汲取的教训吧。

蒋二谈兴未消，我的听趣也浓，但单舒拉一亮腕表，说：蒋总，两点半了，擂台赛三点开始，我们必须出发了。

五

我们坐着蒋二的豪华轿车在景区里兜了一圈。县衙、土匪窝、烧酒作坊等景观从车窗外闪过。醒了酒的鹤田不停地发出“呦西，呦西”的感叹，这孩子到了这里后，说了起码有三千个“呦西”了，而且这数字还在快速地增长。我们看到一群人围着几个化装成游击队员和日本兵的人在表演电视剧《黄玉米》里的片段。我们看到有人在骑“女主角”骑过的毛驴，有人在坐“女主角”坐过的花轿，那些轿夫和赶驴的人都是周围村庄的农民，他们有的是我小学时的同学，有的是我小学同学的后代。那时候学生年龄差距比较大，我最大的那位同班同学谷满仓，已经四世同堂当了曾祖父了。当然我们也从敞开的车窗玻璃缝隙嗅到了烤玉米和烤地瓜的香气，还有“剧中人物白脖子”等人吃过的土匪常用饭“抃饼”卷大葱或卷鸡蛋的气味。以上写的都是美好的气味，不好的气味就是刺鼻的油漆味。园区正在修建一个富丽堂皇的大门，大门上盘着两条龙。几位工人正在高高的脚手架上给龙喷漆。在单舒拉的引导和蒋二的陪同下，我与鹤田坐在了擂台前特意留出的贵宾座位上。那是四把带靠背的折叠椅，在这四把椅子的前后左右，全是固定在地上的长板凳。

“还单独卖票吗？”我问。

“不单独。”蒋二道，“包含在通票里，到时我按比例提成。”

单舒拉从随手提着的塑料袋里摸出地龙牌矿泉水，递给我们每人一瓶。我问蒋二：“这也是你们公司的产品？”

蒋二笑而不答。

单舒拉道：“叔叔，你们坐着，我到后台准备去了。”

“让你爸爸先过来一下，”蒋二道，“别告诉他谁在这儿，给他一个惊喜！”

单雄飞像年轻人一样，从擂台上矫健地跳下来，小跑到我们面前，显然单舒拉并没有遵守蒋二的指示。我急忙站起来，他抓着我的手，使劲地摇晃着，说：“贤弟啊！久久不见久久思念啦！”

看着他满头蓬松的卷毛和红彤彤的脸庞，我感慨地说：“果然是练武可葆青春，岁月无痕啊！”

他愣了一下，但马上省悟，抬起手掌，压压头发，悄声道："染的嘛！"

我说："这气色假不了啊，瞧你这脸，一丝皱纹都没有啊！"

他悄声说："闺女联系了一个美容店，给我做了一个去眼袋手术，又给我买了十瓶玻尿酸原液，每天抹两次，效果确实不错。"

"原来如此，"我笑道，"想不到八尺男儿单雄飞，竟然成了'娘炮'。"

"咱这不也成了演戏界人士了嘛？"他笑着说，"登台亮相，拾掇得稍微体面一点儿，既给蒋总长脸，自己也觉得有信心。"

"没错师兄，"蒋二道，"你跟我一样，也是晚熟的品种！"

"他可不晚熟，"我笑道，"他大概已经熟过好几茬了。"

"也对，他跟常林第一次打架的时候，就熟透了，"蒋二道，"那些知青大嫂，没少耍吧！"

"师弟，你可别胡说，"单雄飞道，"师祖要健在，我会告你一状，让你挨烟袋锅子。"

"可惜常林不在了……"蒋二道，"他要在，怎么着我也得找个活给他干干。"

"他到底是怎么死的？！"我问。

"怎么死的？！"蒋二道，"喝了一瓶子'百草枯'！"

“‘百草枯’也能毒死人？”我惊讶地问。

“一百种草都能毒枯，还毒不死个人？”蒋二道，“嗨，那罪，真是遭大了。但他临死不忘幽默，我去看他，骂他，他竟然说，师弟，他确实也可算作我爷爷的徒弟，他说师弟，我不是自杀，我想用这‘百草枯’治治我那放臭屁的毛病！”蒋二眼圈红红地说，“奶奶的，这屌人，他是早熟的品种，上了岁数就傻了，既然连喝‘百草枯’的勇气都有，还怕什么呢？”

“他怕什么？他遇到什么事了？”我问。

单雄飞摸出手机看了一下，道：“师弟，贤弟，你们稳坐，我该去后台准备了。”

“他到底怕什么？”我追着刚才那话头问。

蒋二道：“怕什么？怕吃鱼卡住嗓子，怕关门挤着鼻子，怕睡觉扭了脖子。”

“他可不是个胆小的人啊，你想想当年，独立营教导员桌子上的钢笔都被他偷了，”我说，“如果教导员枕头下有手枪，他也敢偷。”

“有的人，小时胆小，后来胆越来越大，”蒋二道，“有的人，少时胆大，长大后胆越来越小，这就是早熟和晚熟的区别。”

我还要问，就看到打扮得花枝招展的单舒拉出现在擂台上。

擂台是用原木和木板搭起来的，离地约有一米半高，台下的空隙里，有几只野猫在转圈子，还发出凄厉的叫声。擂台的木板上，铺敷了一层鲜艳的化纤红地毯；擂台后的立壁正中，挂着一个巨大的“武”字；“武”字两旁挂着一副行草对联：上联是“拳打南山猛虎”，下联是“脚踢北海蛟龙”；台前两侧的立柱上端，绷着一条横幅，横幅上写着：首届滚地龙拳国际擂台赛。在擂台的后方的天空中，飘着四个红色的氢气球，气球下悬挂着长长的飘带，湛蓝的天空，洁白的絮状云。有一缕云彩的形状很像一条龙。坐在我们周围的观众中有人举起手机拍照。蒋二兴奋地拍了几张，道：“太好了！飞龙在天，利见大人！地龙登台，好运全来。”

各位领导，各位嘉宾，各位观众，大家下午好！单舒拉穿着一条红色的曳地长裙，用一口令我感到很亲切的“青普”，响亮地说。擂台前端的一排音箱突然发出一阵刺耳的尖叫。怎么搞的？蒋二喊：音响师！高密东北乡首届滚地龙拳国际擂台赛现在开幕！首先请允许我介绍前来参加开幕式的嘉宾，擂台下的两只猫不合时宜地撕咬在一起并发出尖叫。妈的，明天弄点耗子药送它们上天堂，蒋二恨恨地低声说。专程从北京赶来的，我们亲爱的老乡，小说《黄玉米》作者，著名作家莫言老师。在热烈的掌声中，人们把目光投过来，几十部手机对准了我，我不得不站起来，对大家挥手致意。我听到有人说：嗨，老成这个样子了。还有专程从日本飞来的著名作家，也是我们莫言老师的好友鹤田泽庆先生。我捅了一下鹤田，他愣愣怔怔地站起来，对大家深深鞠躬。下边，有请莫言老师上台致辞！搞什么鬼名堂！我用脚踢了一下蒋二的腿，低声说，你应该提前告诉我。他嘿嘿地笑着，道：乡亲们都想念你哪。有请莫言老师，单舒拉在擂台上朗声高叫，她的声音被扩音机放大后震耳欲聋，请大家鼓掌欢迎。在众人的掌声里，我绕到擂台侧后方，在几个身穿黄色练功服的年轻人扶持下，沿着木台阶上了擂台。擂台坐北朝南，偏西的阳光很强烈，刺得我睁不开眼睛。单舒拉把话筒递给我，我说：乡亲们，久久不见久久想见！在这秋高气爽、晴空万里的好日子里，在蒋天下先生的盛情邀请下，我荣幸地参加这个在高密东北乡历史上具有重要意义的国际擂台邀请赛。吾乡人民勤劳勇敢、修文尚武，创造出灿烂的文化，滚地龙拳就是这灿烂文化的一部分……这次擂台赛，既是武术的盛会，也是文化的盛会……我衷心祝愿擂台赛圆满成功并长期举办下去……

我刚刚坐定，蒋二就说：“哥，亲哥，我见过有才的，但没见过像你这样有才的！毫无准备，上台就讲，既有高度，又有深度，佩服，佩服，你也是晚熟品种的杰出代表。”

“混蛋！”我低声说，“我很不高兴，但还是帮你把这台戏演下来了。”

“这就是你，”蒋二道，“我要是摸不准你的脉，我也不敢做这样的安排。”

“下不为例，否则断交。”我说。

“哥，放心，我亏待不了你，出场费二十万，我先替你入股了，将来你就等着分红吧。我们晚熟的人，要用一年的时间干出那些早熟者十年的业绩。看，老单出场了！”

单雄飞穿着一身宽大飘逸的白色练功服，往擂台上一站，真有几分仙风道骨。在他的旁边，有一个小伙子，打扮成一只绿色螳螂模样；另一个小伙子，穿着一身紫红色蚯蚓服，打扮成一条蚯蚓。我们滚地龙拳的祖师爷蒋启善先生，单雄飞扮演。在场院里习武时，发现一只螳螂正与一条蚯蚓在搏斗，单舒拉在幕后讲解着，只见那螳螂，挥舞着两把大刀，上下左右，又砍又刺又剁又抓又拿，发动着密集的持续不断的进攻，螳螂演员按照解说词的提示，向蚯蚓演员发起攻击，但那蚯蚓以守为攻，躲闪避让，摇头摆尾，前仰后合，左右翻滚折叠，并不失时机地用尾巴扫、捆、绞、缠、套、拧，将螳螂的所有进攻化解于无形，最后，那蚯蚓一记尾鞭，横扫在螳螂颈上，扮演蚯蚓的演员左臂左肩着地，飞起右腿，横扫在扮演螳螂演员的脖子上，我们的祖师爷受此启发，创造发明了独具特色的滚地龙神拳。单雄飞和扮演螳螂与蚯蚓的演员，向台下观众鞠躬致意，掌声响成一片，下边请滚地龙拳传人单雄飞先生为大家演练滚地龙拳二十四招，单雄飞一个人在擂台上翻滚腾跃，动作连贯，身形优美，确实是英雄身手。我努力鼓掌，为这些晚熟的人喝彩，因为被乡情绑架上台而产生的不快渐渐消散。下边，比赛正式开始，滚地龙拳第四代传人方江出场，挑战者即墨螳螂拳第八代传人，青岛市第六届武术比赛优胜奖获得者范全上台。方江，这个有点儿驼背的小伙子，身穿黄色练功服，腰扎黄色镶红边儿丝线宽腰带。他应该是我小学同学方金侯——方金猴的孙子，蒋二道，这小子腿功不错，但意志力不行，打得了胜，打不了败。担任裁判的是市体校武术教练张坤。范全用螳螂捕蝉的招式伸出右臂，试图去锁方江的脖子，但方江左手握住范全的右手腕，右手抓住他的右臂，用力朝外侧一翻，同时双腿夹住了范全的右腿。范全左手抹住方江脖子，方江身体猛地往右翻滚，解脱了自己的脖子同时右腿外侧猛击范全左腿内侧，范全支撑不住，一屁股坐在地上。他迅速地往左翻身，想把方江压在地上，但方江的双手早已按着范全的双肩，右膝顶住他的肚腹，将他放平在擂台上。裁判吹一声短哨，示意运动员脱离。我使劲鼓掌，知道第一局是滚地龙拳的方江胜了。他这一招叫啥名？我问。一小招，“如花剪”，蒋二道。第二个回合螳螂拳范全赢，一比一。第三局滚地龙拳方江用了一招“小圆堂”，紧接着一招“美女照镜”将对手掀翻，三局两胜，螳螂拳选手服输下台。好好好，旗开得胜！蒋二抚掌大乐。方江在台上转着圈子，对台下鼓掌的观众行拱手礼。下面上场挑战的是来自河南南阳的马氏太极拳第十六代传人马鸣川。几个回合后，马鸣川认输下台，方江再胜。这小子今天状态很好，看样子也是个晚熟品种，有培养前途，蒋二道。下一个上台的是来自泰安的猴拳第十八代传人侯上树——真是好名字！这侯上树按说应该长得猴精古怪，瘦骨嶙峋，才与他的名字配套，但他却是黑眉虎眼、五大三粗，亚赛一座黑铁塔。也可能那方江有点儿累了，也许是他确实技不如人，只一个回合，便被侯上树一记直来直去的王八拳捅到了台下，幸亏台下早有防备的几个保安接托，才没摔惨。狗屎还是扶不上墙啊，蒋二叹道。也不能全是你们滚地龙拳胜啊，否则还有什么意思啊！我说。侯上树打的根本不是猴拳，依我看他就是一个学过一点儿搏击的莽汉，仗着他那一身蛮力欺人，果然，他很快就被滚地龙拳的第二个上场选手匡四平打下台去，而接下来上台挑战的，是来自日本国的选手渡边一郎。这位渡边一郎是个坦率的人，他说他的爷爷渡边陵，是第一批侵华日军，参加过很多次战斗，立过很多战功，这也就是说，他的手上沾满了中国人的鲜血，这个杀人恶魔，1938年8月，就在我们高密东北乡的青杀口小石桥上，被我们滚地龙拳师祖蒋启善大师，一脚踢到桥下，脑袋撞在石头上，死了。亲爱的观众朋友们，昨天上午渡边一郎在翻译陪同下参观了我们刚刚建成的“青杀口战役纪念馆”，他从我们刚从民间收集来的那次战役的战利品中，发现了他爷爷穿过的上衣，那上衣的里子上，写着“渡边陵”三个字。观众们、朋友们，这个日本拳手，心里是怎么想的，我们不知道，但我们知道，我们滚地龙拳的优秀选手匡四平，有压倒一切敌人而决不被敌人所屈服的勇气，这已经不是一场单纯的武术比赛，而是关系着国恨家仇，请观众朋友们为我们滚地龙拳的拳师加油！单舒拉在台后用她的富有感染力的“青普”，尽情地煽动着观众的情绪。这不太好吧，我说，武术就是武术，别跟政治捆绑！哥，这又是你不对了，世界上的一切都跟政治关连着，文化如此，体育如此，武术更是如此。蒋二不无得意地说，这就是堂堂正正的正能量！哥，你要继续晚熟！我看了一眼鹤田，幸好他的中文词不超过五十个，但他的脸上似乎显出了尴尬。我说，你们应该稍微含蓄点。蒋二低声道：哥，跟那些早熟的傻×不能含蓄啊，越直接越狗血他们越疯狂！那渡边一郎，身材不高，腿短臂长，肌肉发达，面相凶恶，身穿虽不是和服但明显具有日本服饰风格的黑色武士服，头上缠着一根白布条，白布条上有一红色圆圈。他在擂台上走圈示威，好似一头猛兽在留臊圈占领地。匡四平与他行赛前拱手礼，裁判一声哨响，二人便打在一起。渡边一郎应该是散打搏击一路，他出拳如风，踢腿似电，根本不给匡四平近身的机会。我虽没跟蒋二的爷爷学拳，但知道这滚地龙的长项就是近身纠缠搏斗，似这般又蹦又跳、躲躲闪闪的对手，滚地龙拳选手根本无法发挥特长，所以也只剩下招架之势，无还手之力。眼见着匡四平的步伐越来越乱，头脸上中拳，肚腹上中腿，败象尽现。渡边打得性起，一记直拳，猛捅到匡四平鼻子上，匡四平往后便倒，直挺挺地躺在红地毯上，一动也不动了。我的心早就揪起，对这凶猛的日本选手生出恨意。这哪里还是比赛，分明是行凶！我看周围观众，知道他们之心与我相通，再看鹤田，竟痛苦地手捂双眼，而晚熟者蒋二，面带微笑，似乎很享受这个过程。裁判数数，匡四平不动。我的心揪着，可别出人命！上来几个人，把匡四平抬下去。渡边嚣张地将手指噙在嘴里，吹出一声尖厉的呼哨。然后迈着猩猩步，在擂台上走圈。观众朋友，我们很抱歉，事先不知道渡边的爹是被我们祖师爷打死的日本鬼子，他显然是到我们高密东北乡报仇来了，看看他那嚣张劲儿，我想大家都恨不得上台痛打他一顿，煞煞他的威风，让他知道我们东北乡人是不好欺负的。同胞们，有血性的乡亲们，上台啊，煞煞小日本的威风！一个精壮青年从观众席上站起来，几个蹿跳步，蹦上了擂台。只见他身穿紧身裤褂，脚蹬一双白色球鞋，剃着鸡心头，显然也是练家子。请这位好汉报上姓名！但这位好汉根本不理睬单舒拉的询问，一上台便连翻两个空心跟头，然后左手按地，身体横躺，一个侧翻，便把那条右腿横扫到渡边脚踝上。按说这一招近乎偷袭，违背了比赛规则，但观众一片欢呼。其实这已经不是比赛，接近胡闹了，这是预先的安排还是突发的情况？我这颗晚熟程度不够的脑袋一时也想不明白。渡边很快从狼狈状态中跳脱出来，他蹦跳着，躲闪着满地翻滚的鸡心头好汉，几分钟后，鸡心头翻滚的速度放缓，这渡边，像一只肥大的蛤蟆一样猛然蹦起，正正地落到正翻滚到仰面朝天角度的鸡心头身上，这动作丑陋滑稽，突破了武术比赛的底线，连酒鬼打烂仗也比这雅观，我听到后边有人说，这哪里是比武，这是癞蛤蟆打架！观众席上一片笑声，但大家很快笑不出来了，只见那渡边双手拃着鸡心头的脖子，可不是做戏的样子，是打着狠狠往死里拃啊！裁判员吹哨制止无用，便下手拉扯，拉扯不开，正无奈时，台上跑上来几个人，把渡边拉起来，然后又把鸡心头抬下去。裁判对渡边提出警告，渡边似乎听懂了，又似乎没听懂，只是从嘴里喷出一些乱语：呦西呦西，yes yes，你的大大的好，然后又吹口哨又转圈，气焰嚣张，不可一世。坐在我身边的鹤田悄悄地对我说：老师，他，不是的，不是日本人。我陡然间又晚熟了一个量级，明白了这一切不过是一场戏，编剧和导演都是坐在我身边这位晚熟透了的蒋天下蒋总。接下来就是看戏了，我拍了一下鹤田的膝盖，轻声对他说：歌舞伎，kabuki。他兴奋地噢了一声，然后说：呦西呦西呦西……

最后的结局是：高密东北乡滚地龙拳的正宗传承人单雄飞老爷子上场，与前来寻仇报复的小日本渡边一郎展开了生死大战，老爷子在开场时虽然中了渡边几拳，但最终，在单大师的小圆堂、大圆堂、鸳鸯腿、中锋剪、行者出世、怒马飞蹄、翻天夺印、高鞭封目、苍龙探海等招数的轮番打击下，不可一世的日本拳师渡边一郎趴在地上，仿佛成了一条死狗。

在上述激烈的搏击过程中，单舒拉大呼小叫，煽风点火，把观众情绪和场上气氛推向阶级仇民族恨的高潮，观众狂欢，有的人甚至热泪盈眶，最后，音响放起了用粤语演唱的电视连续剧《霍元甲》的插曲《万里长城永不倒》：

> 昏睡百年，国人渐已醒，睁开眼吧，小心看吧，哪个愿臣虏自认……开口叫吧，高声叫吧……万里长城永不倒，千里黄河水滔滔……冲开血路，挥手上吧，要致力国家中兴……

在众人的合唱声中，几个人把渡边一郎像拖死狗一样拖下台去。

“知道他是谁吗？”蒋二问我。

“谁？”

“常林的儿子，外号‘五毒’的那个。”

六

昨天凌晨，在两片“思诺思”作用下，我刚刚蒙眬入睡，座机电话在客厅里突然响起，这是谁呀？我嘟哝着，摇摇晃晃地去接了电话。

“哥啊，大事不好了，”蒋二哭哭啼啼地说，“两台推土机正在推毁我们的擂台和滚地龙拳展览馆……”

“为什么？”我迷迷糊糊地问。

“说是‘非法用地’，”他恼怒地说，“可是我建设的时候，他们……”

“是不是真的非法用地？”我问。

“这事怎么说呢？”他吭吭哧哧地说，“说非法就非法，说合法也合法……这地方是上世纪六十年代划出的‘滞洪区’，可河水断流已经三十多年了……”

“继续晚熟吧。”我撂下电话，摸回床去睡觉。

斗士

一

我到乡下去看父亲。父亲热情地泡茶给我喝。多年的父子成兄弟，其实，我觉得多年的父子更像朋友。

父亲对我说，方明德去世了。我有些吃惊，因为上个月我回来，这位曾经担任过我们村党支部书记的老人还来看过我。提起当年人民公社时期的盛事，他神采飞扬；说到眼下的种种弊端，他痛心疾首。他曾经逼问我：“大侄子，你说，是毛泽东伟大，还是邓小平伟大？”

我含含糊糊地说：“这怎么说呢……应该……都伟大吧……”

父亲给我解围，说：“老方，老方，喝茶喝茶，毛泽东伟大，邓小平伟大，你也很伟大。”

他说：“老哥，我知道你这是讽刺我，但我就是不服气。”

我父亲说：“你也八十多岁的人了，还生这些闲气干什么？能吃就吃点，能喝就喝点，听说你的荣军补助金又涨了？每年一万多元了吧？”

他说：“钱是够花的，但心里不舒坦。”

我父亲说：“你每天吃喝玩耍，国家还发给你那么多钱，有什么不舒坦的？”

“老哥，你不懂，”他转脸对我说，“大侄子你懂，你懂我的心思，你爹一辈子不懂政治，是个愚民。”

我父亲笑着说：“不是愚民，是顺民，无论谁当官，我也是种庄稼的。”

他说：“悲剧啊，但又有什么法子呢？我是共产党员，你不是，你可以当顺民，我不能，我要战斗！”

“好好好，”我父亲说，“生命不息，战斗不止，小车不倒只管推！这些都是你当年挂在嘴边上的话儿。”

“虎老了，不咬人了，”他沮丧地说，“秋后的蚂蚱，蹦跶不了几天了！”接着，他有些神秘地对我父亲说，“大哥，我昨天夜里，梦到毛主席了……”

我父亲笑道：“毛主席请你吃饭了吧？”

他说：“毛主席对我说，小方，你要战斗！”

我问父亲，方明德是什么时候死的，父亲说，不太清楚。我有些纳闷。在我们这样一个小村里，别说死一个人，就是死条狗，很快就会家喻户晓，何况这方明德是当了几十年支书的头面人物。父亲说，老方这个人，干了不少坏事，但性子还是比较直的。我们爷俩正说着话，一个人，像影子似的飘了进来。

来人是我的一位远房堂兄，名叫武功。他的哥名叫文治。据说为他们兄弟俩命名的是我们家族中的一位饱读诗书的老人。

我站起来，迎接这位老兄。许多年不见，他已经白发苍苍，俨然一个老者了。“大弟，你回来了？”他问候我，声音扁扁的。还是当年那腔调，听上去有些不男不女。我对这位堂兄没有好感，多半是因为他这腔调。

“你也老了，”他在一张方凳上落座，呷了一口父亲为他倒的茶，看了我一眼，说，“你也快六十岁了吧？”

潜意识里，我总觉得自己没有这么大，但心里一算，可不就是吗，我回答他：“五十六了。”

他提高了嗓门，吵架似的说：“不对，你是属羊的，正月二十五生日，你已经五十八了！”

“对对对，”我有些不快地说，“你说得对，我五十八了，一转眼就六十了。你呢？快七十了吧？”

他说：“不是六十八，就是六十九，俺娘糊涂，不记得我的生日，也不记得我的岁数。”

父亲说：“你是1944年7月生，带虚岁六十九了。”

“六十九跟七十也差不多了，”他说，“我跟方明德这个王八蛋斗争了一辈子，终于把他斗倒了！”

父亲说：“他也没怎么整你吧？”

他说："大叔你不知道，1970年8月，二队里让人偷去了两个小推车轱辘，他怀疑是我偷的，就让他的侄子，民兵连长方保山，把我弄到大队部里，吊到梁头上，整整吊了一夜。"

父亲说："那时代，搞阶级斗争，人都变得不像人了。"

他说："他是借机报复我呢！这个王八蛋，知道我有一副象牙棋子儿，非要我卖给他。我说我宁愿扔到河里也不卖给他。我是在河堤上与黄耗子下棋时说这话的。他激将我说，武功你是条汉子你就把棋子扔到河里。我用那张塑料布棋盘兜着棋子就撇到河里了，落下了一个蓝象，我捡起来又扔到河里。那副象牙棋子噼里啪啦地落到河水里。在场的人都愣住了。大叔您当时一定也听说了吧？"

父亲点点头说："听说过，几十年前的事儿。"

"这可是壮举啊！大叔，"武功激昂地说，"当时那年头儿，方明德一跺脚，全村都哆嗦，敢跟他叫板的，也就是我了！"

"你那副棋子，要是留到现在，值不少钱了。"我说。

"那是，"他说，"后来，黄耗子他们下河洗澡，扎着猛子摸上了十几个棋子。前些天电视台《鉴宝》栏目的人下来，黄耗子的儿子拿着那些棋子去鉴定，专家说，那是皇宫里的东西，如果一个子儿不缺，能换一辆奔驰！"

"真是可惜，"我说，"你为了一口闲气，把一辆奔驰扔到河里。"

“话可不能这么说,”他说,“大弟,人活一辈子,争的就是一口气!”

“你一点儿也不后悔吗?”

“我后悔什么?”他说,“我一点儿也不后悔。我窝囊了一辈子,就这件事儿干的,还带着几分英雄气概。”

“我可以想象当时的情景,”我说,“老方一定给你镇住了。”

“大弟,”他说,“你是写小说的,应该把这件事儿写一写。当时在场的有十几个人,方明德那张大饼子脸,那是白了又黄,黄了又青。他跺着脚说:‘武功,算你有种!咱们骑驴看唱本儿——走着瞧!’我说:‘走着瞧就走着瞧,老子犯法的事儿不做,你能把我怎么着?’但事实证明,在那个暗无天日的时代里,即便你遵纪守法,照样会灾祸临头。”

“算了,”我父亲见他说得激昂,便劝他,“方明德人都死了,你还提这些事儿干什么呢?”

“大叔,”他说,“你不知道他有多狠啊!他让他侄子反绑着我的胳膊把我吊到房梁上——这些强盗,私设公堂,在房梁上安装了一个定滑轮,轻轻一拉,就让我离地三尺。他说,‘武功,你小子,终于落到我手里了,说吧,你把车轱辘藏到什么地方啦?’我说,我不服,我冤枉。他说,你是咱们村嘴巴最硬的,不给你点颜色瞧瞧,你不知道无产阶级专政的厉害。大叔,你不知道,你们无法想象啊,他让他侄子把我拉上去，一松手，我啪唧跌在地上；再拉上去，又一松手，啪唧跌在地上；再拉上去，又一松手，啪唧跌在地上……即便是这样我也不屈服，我说，方明德，你不就是为了那副象棋吗？你有种把我弄死，但如果你让我活着，我就跟你没完。后来，他大概也怕弄出人命来，就把我放了。”

回忆悲惨往事，使他脸上表情悲愤交加。我一时也不知该说什么好，便递给他一支烟。

他说道：“在遭受那次酷刑之前，我是抽烟的。他们捉我的唯一证据就是在现场发现了一个烟荷包，那个烟荷包确是我的。究竟是谁偷了我的烟荷包陷害我，我当然清楚，我已经让这个人付出了代价！从那之后，我就不抽烟了。”

“老方后来还是有反思的，”父亲说，“改革开放后，让我给你带话，要请你吃饭，你还记得吧？”

“大叔，”武功道，“那是他被上边把支书撤了之后的事。”

“不是撤，”父亲说，“他是退休。”

“反正是不当官了，”武功说，“他要是当官，怎么会向我道歉！”

“武功啊，”父亲笑着说，“你也不是个善主儿，老方这辈子，没少吃你的亏啊！”

“这倒也是，”他笑着说，“这老混蛋最怕的也是我。死了我也没饶他。”

二

我经常回忆起武功与村里最有力气的王魁打架的那个夏天。那天中午，我与母亲坐在我们院子里那棵杏树下挑拣麦秸草里夹带着的麦穗，忽然听到大街上有人吵嚷。母亲说：“又是武功，他怎么这么喜欢与人打架呢？”

我说：“他名叫武功，但是个屄包。每次都被人家打得鼻青脸肿。”

“他是天生的贱骨头，三天不挨打，皮肉就发痒。”母亲瞪我一眼，说：“他是啄木鸟死在树洞里，吃亏就在嘴上。你也要注意，”母亲说，“少说话，没人把你当哑巴。”

外边的吵嚷叫骂声越来越大，还伴随着嘁里咔嚓的声响。我是个爱看热闹的孩子，用目光央求着母亲，母亲默许了。

我飞奔到大街上，看到很多人都往打麦场那边跑。我跟着跑。打麦场上，围着很多人，我挤进去，阳光耀眼，目眩中看到只穿一条短裤的王魁，裸露着肌肉发达的臂膀，正在用脚踢着躺在地上的武功。

武功双手抱着头，趴在地上，高亢的叫骂声从地面直冲上来，显得十分悲壮。

“骂，让你骂，让你骂！”王魁双脚轮番踢着武功的屁股，嘴里还声嘶力竭地喊叫着。

有一位老人劝解道：“王魁啊，你就放过他吧。”

王魁喘息着说:“你让他闭住他那张臭嘴!”

老人大声对武功说:“武功,你就闭嘴吧!”

但武功的骂声更高了,骂出的词儿令听者都感到羞耻。

王魁转到前边,对着武功的脑袋踢了一脚,武功惨叫一声,但还是骂。王魁又对着他的脑袋踢了一脚,他不出声了。接着,一股臭气弥漫开来。

当时,众人都以为武功死了,但他没有死。

几天后的一个中午,武功拄着拐棍出现在王魁家的门口。他破口大骂,王魁提着铁锹冲了出来。

武功叫骂不止,声音尖厉,全村的人都能听到。

王魁举着铁锹说:“你闭嘴!”

武功骂道:“王魁,你这个杂种,你今天要是不铲死我,你就不是你爹你娘做出来的。”

王魁浑身抖着,将铁锹的刃儿逼近武功的咽喉。

武功反倒平静了,他竟然笑嘻嘻地说:“铲吧,你今天必须铲死我,你今天要是不铲死我,杂种,你们家就要倒霉了。你力大无穷,我打不过你,但是,杂种,你女儿今年三岁,她打不过我;你儿子今年两岁,更打不过我;你老婆肚子里怀着孩子,也打不过我。你除非天天守在门口,要不,你就等着给你老婆孩子收尸吧!”

王魁色厉内荏地说:“你敢!”

武功道:“我有什么不敢的?我光棍一条,家里只有一个八十岁的老娘，我已经给她准备了一包耗子药。我一命换你们家四条命，有什么不敢的。”

“我先毁了你这杂种吧！”王魁吼叫着。

“欢迎欢迎，”武功道，“你铲死我，公安局捉走你，判你死刑，咱一命换一命。”

这时，我父亲来了。我父亲当时还担任着大队里的会计，也算有面子的人物。我父亲先训武功：“闭嘴，回家去！”然后我父亲对王魁说，“王魁，你是好汉，不要跟他一般见识。”

王魁收了铁锹，说：“大叔，你不知道他有多么气人，他竟然说我儿子不是我的……”

武功高声道：“你的儿子确实不是你的，是方明德的！”

我父亲扇了武功一个耳光，厉声道：“闭上你的臭嘴！”

“大叔，你是尊长，你可以打我，但你不能不让我说话。”武功指了指王魁家的后窗，说，“他家的后窗，就在我家院子里。有些丑事我不想看到，但是碰巧被我听到了。王魁你把你儿子叫出来，让大家伙儿看看，你这个儿子，到底是谁的儿子！”

我父亲又扇了武功一个耳光。武功的鼻孔流出血，但他的声音更高了：“王魁，你老婆肚子里这个孩子也不一定是你的！”

王魁将手中的铁锹，猛地铲在地上，然后蹲在地上，捂着脸哭起来。

三

父亲后来告诉我，像武功这样的人，还真是不好对付，惹上了他，一辈子都纠缠不清。那王魁，从此就再也不敢惹他。倒是他，经常站在自家院子里，对着王魁家后窗指桑骂槐。后来，王魁将后窗用砖头堵上，六月天也不捅开。改革开放之后，人口流动自由了，王魁索性带着老婆孩子走了。走了之后再也没回来过，去了哪里谁也不知道。院子里的蒿草长得比房檐还高，那房子，眼见着就要塌了，房子一塌，就成了废墟。你说他有多厉害！

就说方明德，1948年入党，参加抗美援朝，三等残废军人，家里有三个儿子，还有十几个虎狼般的近支侄子，在村子里谁人敢惹？但他最终也没能制服武功。因为武功不把自己当人，他知道自己命贱，家庭出身不好，连个老婆都讨不上，相貌也是招人恶，这倒成了他的法宝，谁也不愿意拿自己的命去换他这条贱命。

父亲说方明德死后，他的儿子们秘不发丧，夜里悄悄地抬出去埋了，为的是继续领取那每年一万多元的荣军补助。但这一切都没瞒过武功，是武功到县里举报了方明德那三个儿子。他们恨透了武功，但对这样一个人，又能怎么着他呢？

四

我第一次看武功跟人打架，是读小学二年级的时候。那时我八岁，武功，按照父亲的算法，应该是十九岁。

那时候冬天很冷，夏天很热。那时候夏天的中午，村子里的男人，不论老少，都泡到河里。河里的水也是热的。只有河边的几株大柳树下的水是凉的。大家都挤在这一片凉水里。突然，武功跳了起来，破口大骂那个外号“黄耗子”的小个儿青年。然后那个黄耗子就冲上去打他。武功个子高，黄耗子个子矮，在水里打，两个人不分胜负。黄耗子跳上岸，武功也跳上岸。两个人就在岸上打。都光着屁股。他们的身体都发育了，看上去很丑陋。

在岸上，黄耗子明显占了上风。他将武功打翻在地，然后，将一泡焦黄的尿撒在他的身上。

我记得武功从高高的河堤上猛地跳到了河里，砸起了一片浪花。好久，他从水里露出头，骂道：“黄耗子，这辈子我跟你没完！”

五

那天我又回家去，在车里，看到一个老人，拄着一根棍子在大街上蹒跚着。我乘坐的车从他身边经过时，透过车窗玻璃，我看到了武功苍老而浮肿的脸。听父亲说，武功已经被批准为村子里的“五保户”，即保吃、保穿、保住、保医、保葬。也就是说，他剩下的日子里，已经有了最基本的生存保障。他那颗被仇恨和屈辱浸泡了半辈子的心，该当平和点了吧？但好像没有，就在我乘坐的车从他身边经过时，他竟然将一口痰吐到了车顶上。我相信他没有看到车里坐着的是我。司机恼怒极了，要下车收拾他。我说：“赶紧走，不要惹他，这是我们村子里一个谁也惹不起的人物。”

我想起了母亲生前悄悄地跟我说过的话：“这个武功，真不是个东西啊。谁要得罪了他，这辈子就别想过好日子了。”

母亲说武功亲口对她说过，某年某月某日，他用农药浸泡过的馒头毒死了方明德大儿子家猪圈里那头三百多斤重的大肥猪。某年某月某夜，他手持镰刀，将黄耗子家那一亩长势喜人的玉米，统统地拦腰砍断。某年某月某夜，王登科家那一大垛玉米秸秆，突然燃起了冲天大火，也是武功干的。连续十几年的大年夜里，我们村和两个邻村，总会有草垛起火，这也都是武功干的。我说，难道邻村也有人得罪过武功吗？母亲说：他这人，脾气怪诞，你对着他打个喷嚏，很可能就把他得罪了。他还会装神弄鬼呢，母亲说，你还记得十几年前修鞋的顾明义在桥头遇到鬼被吓出神经病的事吗？那也是武功干的。母亲叹息着，说，他这样胡作，总有一天会作死的。但事实证明，武功没有作死，而且他还顺利地获得了“五保”，他放了那么多次火，干过那么多的坏事，竟然没被人捉住过，这也真是一个奇迹。母亲说，他干的这些坏事，总会受到报应的，但你一定要给他保密，因为他只对我一个人说过，连你爹都没告诉。

我似乎明白武功的心理，但我希望他从今往后，不要再干这样的事了。他的仇人们，死的死，走的走，病的病，似乎他是一个笑到最后的胜利者，一个睚眦必报的凶残的弱者。

贼指花

一

我第一次坐船是1987年6月，在松花江上。那是一条豪华的小型游船，据说是专供当地要员和上边来的要人用的。驾船者是一个赤红脸膛的大汉。他身上带着一股子宰相家人的傲气，对我们这伙所谓的作家、诗人充满了鄙视。虽是六月，但江风凛冽，我披着外套还略感寒意，但这位爷却只穿一条大裤衩子，一袭圆领衫。衫上印着一个黑色的虎头，凶气逼人。开船之后，他一手把舵，一手提着啤酒瓶子，灌一口啤酒，打一个嗝，对我们说："你们都是北京来的？北京人，不行，大大的不行，全是井底之蛙！有条长安街有什么了不起？有座天安门有什么了不起？你们有松花江吗？有兴安岭吗？"灌一口酒，打一个嗝，又说："你们也敢自称作家、诗人，我看都是臭杞果子摆碟——凑数！你写过什么？写过《水浒传》？你写过什么？写过'床前明月光'？你更不灵，"他用酒瓶子指点着那位名叫尤金的青年作家，说，"我看你最大的本领是向女人献殷勤，见了女人你就犯贱！我们市领导真是昏了头，竟然花大钱请你们来采风，采个×！有这些闲钱，帮助几个失学儿童多好！”尤金被当众羞辱，脸上有些挂不住，便运用他一贯的战术，低头哈腰地说：“韩师傅，兄弟从娘肚子里钻出来就是个坏蛋，刚会爬时就到邻居家欺负小女孩。我爹本来想把我用木棒子敲死，但被我奶奶拦住了。天生的坏蛋，长大了也好不了。如果不是怕污染了这条松花江，我就一头扎下去死了算了。只要您老人家允许我跳下去，我立马就跳下去。”大汉见尤金能这样自轻自贱，立马就说：“兄弟，就凭你这番话，我就看出来了，你是个作家，你是个大作家！这群人里，能成大气候的，我看就是你！他们，一个个人模狗样的，其实都不行。幸亏现在不是梁山泊那个时代，否则，我让他们一个个都吃板刀面！”他挥着空酒瓶，做了一个砍杀的动作。这时，本次笔会的组织者之一，《松花江》月刊的诗歌编辑武英杰悄没声地走到大汉身后，猛拍了一下他的肩膀，大汉打了一个激灵，回头道：“你他妈的吓死我了！”

“我又不是你们科长，你怕什么？”武英杰道。

“你就是我们科长，老子也不怕！”

“汉子，真汉子！”武英杰伸出拇指猛夸几句，又喊，“小范，范兰妮！拿酒来！”

那位一直坐在船舱里读书的范兰妮提着一瓶子当地产的

白酒走过来。她头戴白色遮阳帽，眼上遮着红框大墨镜，身穿白裙子，脚蹬白色高跟凉鞋，鞋面上晶光闪烁，脚指甲上涂着红色。浓密的金黄色头发披散在肩头。据武英杰说她有俄罗斯血统，现住黑河，家里有一条打鱼船，世代渔民，祖上曾因捕捞到一条三千多斤重的鳇鱼进贡朝廷，而获七品顶戴的嘉奖，这是大清嘉庆年间的故事。

武英杰拧开瓶盖，夺过大汉手中那个空啤酒瓶，将白酒一分为二，一瓶自持，一瓶给大汉，道："别给咱东北人丢脸啊！来，干了！"

"干了就干了，谁怕谁呀？"大汉道，"不过，老子刚喝了一瓶啤酒！"

"拿啤酒去！"武英杰指使范兰妮。

不及范兰妮动身，一直待在船舱里与几个女记者吹牛的胡东年便提着两瓶啤酒跑出来。胡东年是公安系统的小说作者，写过几部侦探小说，自称"中国的柯南·道尔"。

武英杰从胡东年手里接过一瓶啤酒，一歪头，用牙齿咬开瓶盖，然后仰起脸，张大口，高举啤酒瓶，让啤酒几乎不沾嘴唇地直接倒入喉咙。众人一片欢呼，我心澎湃，见过喝啤酒的，但没见过这样喝啤酒的。武英杰将那啤酒瓶盖又压到瓶口上，看似漫不经心但却非常准确地将瓶子扔进三米开外的垃圾筐里。他举起白酒瓶，对大汉道："怎么样？现在公平了吧？"然后碰一下大汉手中酒瓶，道，"我先喝为敬了！"

大汉吭吭哧哧地说："不是我不喝，东北大老爷们，哪个不是酒精泡出来的？我是考虑你们的安全，虽说是船，也不能酒驾吧！"

"小人不才，在部队开过登陆艇，这种玩具船，应该是闭着眼也能开！"尤金说着，挤到大汉面前，抢过了舵轮。

武英杰仰起头，噙住瓶口，咕嘟咕嘟，像喝凉水一样，把那半瓶白酒干了，然后又将瓶子准确无误地投进垃圾筐。

大汉支支吾吾，还想寻找托词，武英杰双目圆睁，怒喝一声："喝！"

武英杰双目圆睁，浓眉竖起的样子我是初次见到，我想这才是东北真汉子，这才是真英雄，而这身穿虎头衫的大汉，不过是个外强中干的烂仔。

大汉这次是真的打了个激灵，但他依然很豪气地说："喝就喝！老子这辈子还没醉过呢！"他也想学武英杰的样子一口气灌完，但中间还是停顿了两次，最终干了，举起瓶子，让瓶口朝下，道："怎么样？滴酒罚三杯！"

"再去拿一瓶！"武英杰道。

身躯肥大的胡东年迈着企鹅步，一溜小跑进船舱，又提着一瓶白酒，一溜小跑回来，嘴里吆喝着某部电影里的台词："来喽——楼上请——楼上清静——"

武英杰拧开了白酒瓶盖，那大汉急道："你开了……你自己喝……老子重任在肩……不喝了……"他的舌根子分明硬了，摇摇晃晃地走了几步，一屁股坐在甲板上，背靠着栏杆，头一歪，嘟哝几句后，便不出声了。

众人一齐对着武英杰鼓掌。武英杰微笑着，低声说：“这种狗仗人势的东西！就得这样治他！”

此时船在中流，江面宽阔，江水澎湃，离黄昏还有个把小时，阳光金红，照耀着，晕染着，使江水流光溢彩，使岸边的山峦与层林如同风景画般浓淡有致，光影迷幻。尤金站在驾驶位上，手把舵轮，满面肃穆，目不斜视，派头十足。在他的左边，站着来自广东的美女散文作家邱胜男；在他的右边，站着来自广西的美女小说作家孙六一。这两个美女同住一室，不知道她们之前是否认识，但在笔会期间她们形影不离，而且她们共同地表现出对尤金的好感，邱胜男称他为“尤尤”，孙六一称他为“金金”。邱胜男普通话很好，一声“尤尤”，虽略感肉麻，但尚可听；但那孙六一乡音浓重，直接把个“金金”，叫成了“鸡鸡”。于是，在笔会一周时间里，尤金便成了“鸡鸡”，用胡东年的话说这叫作“众口铄鸡”了。“尤尤”说：“抽烟！”左边那位美女便从自己烟盒里抽出一支白盒万宝路，插进他的嘴巴；“金金”说：“火！”右边那位美女，便划火为他点烟。尤金幸福得有点儿忘形，无法表示，便手按汽笛，让低沉的牛叫般的声音长时间地在江面上回荡。那些在江中打鱼的小船上的渔民，都停下手中的活儿，好奇地或者是恼恨地看着这条代表着权势与腐败的船。许多年后我还在想，中国当代的作家们，以及其他行当的知识分子们，绝大多数都不敢说自己身上没沾染过腐败之油水。

几位当地报社的记者，趁着这柔和的光线，为驾船的尤金和身边两位副驾拍照。那两位美女，好像故意要毁掉尤金的一世清名似的，从左右两侧“叭叭”地吻着他的腮帮子，于是满船欢笑。胡东年不甘寂寞，想替尤金驾船，但遭到两位美女的强烈反对。他便哭丧着脸说：“二位前妻，你们太无情了吧?!”——在整个笔会期间，胡东年把所有的女作家、女诗人都呼为“前妻”，唯独对范兰妮不敢放肆，他是碰过她的钉子呢，还是有所忌惮？我不得而知，但他给范兰妮起了个外号“法拉利”，却像尤金的“鸡鸡”一样，在笔会期间，差不多替代了他们的真名。

“老兄，别在这儿讨人嫌了，走，回舱，喝酒去！”武英杰拍了拍胡东年的肩膀，说，“同志们朋友们，今天的晚饭就在船上吃了，一小时后船靠青山码头，我们上岸去参加青山镇组织的篝火晚会。”

众人闹哄哄地进了船舱。矮桌上早已摆好酒肴，有鱼罐头、肉罐头、香肠、烧鸡，以及当地小吃，还有白酒、红酒、啤酒，以及可乐、雪碧等饮料。

胡吃海喝一阵，胡东年突然问：“‘法拉利’呢？”

美丽的据说有俄罗斯族血统的范兰妮独自一人，站在船尾，面对着落日，看着船尾的浪花和向两岸扩展开的层层波浪——当然这都是我的合理想象，她的高鼻梁——那时还不流行整容，她的深眼窝——深眼窝是无论多么高明的整容师也整不出来的。都雄辩地证明着她的血统，但她的一嘴东北话又是地道的大碴子味儿，她的金黄头发肯定不是染的，前天上午爬凤凰岭时，胡东年曾不知好歹地问过她："哎，'法拉利'，你这头发是在哪儿染的？"她斜看了他一眼，便不再理他。这时，从后边爬上来的武英杰道："老胡，你以为锦鸡的羽毛是染的吗？"方才我们上山时，在狭窄山路旁的灌木丛中，飞起了两只锦鸡，一只灰秃秃的，一只羽毛艳丽辉煌。我们这一行人，大都没见过锦鸡，便不由得感叹欢呼。胡东年卖弄知识，就动物雄性美丽雌性朴素的原因引申到人类，最后因无人理睬而讪讪作罢。"你的意思是说'法拉利'的头发是天生的不是染的对不对？"胡东年道，"你又不是'法拉利'，如何能知道？"武英杰笑着说："她是我表妹，我当然知道了。""'法拉利'，你真是他表妹吗？"胡东年说，"现在表妹是情人的同义词哟。"范兰妮就像没听到他的话一样，突然指着山路边一棵山桃树上那根被上下山的人抓摸得光滑如蜡的枝杈问我："它痛吗？"我一时不知如何回答这个问题，便转过头，指着光滑的桃树枝杈，问武英杰和胡东年："它痛吗？""它不痛，我痛！"武英杰道。胡东年道："这个枝杈可以砍下来做弹弓！"范兰妮白了胡东年一眼，问我："它痛吗？"我支支吾吾地说："也许……痛吧……"她的眼睛里突然盈满了泪水，将脸伏到那桃树枝杈上。武英杰对我使了一个眼色，示意我们先走。我逃命般地向山上冲去……

武英杰到船尾，把范兰妮叫进来。

大家选择了各自要喝的，举起杯，七嘴八舌地说：“干！”

我发现范兰妮是女士当中唯一喝白酒的，而且她只喝酒不吃东西。

“兄弟姐妹们，明天还有一天，后天我们就分别了，有照顾不周的地方，还请多多包涵！”武英杰举杯，一饮而尽。

“谢谢谢谢！”我们说。

“各位前妻，”胡东年道，“我这次回京，就跟现妻离婚，各位前妻，如有想破镜重圆者，请速来找我。”

舱里有点儿暗了，有人开了灯。几只苍蝇被惊起，在明亮的灯光中飞舞。

“讨厌！”那位来自上海，据说一直单身的女作家罗素素说，“上帝怎么能造出这种讨厌的东西。”

“少一般不成世界么，”当地文联的编辑老梁说，“蚊子、臭虫、跳蚤、老鼠，都有存在的价值。而且，人类的幸福是建立在痛苦基础上的，美好的事物之所以美好，是因为丑陋事物的存在。”

“深刻！”我发自内心地说。

苍蝇的飞舞，并没有因为老梁的一番说辞而显得可爱，罗素素皱着拔得细如一线的眉毛，用一本刊物驱赶着苍蝇。

“大家别动！”武英杰道，“看我的！”

武英杰把双手举到空中，手掌呈弧形，仿佛两个等待捕食的小兽。几只苍蝇从他面前飞过，只见他的双手，同时挥舞了几下，然后攥成两个拳头，用力地攥着。

“抓住了吗?!”罗素素兴奋地问。

武英杰松开拳头，将两只死苍蝇抖到一块餐巾纸上。随即他又反复地表演了抓苍蝇的绝技。我们也都跟着抓，但根本抓不着。剩下的几只苍蝇大概感受到了危险，飞到舱外去了。我们为武英杰鼓掌。

武英杰将包着苍蝇的餐巾纸团紧，扔到垃圾桶里，然后，他端着一杯啤酒，到船舷边用啤酒冲了手。

“你是怎么抓到的？”我问，“我看你出手的动作并不太快啊。”

“苍蝇有在飞行中迅速改变方向的能力，”武英杰道，“而且它的复眼能看到360度，所以，你必须用假动作骗它。”他又说，“捉趴伏的苍蝇相对容易，你看准它的头的方向，然后从它的头的前上方，快速扫过去，一般都能捕到。当然，关键是熟能生巧。”

“太棒了！”罗素素拍手道，“我回去就写一篇小说，题目就叫《捉苍蝇的人》！”

“那你要先学会捉苍蝇。”武英杰笑着说。

“我小脑不发达，反应超慢，”罗素素说，“只怕永远学不会。”

“要学会，先跟师父睡！”胡东年道，“不跟师父睡，永远学不会！”

“行啊，”罗素素道，“你不就是想让我跟你睡吗？你甚至想让这笔会上所有的女人都跟你睡，对不对？”

“我想了吗？”胡东年道，“对天发誓，我没想！”

“想也没关系啊，老兄！”武英杰道，“不想当将军的士兵不是好士兵，不想睡女人的男人不是男人嘛！”

“我确实没想，尤其是没想跟‘大表姐’你。”胡东年道。

他给罗素素起了个外号叫“大表姐”，还编了两句顺口溜：“大表姐”的嘴，“法拉利”的腿，邱前妻的桃花眼，孙前妻的柳叶眉。

“‘大表姐’，小说写好后一定给我们《松花江》，稿费从优！”武英杰道。

二

篝火晚会在青山镇学校的操场上进行。学校背靠青山，面对大江，左依繁华街市，右望辽阔田畴。我想起童年时跟随堂叔去给人家看风水时学到的知识，不由得感叹：这学校可真是好风水呀！

操场中央有一堆篝火在熊熊燃烧，烧的是最好的松木柈子，火旺烟小，散发着浓浓的香气。操场两边用几十张课桌拼成两条长案，案上摆着核桃、松子、橡子、花生等当地特产。参加笔会的人与镇上的官员和当地的文学爱好者花插而坐。我左边坐着胡东年，右边坐着青山镇的一位女副镇长，对面坐着当地报社的一位女记者，她的左腮上有一条长长的伤疤，严重地影响了她的容貌。镇长站在篝火前，大声地朗读一篇欢迎稿。镇长读稿时，女副镇长热情地向我们推荐当地生产的一种越橘饮料。她留着齐肩短发，双鬓各别着一个蝴蝶样式的夹子，显得精干爽朗，很有风度，让我联想到十几年前看过的样板戏《杜鹃山》里那个女英雄柯湘。当我把这感觉和联想对她说时，她笑着说，好多人都这样说呢。于是我也就明白，当她知道自己像柯湘时，就开始了扮演柯湘的生涯。她说："我们这是纯野生、纯天然，没加任何添加剂的，喝了对身体绝对有好处！"

"有什么好处？"胡东年问。

"越橘含有大量维生素，能调节内分泌，养颜美容，益寿延年。"女镇长说。

"治秃头吗？"胡东年拍着自己微秃的头顶说。

"治，但要多喝！"女镇长幽默地说。

"壮阳不？"胡东年又问。

"肯定壮，"女镇长微笑着说，"不但壮阳，而且滋阴，但要多喝。”

我品尝着酸酸甜甜的饮料，果然很好。

“希望各位老师回北京后，能替我们宣传一下。”

“我写篇散文，一定会提到这种饮料。”我说。

“我表哥是商业部市场司的，走的时候我带回几瓶让他尝尝，如果他喜欢，我就让他帮你们推销。”胡东年说。

“太好了！胡老师！”女镇长兴奋得身体往上一蹿，然后说，“胡老师能给我一张名片吗？”

“好像分光了。”胡东年说着，从裤兜里摸出一个棕色的鼓鼓囊囊的钱包，打开，从夹层中摸出一张名片，递给女镇长。女镇长也把自己的名片给了胡东年。

“黄红，”胡东年念着名片上的名字，说，“好名字，说你黄吧，你还红；说你红吧，你还黄！”

“胡老师能不能也给我一张名片？”那女记者问。

“我看看还有没有了，”胡东年翻看着钱包的每个夹层，道，“没有了，真的没有了。你跟武英杰要吧，他有我的地址、电话。”

“胡老师真有钱！”女记者看着那鼓胀胀的钱包道。

“这话我爱听！”胡东年道，“哥穷得只剩下钱了！”他把一沓子钱抽出来说，“这是美元，”又把一沓子钱抽出来，说，“这是港币。”又把一沓子钱抽出来，说，“这才是人民币。”

刚刚讲完了答谢词的武英杰走过来，说：“老胡你这是干什么？”

“老胡在炫富呢！”我说，“美元、港币、人民币，还有什么币？”

“想要什么币就有什么币，哥的前妻们遍布世界各地，只要一个电话，她们就会把钱寄过来。”胡东年说。

“可我听说前妻都是跟前夫要钱的呀！”我说。

“这你就不懂了，老弟，”胡东年道，“我正在写一本书，肯定是大畅销书，书名就叫《我的前妻们》，到时候你看一下，就明白她们为什么愿意寄钱给我花了。”

“长这么大还没见过美元和港币是什么样呢！”我说。

女记者说她也没见过。

胡东年掏出一张绿色的美元，一张红色的港币，递给我。我翻来覆去看了几眼，便递给女记者。女记者看罢，递给女镇长，女镇长笑着摆摆手。

“老胡，财富不露白，露白必招贼！”武英杰道。

胡东年把美元和港币装进钱包，说：“一个前妻一台提款机！”他将厚厚的钱包在桌子上拍拍，道，“这钱包也是名牌，BOSS！”

“也是前妻给买的？”我问。

“那是！”胡东年得意洋洋地说。

“收起你的臭钱吧，”武英杰道，“跳舞去！”

音箱里放出了震耳的音乐，胡东年和女镇长下了场。武英杰让我邀请女记者跳舞，我说不会，真的不会。武英杰说你会不会走路，会走路就会跳舞。我说我真的不会跳。女记者说，武老师您跳去吧，我正好借这个机会采访一下莫老师呢。武英杰说那好，你们聊吧。

我看到胡东年虽然肥胖但舞姿轻盈，他左手握着女镇长的手，右手扶着女镇长的腰，身体耸动着，团团旋转着，一会儿离篝火近，一会儿离篝火远。离篝火近时他们的脸闪闪发光，离篝火远时他们的脸模糊不清，但无论离篝火远近，我都能看到他裤兜里那个鼓鼓囊囊的钱包。女记者侧身而坐，半面对着我，半面对着舞场。她腮上那条长长的疤痕显得更加刺目，我很想问一下这疤痕的由来，但话到唇边又咽了下去。

“这个胡老师可真有意思啊！”她意味深长地说。

“他虽然满口跑火车，但其实是个好人。”我说。

“你们在北京经常在一起吗？”

“没有，”我说，“北京太大了，我与他统共见过两次面，还都是在外地。”

“你觉得谁跳得最好呢？”她观察着舞场上的人问我。

我看到尤金一个人与邱胜男和孙六一共舞，他们手拉着手，随着音乐的节奏转圈子，与其说他们是在跳舞，还不如说他们是在学幼儿园的小朋友玩游戏。我看到部队的男作家王进步与部队的女诗人孟繁紫在飒爽英姿地兜圈子。我看到镇长与上海来的“大表姐”罗素素很抒情地贴在一起交头接耳。我看到武英杰与身着一袭白裙的“法拉利”热情奔放、不拘小节地跳着，他们的腿、臂、腰、头、颈都显得与众不同，尤其在转弯时，“法拉利”那一头金发便会飘扬起来，尤其是在篝火近边时，“法拉利”那一头金发便像真的金丝一样闪烁跳跃着令人目眩的光芒。

我说：“当然是武英杰和‘法拉利’。”

“武大哥真是太潇洒了！”女记者感叹地说。

“‘法拉利’真是他的表妹吗？”我问。

“他们俩好我心里舒畅，”她说，“但如果武大哥跟别人好，我不舒畅。”

“武大哥跟你好你会更舒畅。”我微讽她一句。

“我自惭形秽！”她说，“但我比你们那些女的懂事。”

“你说哪位不懂事？”我问。

她抬了一下下巴，应该是指向了“大表姐”，说，“太事儿妈了！安排她跟我一个宿舍，她提着包就走，让武大哥送她去机场。武大哥问她因为什么不高兴，她说：‘老娘走遍天下，什么样的豪华饭店没住过？但从来都是一人住一个房间！’武大哥对她解释，说刊物经费不足，她说：‘经费不足你们别请我来啊，既然请我来了，那你们就得满足我的要求。’武大哥无奈，只得自掏腰包给她订了个套间——标间没有了，你看她那副小市民的嘴脸，我真想抽她！”

“你还挺威武的！”我看着她怒冲冲的样子，调侃道，“女响马！”

“我原先真威武，”她说，“从小学到中学再到大学，男生都怕我。那时我心直口快，路见不平，拔刀相助，但出了那事之后，我收敛多了。”

“出了什么事？”

“这事。”她摸摸脸上的伤疤，说。

“我一直想问，但不好意思问。”

“有什么不好意思的？”她说，“这是我的光荣。”

她说：“有一次在公共汽车上，我看到一个小偷将两根手指伸进了一个妇女的提包，便对着那妇女咳嗽了一声，并使了一个眼神。那妇女警觉了，挪了一个地方。下车时，那小偷紧跟在我的身后，趁着乱劲儿，伸手往我腮上一抹，我只感到腮上热辣辣，一阵刺痛，伸手摸了一手血，才知道被报复了。”

她说：“武英杰那时已在刊物工作，听到我受伤的消息便来探望。武大哥详细地问了那小偷的身材面貌，一边问一边用笔在纸上画，问完了也画完了，然后给我看，我一看，起码有八分相似。武大哥说，小柳，你好好养伤，三天之内我一定把这小子捉到你面前。”

“武英杰以前是干什么的？”我问。

“他是我们市公安局刑警队的，有名的反扒能手，这市里的小偷都认识他，只要他在那辆车上，这车上的小偷都不敢出手。”

“那他为什么要到一家小刊物来呢？”

“武大哥有自己的逻辑，”她说，“武大哥说，就像应该让苍蝇蚊子存在一样，也应该让小偷存在；就像无论动用多少人力物力，也永远不能让苍蝇蚊子灭绝一样，无论有多少反扒高手也不能让小偷灭绝。他还说，小偷的存在有一定的积极意义。”

“后来呢？那伤害你的小偷捉到了吗？”

“第二天，武大哥就来见我，说小偷抓到了。我说，我要见他，我要报仇。武大哥从口袋里摸出一个血污洇出的牛皮纸信封，说，这是他右手的食指，你想看吗？我犹豫着，他说，我建议你别看了。按说我应该把他送到局里去，如果我还是警察我只能把他送到局里去，但现在我是一个刊物编辑，是一个老百姓。我让他自己想一个赎罪的办法，他走到一个卖西瓜的摊上，以高手小偷特有的速度和准确，没等那卖西瓜的摊贩反应过来，他已经用西瓜刀把自己的手指剁下来了。然后他转身就走了。我包好他的食指，追上他，想送他去医院把手指接上，他说接上食指，就只能把中指剁下来了，这是规矩，老大。武大哥讲述到这里，眼里湿漉漉的，仿佛被那小偷的言行感动了似的。”

“盗亦有道啊！”我感叹道，“怪不得他能空手捉苍蝇。”

我本想把那根食指
送给你
但又怕这分离的残忍
伤了你的心
我梦到那断指，如同接穗
嫁接在你的腮
萌芽抽条并开出
诡异的花朵
仿佛猫的笑脸
贼指开花
贼指花
有无可替代之美……

她充满情感地背诵完，然后说：“这是武大哥写给我的诗‘贼指花’。”

“好诗！”我说。

三

松花江笔会后三十年的春天，我从重庆朝天门码头登上了总统八号豪华游轮。这是我第二次坐船游长江，第一次是1992年，那时三峡大坝尚未动工。我之所以又一次坐船游长江，是因为我做了一个梦。我梦到在长江的一艘游轮上动笔写了一部小说，小说的题目叫《贼指花》。在梦中，我才思泉涌，妙言隽句层出不穷，书写不迭。醒来后，梦中情景历历在目。尤其是那小说的题目，竟猛然让我忆起了三十多年前在松花江笔会的篝火晚会上，那个报刊记者对我朗诵的诗句。

这艘总统八号游轮，豪华程度超出了我的想象。船上有宽敞的入住接待大厅，有双层的铺着红地毯的餐厅，有装潢得富丽堂皇的多功能厅，有游泳池、影院、儿童乐园、酒吧、咖啡屋、雪茄吧……可谓应有尽有，与我当年乘坐那艘游轮不可同日而语了。

我包了一个标间，在小桌上铺开稿纸，写下“贼指花”三个大字。我期待着如梦中那种文思泉涌的情形出现，但坐了几个小时也不知该写什么，于是我长叹一声，拧上笔帽，出房间，在船上转悠。我想起二十多年前坐过的那艘当时最豪华的东方红二号，与这总统八号相比，可是太寒酸了。多功能大厅里正在举办服装秀，舞台上那些由服务员兼任的模特，面孔淳朴而喜感，与那些名模的冷脸相比，倒也别有一番风味。我看到厅里观众多半是六十岁以上的老年人，这些人都应该是退休的公职人员，因为，这个年纪的农民，他们不旅游，他们在这个季节里需要在田地里劳作，需要钻进塑料大棚侍弄蔬菜……没有他们，村庄会成为死村，土地将成为荒漠。

我沿着旋转楼梯，逐层观看，甲板上几乎全是搔首弄姿的拍照人，南糯北侉，各逞乡音。在第五层，我看到有一个“红酒雪茄吧”，便走了进去。

身穿紫红色天鹅绒长裙的服务小姐优雅的欢迎，让我受宠若惊，也让我自惭形秽。我看看自己身穿的肥大汗衫、邋遢短裤、一次性拖鞋，再看看紫红色的柔软地毯、咖啡色的真皮沙发、枝形水晶吊灯、摆满了名贵美酒的吧台，以及坐在正面沙发上口叼雪茄烟、身穿纯棉休闲服、面前摆着一只高脚水晶杯、杯中盛着宝石红色葡萄酒、半眯着眼睛、手指随着背景音乐的节奏轻轻敲击沙发扶手的男子——不是权贵就是富豪——我知道自己误闯了不该进入的空间。就在我连声道着歉退出时，那位先生睁圆了眼睛，左手猛一拍沙发扶手，把雪茄烟扔到巨大的水晶烟灰缸里，猛地站起来喊：“老莫！”

只见他肚皮微腆，腰板笔直，脸有些浮肿，但没有眼袋，头发稀疏但染得妖黑，一副典型的有身份男人的样貌了。

“老莫，难道你不认识我了？”他有些失望地说。

“是，我不认识你了！”我说，“你不就是那个‘鸡鸡’尤金吗？发了大财的尤金，美籍或是澳籍或是什么籍的华人尤金，剥了你的皮我也认识你的骨头！”

我之所以用如此刻薄的话来损一个老朋友，是因为二十多年前的一个深夜，他给我打了一个电话。他说："老莫，我是尤金……请原谅我，我刚从美国回来，中国话说得还不太流利……"我随即就把电话挂了，心里想你他妈的也太能装了吧？那些老华侨在海外待了大半辈子，一口乡音不改，你才出去混了几天？而且也多半是在唐人街上混，竟然就说"自己的中国话说得还不太流利"，见过不要脸的，没见过如此不要脸的。

"还不错，认识我说明你还没忘本！"

"认识你说明我正在忘本！"

"哟，你啥时也变得能言善辩了？"他指了沙发，让我，"坐坐坐，请坐！"

"我坐在这里不合适。"

"有屁的不合适！"他说，"不过，也好，走，到我房间去，咱俩好好聊聊！幸会，太幸会了！"

他的房间在六层，豪华行政套房。

坐定之后，我环顾四周，深感在商品社会里，钱能买来的尊荣与享受。我说："你应该住总统套房啊！"

"订晚了一点儿，没了。"他感慨地说，"现在中国有钱的人太多了！"

一位身着白裙满头金发的美女敲门进来，给我倒了一杯茶，然后嫣然一笑，悄然退去。

"此次来华有何贵干？"

"投资建了一个稀土矿。"

"你果然是在做稀土生意，"我说，"早就听说中国的大部分稀土都被你倒腾到美国去了。"

"纯属谣言，"他说，"我不过是在人家分完蛋糕后，捡一点儿渣渣吃罢了。"

"太谦虚了，老兄，"我说，"放心，我不会找你借钱。"

"你当然可以向我借钱，不要狮子大开口就行，"他坦然地说，"你呢，还写小说？"

"除了写小说，我还能干什么？"

"其实，人的潜能是无限的，"他说，"我如果不是出了国，待在国内，也跟你一样。"

"你待在国内，也不会跟我一样，"我说，"没准儿你早就是高级领导干部了。"

"这种可能性也不是不存在，"他说，"连胡东年那样的货都混到了副部级，我怎么着也比他强吧！"

"那是，"我说，"你比他强多了。"

"你还记得那次在松花江笔会上，他丢了钱包的事吗？"

"当然记得！"我说。

"你知道谁是最被怀疑的对象吗？"

"不会是你吧？"我说，"我记得你和胡东年住一个房间。"

"是的，我当然也是被怀疑的对象，但他们最怀疑的对象是你！”

“怀疑我？”我恼怒地说，“他妈的，老子当时是现役军人，堂堂的解放军军官。”

“胡东年亲口对我说，看过他钱包的只有你，那位脸上有疤的女记者，青山镇的女镇长，还有武英杰。女镇长可以排除，人家跳完舞就走了。女记者不跟我们住一栋楼也可以排除。武英杰原是公安局的反扒英雄，又是笔会的组织者，因此也可以排除。那剩下的就是你了。胡东年说，他忘不了你看美元和港币时，眼睛射出的贪婪的光芒。而且，我们又住隔壁，你到我们房间里来串过门，打过扑克。”

“他奶奶的，”我恼怒地说，“怪不得胡东年原说要把我引荐给中组部某局副局长，说那是他姐夫，我到北京与他联系，他一听是我就把电话挂了，他奶奶的原来是这样！”

“你知道吗？”尤金说，“我们第二天上午去参观人参种植园，武英杰和胡东年没去，他们俩与当地派出所的警察搜查了所有的房间，重点搜查了你，连你的箱子都用万能钥匙捅开检查了。”

“奶奶的，”我说，“当时我要知道，非跟他们拼命不可！”

“后来，”他说，“被胡东年那张臭嘴吆喝的，参加笔会的人都怀疑你是小偷！”

“他奶奶的，真是跳进松花江，不，跳进长江也洗不清了。”我说，“不行，回京后我要去找胡东年，让他给我平反。”

“他给你平不了反，你也找不到他。他已经进去了。”他笑着说，“能给你平反的只有我！”

“胡东年进去了？”我惊讶地问，“前几天我还在电视上看见过他。”

“不去说他了，”尤金道，“我一直想把那次松花江笔会上的事写成一篇小说，但动了好几次笔也写不下去，真是钱越多人越蠢啊！今天是天赐机缘，也是你小子的好运气，我把这个故事卖给你了！”

四

你们都看到我跟邱胜男、孙六一黏黏糊糊了吧？我知道你们是怎么想的。其实我跟她们啥事也没有，那两个，都是阅人无数的老油条，沾到身上只怕要油腻一辈子。她们俩当时有求于我，求我什么就不说了。

你还记得那个“法拉利”吧？对，据说有俄罗斯血统的范兰妮，客观地说，她是那次笔会之花，但她身上有一股高傲的劲儿，连胡东年这种老流氓都不敢对她放肆。坦率地说，我也艳羡她的美色，刚开始那天我也向她献过殷勤，但她一句话就把我给顶了回来。后来那几天里，我之所以和邱胜男、孙六一装疯卖傻、打情骂俏，也是故意地表演给她看的。

是啊，一场笔会，短短一周时间，一群萍水相逢的人，有的心怀鬼胎，有的逢场作戏，有的分手之后此生再不相见，有的却因缘巧合种下情仇恨债，有一些事情你可以想象得到，有一些事情，打死你也想象不到。

简短截说吧，我们一起坐飞机回北京后，我没有回家而是直接去购票厅买了一张飞哈尔滨的机票。你猜，我要去见谁？对，一点儿不错，我要去见范兰妮。这事情有点儿莫名其妙，坐在飞机上我感到像做梦。笔会结束各奔东西那天早晨，我在餐厅门口遇到她，她说：伸手！我伸出手，她将一张纸条拍到我手里，然后飘然而去。那纸条上写着她家的地址、电话，还写着：敢来找我吗？我那时年轻气盛，力比多充沛，荷尔蒙旺盛，哪有不敢的事？

当时可没有手机，连BP机都没有。我在哈尔滨太平机场下飞机后，转乘大巴去了火车站，买了一张凌晨三点去黑河的火车票，此时夜色已深沉，候车室里臊臭扑鼻，我便在车站广场上溜达，溜达累了就躺在一张破烂不堪的木条椅上，仰望天上的星斗。虽是夏天，但哈尔滨的夜很冷，我不停地打喷嚏，生怕冻病了，如果冻病了，这一场浪漫的约会，也许就会成为悲惨的遭遇。又饿又冷，但是不困，我处在兴奋之中，回忆着在笔会期间“法拉利”留给我的印象，尤其是反复回忆她把那张神秘的纸条拍到我的手里的情景，她的那一瞬间的表情。我猜测着她的心，为什么？为什么刚开始她刺了我却又在分手时对我发出邀请？这个神秘的女人，葫芦里到底卖的什么药？但我的心中，还是充满了期冀和兴奋，为了这次浪漫之旅，为了即将到来的浪漫之事。

我到达黑河已是第二天下午三点多，那时候车速缓慢且经常临时停车。我提着箱子走出车站，站在空旷的广场上，突然感到自己像个无家可归的流浪汉。我后悔没在北京机场出发前给她拍个电报，如果我拍了电报，也许一出车站就能看到她的笑脸。我想找个公用电话亭给她打电话，但那时的黑河街上没有电话亭。我进了车站邮局，费尽周折要通了她留下的电话，接电话的是一个苍老的声音，我的心怦怦跳着，问：请问，请问范兰妮在吗？不在！那边随即挂了。我再次把电话要通，这次先说：请问，这是范兰妮的家吗？我是她的朋友，我有急事找她！还是那个苍老的声音：这是群众艺术馆，范兰妮出差还没回来。我的脑子里嗡的一声响，心中叫苦不迭，老天爷，我也太积极了，太莽撞了。但既然来了，我再次要通电话，一开始就连说了好几个对不起，然后问范兰妮何时回来。那边说：不知道！

我在车站广场雇了一辆“倒骑驴”三轮车，让他把我送到群众艺术馆。我向门房的老汉问范兰妮的归程，老汉说他只管看门，收发报纸，别的一概不知道。我在铁栅门外观察着这栋长方形的、四层的破旧的楼房，想象着范兰妮办公室的情景。

天色昏黄，范兰妮不可能出现了。我找了一家离群众艺术馆比较近的宾馆入住。宾馆内设施很旧，但竟然有充足的热水，这让我很是满意。我痛痛快快地洗了一个热水澡，坐在破烂的沙发上抽着烟，感到十分惬意。

这一夜我睡得很沉，一觉醒来，已是早晨七点，匆匆去餐厅吃了一点儿东西，回来刮了胡子刷了牙，便一路小跑到群众艺术馆等候。街上人不多，车辆很少。我在群众艺术馆对面的街边来回踱步，盼望着那个美丽的身影出现。大约是八点半的时候，门房的老汉出来拉开了铁栅门，我心中热烘烘的，知道上班的时间到了。我索性就站在了铁栅门旁，等待着她。我的心中冒出了一些现在回想起来很肤浅很肉麻但当时却把我自己都感动得热泪盈眶的诗句。果然是痛苦出诗人，愤怒出诗人，恋爱出诗人啊。一直等到九点多钟才有几个人来上班，都是上了年纪的老同志，有的徒步，有的骑着自行车。他们进大门时有的根本不看我，有的却上上下下地打量着我。我的心一直激动着，一直焦虑着。我不时地抬腕看表，不时地抬头看太阳。时针在快速旋转，太阳在缓慢爬升，一小时过去，又一小时过去了……中午下班的时间到了，她没有出现。我也顾不上脸面，拦住一位提着包匆匆外出的中年妇女，问：老师，麻烦您，我打听一下范兰妮回来了吗？范兰妮？她打量了我几眼，说，你是她什么人？找她干什么？我是北京一个刊物的编辑，我找她约稿。她又警惕地看了我几眼，说，范兰妮？好久没见到她了。这时，一位驼背的老同志走出来，中年妇女问他：哎，馆长，范兰妮去哪儿了？这位北京来的同志在等她。我急忙上前，鞠了一躬，说：馆长，我是北京《×××》月刊的编辑。我撒了谎，说了胡东年工作的那家刊物的名字。我来找范兰妮约稿……老馆长想了想，说，范兰妮好像请假去参加笔会了，应该回来了吧？我说：请问她家的地址……馆长问那中年妇女，你知道她家地址吗？中年妇女摇摇头，说，她好像就在办公室住吧，她老家在三江口，前年刚从佳木斯师专毕业分配过来的。那你下午再过来看看吧，馆长把我从头看到脚，然后匆匆走了。

我到路边一家饺子馆要了一盘鱼肉饺子，一瓶松花江牌啤酒，慢吞吞地吃着、喝着，目光却透过污浊的玻璃，盯着群众艺术馆的大门口。吃完了饺子我就回到大门口站着等候，来上下午班的人们都盯着我看，他们的目光令我心中发毛。我不断地安慰自己，我虽有女朋友，但还没登记，因此，我是合情合法光明正大的。想是这样想，但在人们的目光审视下，总是感到不自在，仿佛我干了什么坏事一样。

第二天我又来等了一天。

第三天我又来等了一天。

我在那家饺子馆已经吃了六顿饺子，老板娘看我的目光，越来越警惕。

我在群众艺术馆大门两侧已经站了三十多个小时。第三天傍晚时，有一位中年男人从楼里出来，走到我面前，详细地盘问了我很多问题，最后他说：同志，我是群众艺术馆保卫股股长，能把你的身份证和工作证给我看一下吗？

我说，身份证和工作证都放在宾馆了，明天我拿给你看。

我回到宾馆，写了一封简单的信，封好，晚饭后送到群众艺术馆，交给门卫老头，请他见到范兰妮来上班时一定转交。为了加大保险系数，我把一盒人参烟放在门房的桌子上。

我在信中说：“法拉利”，你骗得我好苦啊……我已订好了明天下午两点去哈尔滨的车票，如果你明天上午看到这封信，请到瑷珲宾馆309房间来找我，如果看不到，那就永别了。

第二天上午，我的心情是绝望的，但却又莫名其妙地充满着希望。有好几次我按捺不住地想去群众艺术馆大门口做最后的等待，但又怕拿不出《×××》杂志的工作证而露了馅。当然，我也希望房门突然被敲响，是用力地敲响呢还是轻轻地敲响呢？我猜不出，然后我拉开门，便会看到她的秀发她的隆准她的美目她的芳唇……

门果然被敲响了，我豹子扑食般冲上去，喘息着拉开房门，看到的却是收拾房间的服务员冷漠的脸。我说我马上退房，不用收拾了。

过了一会儿又响起敲门声，还是那个服务员，她善意地提醒我，如果过了中午十二点退房，就要按一天的价格收费了。

我看了一下表，十一点了。我知道她不会来了，我虽然不愿意相信，但也知道，那“法拉利”是在戏耍我。我想恨她，但一想到她的眼神，便生出许多忧伤的情绪。走吧，我对自己说。我提起行李——

你应该猜到了，这时门被猛烈地敲响，我拉开门，上帝！她来了。

我猛地搂住了她，她静静地伏在我怀里，当我试图去寻找她的嘴唇时，她冷冷地说：不！

我眼里含着泪花，对她诉说了这几天的经历，她静静地听着，一副很受感动的神情。但她只允许我拥抱她，我所有过分的动作都被她一个冷冰冰的“不”字挡住了。

“你何不‘霸王硬上弓’？”我突然插了一句。

“怎么可能？”尤金道，“那时我是一个多么纯洁的人啊！”

“你太纯洁了！”我嘲讽道，“你就卖一个这样的故事给我？我告诉你，一文不值！”

“你以为故事已经讲完了？”他说，“精彩的还在后面呢！”

我当然退了火车票，而且她还十分坦然地带着我去她的办公室转了一圈。在走廊里我们碰到了那位中年妇女。范兰妮说这是我们刘副馆长。我对着刘副馆长点点头。刘副馆长意味深长地说，小范啊，你要再不回来，这位同志就变成我们大门口的一尊雕像了！

第二天她请了假，说是要带我去三江口采风。我感到从她的领导的态度和眼神上，都已经把我当成她的恋人了，而且我的确考虑过回京后与女友分手的问题。因为，在三天的等待里，我似乎感受到了真正的爱情滋味。

她带我乘坐龙江一号轮顺流东下。正是盛水期，微黑的江水汹涌激荡，在那个小小的二等舱房里，我给她讲了我从闯关东的爷爷口里听来的黑龙江里的白龙和黑龙打架的故事，她也给我讲了她们家为清宫进贡鳇鱼的故事。

她突然问我：你为什么不问我为什么要邀你来？我

说，那么，现在我问了。她说，因为我嫉妒，嫉妒你跟那两个女人，我知道你是故意气我！那你请我来是要耍我，这三天你故意躲着不出来？是的。那你为什么又出来了呢？因为我被你感动了。我突然有点儿鼻酸，像受了委屈的孩子受到抚慰一样。本来……我应该让你得到你想要的，但是我不能够。为什么？也不是我故意躲你，她说，我偷偷地回到老家，做了一个人流。什么？人流，昨天，前天！我沉默了，一时找不到要说的话。她起身走出房间，扶着船栏，看着江水。我也跟了出去。

你不想知道是谁的吗？她不看我，仿佛在自言自语。

是我认识的人吗？我小心翼翼地问。

她点点头。

我感到心里像被塞进一团乱草，美丽的江景顿时变得肮脏狰狞。但我还是说：没有关系的，我不在乎。

她的脸变得惨白，苦笑着，摇摇头。然后她说：不能让你白跑一趟，送你个礼物做纪念吧。

她从外套口袋里摸出一个棕色的钱包，递给我。

我说：谢谢，我不需要。

她说：你可以不要，但必须看一下。

我接过钱包，打开，看到曾经被钱撑得松松垮垮的夹层，翻了一下，又看到了胡东年的身份证和工作证。

我的头仿佛被人闷了一棍，双耳嗡嗡作响，一会儿才缓过劲儿来。

怎么可能……我说。

一切皆有可能，她说，是不是可以请你把他的身份证和工作证还给他？按说这是规矩，盗亦有道啊！

我想了想，说：不必了吧，也许，他的身份证和工作证已经换新的了。

那就算了。她说着，便把那个棕色的钱包投进了江水。

尤金停止了讲述，用期待的眼光看着我。

“讲啊，然后呢？”我说。

“没有然后了，”他说，“当你呕心沥血地爱着一个人，一个美丽的女人，却发现这个女人是个小偷……”他好像突然伤感了，说，“这故事，免费送你了，但请你注意一定要用化名。”

我想了想，用平静但是不容置疑的口吻说：“老兄，你冤枉她了！”

五

1989年初冬，我在一个文学培训班里学习。有一天傍晚，我去培训班旁边的招待所看一位老乡。我那几天有点儿感冒，气短腿软，一步步地艰难上挪。突然，有一个戴着口罩、墨镜，身穿灰色风衣的高个男人像幽灵一样从楼梯上轻捷无声地，简直是滑了下来。我急忙避闪一旁，那人从我身边一闪而过。我突然感觉到这人的身影好生熟悉，但又一时想不起是谁。

在老乡的房间里我刚待了十几分钟，就听到楼道里一阵喧哗，接着又听到一个男人粗重的哭声。我们出门探看，才知道哭泣者是一个内蒙古的羊绒商人，他说他去上了一趟厕所，虚掩着门——招待所条件较差，房间里没有厕所。当他从厕所回来后，提包里的三万元人民币便没了踪影。

1989年的三万元，还真是一笔巨款呢。

附近派出所的警察马上来了，询问、笔录，连我和我的老乡都被盘问了半天。

当天晚上，在我们培训班的食堂里，我看着武英杰与几个诗人（有男有女）正围坐一桌，谈笑风生地饮酒吃饭，一件灰色的风衣搭在椅子背上。

他看见我，立刻跑上来，捣了我一拳，然后拉着我的手，说："老莫，混好了，不认识我了！"

我说："我认识一个能空手捉苍蝇的高手，但不认识你。"

这个故事我没讲给尤金听。

与尤金告别，回到自己的房间，我用手机百度出武英杰的照片、诗、访谈和视频，我看到他虽然老了胖了，但他的脸依然正气凛然，他的诗充满了柔情，他的讲话慷慨激昂，从任何角度看，他都像个堂堂正正的男子汉，看不出一丝一毫的小偷模样。

那么，我想，尤金讲述的他和范兰妮的故事，也许是他编的，而偷了胡东年钱包的人，也许是尤金，或者，真的就像他们怀疑的那样，那个贼，就是我。

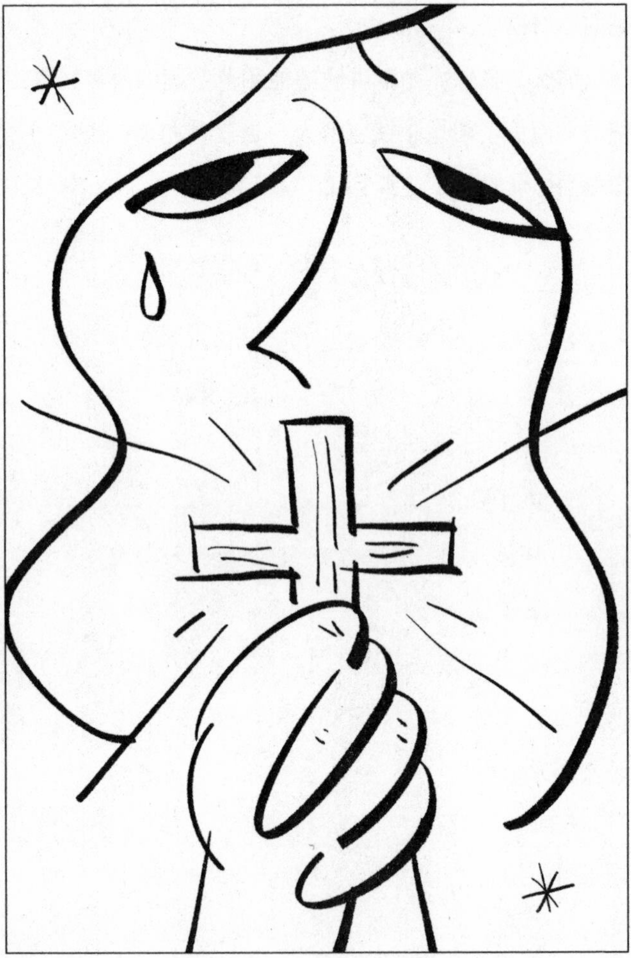

等待摩西

一

柳彼得是我们东北乡资格最老的基督教徒，他孙子柳卫东是我小学同学。我们俩不但同班，而且同桌，虽然也打过几次架，但总体上关系还不错。

柳卫东原名柳摩西，“文革”初起时改成了现名。当时，他不但自己改了名，还建议他爷爷改名为柳爱东。他的建议，换来了他爷爷两个大耳刮子。学校里的红卫兵头头也反对，因为他爷爷是批斗的对象，批斗假洋鬼子柳彼得，感觉上很对路，但如果批斗一个名叫柳爱东的人，就觉得不对劲儿。

批斗柳彼得时，柳卫东特别卖力。他带头喊口号：“打倒洋奴柳彼得！打倒帝国主义走狗柳彼得！”他还跳上土台子，扇柳彼得的耳光，揪柳彼得的头发，往柳彼得脸上吐唾沫。柳卫东扇柳彼得耳光时，柳彼得并没有遵循上帝的教导把另一边腮帮子送上去，而是张嘴咬断了他一根手指。柳彼得为此差点被红卫兵揍死，柳卫东也因此赢得了信任，成了大义灭亲的英雄。

1975年，我当兵离开家乡，临行之前，见过柳卫东一面。他很羡慕我，因为对当时的农村青年来说，当兵是一条光明的出路。他也报过名，但最终还是因为他爷爷柳彼得的基督教徒身份受了牵连。我记得他当时悲愤地说："我这辈子，就毁在柳彼得这个老王八蛋手里了。"我很虚伪地劝他，说了一些诸如"农村是一个广阔的天地，在那里也可以大有作为"之类的话。他苦笑着说："是啊，是够广阔的，出了村就是白茫茫的盐碱地，一眼望不到边儿。"

我到部队不久，柳卫东就给我写了一封信，说他马上要跟马德宝的闺女马秀美结婚，希望我能送他一顶军帽，结婚时戴上神气一下。我回信告诉他，新兵只有一顶军帽，确实不能送他。他没回信，从此我们就没联系了。

得到他将与马秀美结婚的消息时，我感到很意外。因为马秀美比柳卫东大五岁，马秀美的爷爷的妹妹是柳卫东的父亲的爷爷的弟弟的妻子，论辈分柳卫东该叫她姑姑。所以这场恋爱多多少少还有点儿乱伦的意思。早就听说马秀美跟一个东北的林业工人订了婚。她竟然解除婚约嫁给柳卫东，这背后的故事令我浮想联翩。

二

我当兵第二年，得到了一次出差顺路回家探亲的机会。不用专门打听，柳卫东和马秀美的恋爱故事扑面灌耳而来。大家都说，柳卫东其貌不扬，家境也一般，但他勾引女人确有高招。详细问下去，也没有精彩情节，但事实就是，本来已经连去东北与那林业工人结婚的车票都买好了的马秀美，突然反悔了，任那保媒的于大嘴威胁利诱，任她的父母寻死觅活，她是铁了心不回头。那林业工人见煮熟的鸭子竟然飞了，恼怒至极，便开列了详细的账单，向马家索赔，连某年某月某日为马秀美买过一根冰棍的钱都算上。这一算，让马家几乎倾家荡产。马秀美的三个哥，都是出了名的混账角色。老大娶了媳妇，还稍微安分一点儿。老二老三两个光棍子，本来就是提着拳头找架打的主儿，这下可算逮着个理直气壮的打人机会。他们把柳卫东弄到村东老墓田里，拳打脚踢，逼他与妹妹断绝关系。柳卫东宁死不屈，表现得很像条汉子。据说二马毒打柳卫东时，村里很多人围着看热闹。刚开始人们都认为柳卫东该打，不少人添油加醋、煽风点火，二马俨然成了正义的化身、为民除害的英雄。但看到柳卫东被打得头破血流瘫倒在地时，人们的同情心被激发出来。有人谴责二马下手太狠；有人说柳卫东谈恋爱不犯法，但打死人要偿命。尤其是当马秀美大哭着跑来，将奄奄一息的柳卫东抱在怀里时，许多眼窝浅的人，竟然流下了同情抑或是感动的泪水。

我本来是想去柳卫东家看看的，但父亲劝我不要去。父亲说柳卫东结婚后就被他父母撵了出来，两口子在村头搭了个棚子暂住，日子过得很凄惨。我回部队那天，在村后公路边等公共汽车的时候，遇到了他们夫妇。

两年没见，柳卫东头上竟然有了很多白发。他的左腿瘸了，背也驼了，嘴里还缺了两颗门牙。他穿一件掉光纽扣的破褂子，腰上捆着一根红色的胶皮电线。马秀美原本是我们村里最漂亮的姑娘，现在已经不像样子。她已经怀了孕，看样子快生了。她穿着一件油渍麻花的男式夹克衫，肚子挺着，脸上有一道道的灰和一片片蝴蝶斑，眼角夹着眵，目光悲凉，头发蓬乱，身上散发着烂菜叶子的气味。看样子，为了这场恋爱，两个人都付出了沉重的代价。

三

等我再次回家探亲时，已是八十年代初期，改革开放了，农村发生了翻天覆地的变化，农民的生活也有了巨大的改善。这时候，柳卫东已经成了我们东北乡的首富，成了一位据说经常与县里领导在一起喝酒的头面人物。

王超是村里开小卖部的，消息灵通人士，我听说过的有关柳卫东夫妇的传闻，多半都出自他。

我去小卖部打酱油时他告诉我：柳总昨天去深圳了，我感到他把柳卫东称为“柳总”带着明显的讽刺意味。猜猜看，柳总如何去深圳？坐飞机！八十年代初，农民坐飞机还是一件新鲜事儿。柳总坐飞机可不是第一次了，听说过些天柳总还要去日本呢！也是坐飞机去。

我去小卖部买烟时他对我说：别看你是小军官，但你抽这种烂烟，柳总连看都不看！柳总抽英国的“555”，美国的“良友”。柳总抽烟，那派头，不亚于电影明星——王超用右手的食指和中指夹着一支粉笔，模仿着柳总抽烟的姿势。

我去小卖部买酒时，主动问他：柳总肯定不会喝这种烂酒，柳总喝什么酒呢？他愣了一下，哈哈大笑起来。然后神秘地对我说：听说柳总要跟他老婆离婚呢！我说这不可能吧，他们可是真正的自由恋爱，真正的患难夫妻啊！他说：此一时彼一时也，柳总现在身份变了，马秀美带不出门去嘛！

四

我去乡政府东边那条街上的理发铺里理发时，遇到了柳卫东。我进去时，理发的姑娘正在给他吹头。只有一张椅子，理发姑娘让我坐在墙边的凳子上等候。我看到镜子里柳卫东容光焕发的脸。他的头发乌黑茂盛。我进去时他大概睡着了，等我坐下时他才睁开眼。我说：

“柳总！”

他猛地站起来，接着又坐下，大声说：

“你这家伙！”

“柳总！”

“呸！”他说，“骂我？你这家伙，太不够意思了吧?！回来也不来看我。”

“你是大忙人，一会儿深圳一会儿海南的，”我说，“我到哪去找你？”

“少找借口，”他说，“我如果欠你一万元，躲到耗子窝里你也能找到我。说说吧，回来干什么？噢，对，听说弟妹生孩子啦，你是回来伺候月子的吧？请了多少日子假？”

“是。”我说，“一个月。”

“官差不自由。”

“我索性转业回来跟你干吧。”

“讽刺我吧？”他说，“你是军官，现在是排长，过两年是连长，再过些年是营长、团长、师长，一级一级升上去，荣华富贵一辈子。我算什么？倒腾点物资，赚点小钱，现在高兴说你是企业家，过几天一翻脸就是投机倒把分子。”

“应该不会再折腾了，”我说，“你就放开手脚干吧。”

“但愿如此。”

理发姑娘放下电吹风，搬起一面镜子，照着他的后脑勺，问：“满意吗，柳总？”

他抬起手轻轻按按蓬松的头发，说：“还行吧。”

“满头秀发。”我说。

“又骂我，”他说，“染的嘛！在外边混，不拾掇得体面点儿还真不行。没听人说过？我一出村头就满口普通话。”

“这个没听说，”我笑着道，“但听说你要跟嫂子离婚。”

“谁说的？”他站起来，抖抖衣襟，说，“一定是王超那张臭嘴胡咧咧！这小子，望风捕影，他的小卖部就是一个谣言发表中心。”

“不是他说的。”我说，“你千万别去找他。”

“其实，”他说，“背后糟蹋我的也不是王超一个。你只要混得比他们好一点儿，他们就巴不得你倒霉。红眼病嘛！老子是赚了钱，但老子也没捆着你们的手不让你们赚啊！”

“也不光他们这样，”我说，“天下人皆如此吧。”

“就是，可以理解，所以，随他们说什么，不嫌累他们就说去吧，老子就这样，越说坏话我干劲越大，”他指了指供销社门前空场上那一堆绿油油的竹竿，说，“那就是我刚从江西弄来的，正宗的井冈翠竹，盖房子当檩，一百年不烂！这批货出了手，”他举起左手食指对我晃了晃，我马上想到了他那根被咬掉的右手食指。

“一千？”我问。

他没回答我，从衣兜里摸出厚厚一沓钱，抽出一张，放在镜子前，对理发姑娘说：“甭找了，连他的。”

“这怎么能行？”我说。

“你跟我客气什么？”他说，“改天我请你吃饭。”

他的门牙补上了，银光闪闪，看着提神。

五

两天之后，有一个小丫头出现在我家院子里。

“你找谁呀，小姑娘？”我洗着尿布问。

“是柳卫东的大女儿，叫柳眉。”我老婆把脸贴到窗棂上说，“柳眉，来啊，婶婶问你话。”

“俺爸爸让你快去。”柳眉不理睬我老婆，大眼睛盯着我说。

“好吧，你先回去吧，叔叔待会儿就去。”

“俺爸爸说让我领你去。”她执拗地说。她的眼睛像马秀美，嘴巴像柳卫东。

我跟随着柳眉，翻过河堤，到了柳卫东家的新居。

这是五间新盖的大瓦房，东西两厢，圈了一个很大的院子，黑漆大铁门上用红漆写着对联：“忠厚传家久，诗书继世长。”进门是一道用瓷砖镶了边的影壁，影壁正中是一个斗大的红“福”。院子里拴着一只狼狗，对着我凶猛地叫唤。

马秀美迎出来，手上沾着面粉，喜笑颜开地说：“快来快来，贵客登门，卫东这几天老念叨你呢！”

我看着她挺出来的肚子，问：“什么时候生？”

她忧心忡忡地说：“主保佑，这一次但愿是个带把儿的。”

我看着他们家墙壁上挂着的耶稣基督像，知道她已经成了信徒。

“快来！你这家伙！”柳卫东叼着烟卷，从里屋出来，说，“咱俩先喝几杯，待会儿公社孙书记也来。”

我们坐在沙发上，欣赏着他的十四英寸彩色电视机，四喇叭立体声收录机，这是当时乡村富豪家的标配。他按了一下录音机按钮，喇叭里放出了他粗哑的歌声。他说：“听听，著名男高音歌唱家柳卫东！”

马秀美进来给我倒茶，撇着嘴说：“还好意思放给别人听？驴叫似的。”

“你懂什么？”他说，“这叫美声唱法，从肚子里发音！”

“从肚子里发出的音是屁！”马秀美说。

“你这臭娘们怎么这么烦人呢？”柳卫东挥着手说，“滚滚滚，别破坏我们的雅兴。”

“柳总，”我说，“能不能换盘磁带？”

“想听谁的？”他说，“邓丽君的、费翔的，我这里都有。”

“不听靡靡之音，”我说，“有茂腔吗？”

“有啊，”他说，“《罗衫记》行吗？”

“行。”

六

回家后我对老婆说：“王超说柳卫东要与马秀美离婚，瞎说嘛，我看他们两口子关系很好嘛。”

“可我听别人说他在温州还有一个家，那个女的，比马秀美年轻多了。”老婆说，“男人有了钱，必定会变坏。”

“可男人没有钱，老婆就嫌他没本事。”我说。

七

1983年春天，我回乡探亲，听很多人跟我讲柳卫东失踪的事。正月里，我带着孩子去供销社买东西，看到那堆竹竿还放在那儿。数年的风吹日晒，竹竿上的绿色消失殆尽。我在集市上遇到了马秀美，她挒着一个竹篮，里边盛着十几个鸡蛋。从她灰白的头发和破烂的衣服上，我知道她的日子又过得很艰难了。

她眼里噙着泪花问我：“兄弟，你说，这个王八羔子怎么这么狠呢？难道就因为我第二胎又生了个女儿，他就撇下我们不管了吗？”

我说：“大嫂，卫东不是那样的人。”

“那你说他能跑到哪里去了呢？是死是活总要给我们个信儿吧？”

“也许，他在外边做上了大买卖……也许，他很快就会回来……”

八

现在是2012年，柳卫东失踪，整整三十年了。如果他还活着，已经是六十岁的老人了。三十年来，他的老婆一直等待着他。刚开始那几年，村里人多数认为柳卫东在外边又找了女人成了家，但随着时间的推移，大家都认为这个人早已不在人世。有人认为，他其实就是在县城里被人害死的。早已进城开超市的王超，偶然与我在县城洗浴中心相遇时，在桑拿房里汗流浃背的他对汗流浃背的我神秘地说：“三哥，你那个老同学，三十年前就被县城的四大公子合伙谋害了……”

但马秀美一直坚信他还活着。据说柳卫东失踪之前，已经欠下了巨额的债务，柳失踪后，讨债的人把他家值钱的东西都给拿走了，只给这娘儿三个留下了一口烧饭的锅。马秀美靠捡破烂收废品把两个女儿抚养成人。大女儿柳眉初中毕业后到帆布厂做工，在那里与一个黄岛来的青工谈恋爱，后来结婚，随丈夫去了黄岛，现在已经是两个孩子的母亲。小女儿柳叶，学习很好，考上了山东师范大学，毕业后留在济南工作。这两个女儿都要将母亲接去养老，但她坚决不去。她守着那个曾经很气派，现在已经破败不堪的房子等待着丈夫的归来。在她家前边，十年前就建了一座加油站，来往的汽车都在这儿加油。马秀美每天都会夹上一摞寻人启事，提上一小桶糨糊，往那些大货车上贴寻人启事。说是寻人启事，其实是她请人写给丈夫的一封信：卫东，孩子他爹，你在哪里？见到这封信，你就回来吧，一转眼你走了快三十年了，咱的外孙盼盼都上小学三年级了，可他连姥爷的面还没见过呢。卫东，回来吧，即便你真的在外边又成了家我也不恨你，这个家永远是你的……我把家里的电话和女儿的手机都写在这里，你不愿理我，就跟女儿联系吧……

很多司机都听说过这个女人的故事，所以，他们都不制止她往自己的车上贴寻人启事。

九

现在是2017年8月1日，我在蓬莱八仙宾馆801房间。刚从酒宴上归来，匆匆打开电脑，找出2012年5月写于陕西户县的这篇一直没有发表的小说（说是小说，其实基本上是纪实）。我之所以一直没有发表这篇作品，是因为我总感觉到这个故事没有结束。一个大活人，怎么能说没有了就没有了？生不见人，死不见尸，这不合常理。我总觉得白发苍苍的马秀美这样苦苦坚持着往货车上贴寻人启事，总有一天会有个结果。中国戏曲的大团圆结局模式符合我们的心理需求。当然从理论上说，柳卫东被人害死的可能性是存在的，他跑到一个人迹罕至的地方自杀了的可能性也是存在的，他失足掉进河里被鱼吃了的可能性也是存在的，他掉进山涧粉身碎骨的可能性也是存在的，他的失踪成为一个死谜的可能性也是存在的，但我和马秀美一样期待着奇迹的发生。也许，当马秀美提着一棵大白菜、拄着拐棍从集市上回到家门时，会看到门槛上坐着一个人，他双手捂着脸双肘支在膝盖上，只能看到他满头的白发。当他听到马秀美的问询抬起低垂的头时，马秀美一下子就猜到了而不是认出了他是谁。马秀美手中提着的大白菜会掉在地上吗？不会的，对一个过惯了苦日子的女人来说，即便她跌倒在地，她手中提着的东西也不会放开的。马秀美会晕倒在地吗？不会的，如果晕倒就不是马秀美了。那她会怎么样呢？我回忆着读过的文学作品里的类似情节，回忆着那些当事人的表现，似乎都安不到马秀美身上。但我必须解决这个问题，必须给出一连串的描写，来展示这个苦难深重、苦苦期盼的女人突然看到失踪三十多年的男人坐在自家门槛上时内心的感受和外部的表现，似乎怎么写都不过分，似乎怎么写都不能令人满意，似乎怎么写都会落入俗套。

如果不是在酒宴上遇到了柳卫东的弟弟，我不会打开电脑来续写这部作品。我早就知道柳卫东的弟弟柳向阳生意做得很大，我们村集资修建村后那座大桥时，出资最多的就是他。东北乡的基督教徒修建教堂时，捐款最多的还是他。他的爷爷柳彼得是我们东北乡最早的教徒，活了一百多岁无疾而终。教徒们常以柳彼得的健康长寿为榜样，劝说群众信教。有人皈依，也有人反唇相讥，说柳彼得在集市上吃炉包喝酒，他的孙媳妇马秀美带着孩子在集市上捡菜叶子，那孩子看他吃炉包，馋得流口水，他却视而不见，只管自个儿吃。旁边的人看不过去，说：老柳，看看你那重孙女馋成什么样子了，你少吃一个，给她一个吃嘛。柳彼得却说：我不能够，她们正在承受该她们承受的苦难，然后才能享平安。

一个人，只要能对自己违背常理的行为，给出一个冠冕堂皇的理由，别人还真不好说什么，何况是借着上帝的名义。

由此我也想到，马秀美之所以能够忍受着巨大的痛苦坚持到最后，是不是也是因为她的信仰？尽管她的文化水平很低，无法自己阅读《圣经》，但对教义的理解有时候并不需要借助文字，有很多心灵感应的东西，是很难用常理解释的。我听我的一个信仰基督教的外甥说，东北乡所有的教徒中，没有比马秀美更虔诚的了。每次做礼拜，她都热泪横流，失声痛哭。她跪在耶稣基督画像前，往胸口画着十字，嘴唇翕动着，嘴里念叨着：主啊，保佑他吧，保佑这个迷途的羔羊吧……而我这个外甥每次对我说起马秀美的虔诚时，也是眼含着热泪。

1975年我应征入伍，成了原内长山要塞区蓬莱守备区三十四团新兵连的一个新兵。四十二年后旧地重游，与几位老战友见面，设宴叙旧，宴席摆在八仙酒楼，喝的是“醉八仙”酒。最亲不过战友情，四十多年不见，当初血气方刚的小伙子，如今都成了齿摇眼花的老人，抚今忆昔，感慨万千，“何以解忧，唯有杜康”。酒酣耳热之际，一服务小姐对我说：“先生，有您一个老乡想见您。”我说：“让他进来。”一会儿，只见一个彪形大汉，挺着肚子，摇摇摆摆地进来，对我说：“三哥，你一定不认识我了。”我上下打量着他，说：“看着面熟，但的确想不起来你是谁了。”他说：“我是柳卫东的弟弟柳向阳，小名叫马太。我娘说，我没出生时就挨了你一砖头。”我不由自主地跳了起来，往事历历如到眼前。我说："马太！怎么会是你呀！我当兵时你才是个小瘦孩呀！"柳向阳说："三哥，你也不想想你当兵走了多少年了！"是啊，当兵离家四十二年，柳向阳也是五十多岁的人了。我很感慨，忙对我的战友们介绍他。在座的战友们，竟然多半都认识他，不认识的，也知道他。他是本地最大的房地产开发商，我的好几个战友就住在他开发的楼盘里，当面夸他的楼盘质量不错。几个有意买房的战友赶紧着跟他扫微信。我说向阳这都是我的亲战友，一个新兵连训出来的，你可要给他们优惠。他说，三哥你就放心吧，我老丈人就是原守备区的副政委，我对军人有感情。我说太好了，快坐下，喝两杯。我说你怎么知道我在这里喝酒。他说三哥您这张脸，太有个性了，您一进酒店我就知道了。我说你就直接说我丑不就得了，还文绉绉地转啥呀。他说，三哥，您不丑，您是咱高密东北乡的美男子，我们单位有几个小伙子想整成您这模样呢。我说马太，你这是跟谁学的呀，骂人不带脏字儿。他说，三哥，我说的句句都是真话。好了，我说，坐下，罚你三杯。我还有话问你。我的一个战友问，柳总，没出生就挨一砖头是咋回事儿？他说，你问我三哥。我说：好汉不提当年勇啦。

我小时淘气在我们东北乡是有名的。看了《水浒传》系列连环画中没羽箭张清那本后，不禁心迷手痒，幻想着练出飞石神功横行天下，于是见物即投掷，竟然练出了一点儿准头。

一日，放学回家，见一乌鸦蹲在路边槐树上叫唤，即从书包里摸出一块石子，扬手飞石，乌鸦应声坠地。正逢村里人散工回家，有目共睹，众人齐声喝彩，令我膨胀不已。又一日，放学蹿出校门，大街上正嘻嘻哈哈走着一群下工的妇女，其中就有挺着大肚子的“摩西他娘”。那大肚子里孕着的，就是这个柳总。摩西他娘口大舌长，爱说爱笑，大老远儿就听到她的笑声。我与摩西他娘无仇无恨，怎会无端飞砖打她？事情的原委是：摩西他娘从东而来时，正好有一条与我有仇的黑狗从西而来，它对着我龇牙狂叫，我书包里没有现成的石子，只好弯腰从地上捡起一块碎砖头，对着那黑狗撇了过去。因砖头较大，形状又不规则，所以就偏离了我预设的轨道，斜着飞到摩西他娘肚子上。这也实在是太巧了，为什么数十个妇女走在一起，偏偏击中摩西他娘？而摩西他娘身高马大，为什么偏偏击中她的肚子？这就叫是福不是祸，是祸躲不过。与其说是摩西他娘命中该当有这一劫，不如说她肚子里的孩子该当有这一劫；与其说这腹中婴儿该当有这一劫，不如说我命中该当有这一劫。当时摩西他娘惨叫了一声就捂着肚子坐在了地上。众妇女愣了一下，紧接着就围了上去。立即有人飞跑着去摩西家报信，那时摩西的父亲在村子里担任着大队长的职务，是头面人物。立即有人飞跑着到我家去报信，说我闯下了塌天大祸。立即有人飞跑着去卫生所叫医生。很快，摩西的父亲气势汹汹地跑来了。很快，我的父亲脸色蜡黄地跑来了。很快，卫生所的医生背着药箱子跑来了。我眼前一阵黑一阵白，一阵红一阵黄，我没有害怕，只是感到有一股冰冷的气体，在身体内钻来钻去。我后来听人说，我父亲一脚将我踢出了三米多远。摩西的父亲严肃地对我父亲说：老管，我想不会是你指使的吧？我父亲说：兄弟，如果摩西他娘有个三长两短，我让这小兔崽子偿命！正在我最危急的关头，仿佛是从地下冒出来的柳卫东（那时他还没改名字），站在我的面前，像个大人一样对我父亲说：大伯，我跟你儿子是结拜兄弟，我们虽不是同年同月同日生，但我们发誓要同年同月同日死！众人都被柳卫东这番话给镇住了。后来我父亲说：这个摩西，人小口气大，长大了必定是个大人物。摩西他娘站起来，摸摸肚子，说：我试着没有什么事，管大哥，不许你打孩子了，这是碰巧了的事儿。好了，没事儿了。摩西他娘临走时还拍了一下我的头，说：今后别手贱，嘴贱讨人嫌，手贱惹祸端。世界上很多金玉良言我都忘记了，但摩西他娘这两句话，我刻在脑海里。不久后，摩西他娘顺利产下一个大胖小子，这个大胖小子就是眼前的柳总。我没对我的战友们详说往事，我只是说：柳总啊，听到你顺利出生、身体健康的消息，这个世界上，最高兴的人，是我。

从回忆的噩梦中解脱出来，心有余悸，我端起一杯酒，说："战友们，弟兄们，我们能坐在这里喝酒，就说明我们都是有福的人。来，为了过去的一切，为了现在的一切，为了未来的一切，干杯！”

柳向阳说：“大哥，你出来一下，我有几句话对你说。”

“在座的都是兄弟，有什么话你就说吧，搞那么神秘干什么？”话是这么说，但我还是站起来，跟他到了门外，听他说，“我哥回来了。”

我愣了一下，兴奋地说：“我就知道他没死！这家伙，三十多年了，跑到哪里去了？”

“问他，他支支吾吾，云山雾罩的，一会儿说在黑龙江，一会儿说在海南，一会儿说在一个荒无人烟的小岛上，一会儿说在深山老林里，总之，没有一句话可信，”柳向阳无奈地说，“连手机也不会用，信用卡也没见过，思维还停留在八十年代。”

我问：“他现在在哪里？我要见他。”

“前天还在我这里，要我投资他的‘讨还民族财富’计划，我没搭理他，昨天气哄哄地走了，说是要到黄岛他女儿家。”

“什么叫‘讨还民族财富’计划？”我问。

“换汤不换药的骗局呗！什么末代皇帝在美国花旗银行存有三亿美元的巨款，加上利息超过三百亿，但需要一笔资金启动啦，国家出面不方便，委托民间办理……老一套，连傻瓜都不信，但他信。”

“我要见见他，你把柳眉的手机号给我，这几天我正好要到黄岛去。”

“你见他干什么？我觉得他的脑子出了问题。”柳向阳说着，从手机里翻出了他侄女的手机号码，报给了我。

“我就是想知道，他这三十五年到底躲在什么地方？”

“你自己问去吧，问明白后别忘了告诉我一声，”柳向阳略带嘲讽地说，“但是我要提醒你，三哥，你可千万别让他给忽悠了，我已经给柳眉和柳叶打了电话，让她们提高警惕。他手里那些文件，制作精美，凹凸纹，水印，嵌着金属线，简直比真的还像真的。而且，你不知道他的口才有多么好。”

十

黄岛还叫胶南，胶南还归昌潍地区管辖时，我曾经来过一次。那时我与柳卫东都刚学会骑自行车，我们跟着村子里的能人方明涛去赶王台集买红薯干。王台镇北有一道土岭，一条公路翻岭而过，坡很陡。如果从岭顶上骑车下来，即便脚闸手闸一起制动，车速也快得惊人。那天我的自行车前后闸都坏了，又不愿意推着自行车下大坡，于是斗胆骑车下岭。车速起初还不太快，几分钟后便如风驰电掣。耳边只听到呼呼风响，路边的树木齐刷刷地往后倒去，路上的行人、车辆都被我甩到了后边。为了不发生碰撞事故，我杀猪般地吆喝着：让开啊让开啊，我的车闸坏了，那些马车、牛车、自行车、行人，都大老远儿给我让路。我目不斜视，紧紧地攥着车把，一冲到底。最快时，我感到车子载着我腾空而起，风穿透我的身体，发出尖厉的啸声。等巨大的惯性消耗殆尽，我连人带车，倒在路边。过了一会儿，柳卫东和方明涛也到了。他们跳下车子，把我扶起来。柳卫东对我伸出大拇指，说：“好样的！我一向瞧不起你，把你看成一个懦夫，想不到你还有这样的胆略！”方明涛也说：“真是蔫人出豹子，想不到你还有这胆量。”柳卫东说：“下次再来赶集，我也要撒开闸过把瘾。”方明涛说：“那你就回不去了。”

柳眉和丈夫在自己开的“渔人码头”酒店的最豪华包间接待我。包间装修得金碧辉煌，土豪气十足。虽然我不喜欢这样的房间，但对他们夫妇在能容十几个人的大包间里招待我一个人，还是十分感动。我说柳眉啊，耽误你们做生意了，其实有一个安静的小房间我们说说话就行了。她说：叔，您是稀客，如果不是我娘的面子，我们用八人大轿去抬，您也不会来的。柳眉的丈夫剃着光头，下巴上蓄着一撮山羊胡子，胳膊上刺着一条青龙，脖子上挂着一条金链子，很像影视剧里的黑社会人物。柳眉对我解释道：叔，知道您看着不顺眼，其实他是个大老实人，开饭店，混码头，不容易，留胡子刺青龙，是自我保护。我说我明白。尽管我说我只要一碗海鲜面就行了，但他们还是上了螃蟹、大虾、海参、鲍鱼、海胆……满桌子海鲜，二十个人也吃不完。我说太浪费了，太浪费了。柳眉说叔你好不容易来一次，般般样样的都尝尝，吃不了也浪费不了，待会儿给服务员吃。听说浪费不了，我心里稍微安宁了点。我与他们夫妇碰了一下杯，说：柳眉，不说你也知道，我来这里，主要是想见见你父亲。柳眉说：他根本就没到这里来。他怎么有脸到我这里来？他来了我也不会认他。他把我们娘儿三个扔下，三十多年，我们吃了多少苦？受了多少委屈？我记得我妹妹三岁那年，发高烧，我娘也发高烧，没钱去医院，在家里等死。我去求我老爷爷给我钱，老爷爷就说：主啊，饶恕她们吧。我去求我爷爷奶奶，爷爷奶奶关着大门不见我。我在大街上哭喊：好心的大爷大娘们，大叔大婶们，我娘病了，我妹妹也病了，可怜可怜我们吧，借给我几个钱，让我去买点药给我娘和我妹妹治病，我娘和我妹妹要是死了，我也就没有活路了……柳眉抹着眼泪说，村子里的人怕得罪我爷爷——我爷爷一直认为是俺娘勾结人把俺爹害了。只有您家俺婶婶，把我领回家，给我喝了一碗白糖水，送给我五块钱，让我赶紧给俺娘和俺妹妹买药。那年我才六岁，我六岁就担起了重担，我去了乡医院，在那儿哭晕了，医生护士都哭了，院长也被感动了，派人将我娘和我妹妹接到医院，治好了她们的病……

柳眉的丈夫拍了一下桌子，红着眼圈说：行了，叔好不容易来一趟，你唠叨这些陈谷子烂芝麻干什么？叔，我敬您一杯，今后您要是来黄岛，无论如何要进来坐坐。我说，好，一定。我说，柳眉，看到你们生活得很好，我感到很欣慰。我跟你父亲是好朋友，听到他还活着，我发自内心地高兴。当年他悄然蒸发，定有难言之隐，所以，我希望你和你妹妹还是要接受他。

柳眉说，叔，走着看吧，感情的事勉强不得。让我叫一个我恨之入骨的人为"爹"，我做不到。我说，但他的确是你的爹呀。她说，叔，您的好意我明白，我会把您的意思跟我妹妹说说。不过，我妹妹比我的态度更坚决，她说只要这个男人到她家，她会立即报警。

那你母亲是什么态度呢？我小心翼翼地问。

柳眉叹一口气，道：叔，还用我说吗？您自己想想吧。

十一

我能想象出马秀美对抛弃了她和孩子三十五年后又突然出现的柳卫东的态度吗？我想象不出来。想象不出来，又很想知道，那怎么办？很简单，去问。

马秀美家的，不，应该是柳卫东家的房子和院落，并没有我想象得那样破败。我看到房顶上的太阳能感光板和墙壁上悬挂着的空调机，知道马秀美在柳卫东回来之前，在两个日子过得很好的女儿帮助下，生活水平是与村子里最富裕的人家同等的。这让我多少感到了欣慰。

我一进大门，马秀美就摇摇摆摆地迎了出来。我想象中她应该腰背佝偻、骨瘦如柴，像祥林嫂那样木讷，但眼前的这个人，身体发福、面色红润，新染过的头发黑得有点儿妖气，眼睛里闪烁着的是幸福女人的光芒。我知道我什么都不要问了。

“主啊，您又显灵了……”她往胸口画了一个十字，嘴里嘟哝着，又说，“大兄弟啊，还真被摩西说中了，他说这两天必有贵客上门，果不其然，您就来了……”

我问她：“卫东呢？”

她悄声说：“他已经不叫卫东了，他叫摩西。”

我问：“那么，摩西呢？ 在家吗？”

“在，正在跟几个教友谈话，你稍微等会儿，我给你通报一下。”

我站在她家院子里，看着这个虔诚的教徒、忠诚的女人，掀开门口悬挂的花花绿绿的塑料挡蝇绳，闪身进了屋。

我看到院子里影壁墙后那一丛翠竹枝繁叶茂，我看到压水井旁那棵石榴树上硕果累累，我看到房檐下燕子窝里有燕子飞进飞出，我看到湛蓝的天上有白云飘过……一切都很正常，只有我不正常。于是，我转身走出了摩西的家门。

诗人
金希普

一

每年春节前，我们县的领导，便会带上家乡的土特产——前几年是大蜜枣，这几年是大馒头，来北京设宴，招待在北京工作的老乡。这活动已经成为惯例，参加招待会的人数也由十几年前的七八十人，逐年增加到现在的四百多人。想不到我们一个小县，竟有这么多人在京工作。负责召集联络的我县驻京办——现在不叫驻京办了，叫会馆，负责人老吕告诉我，这还仅仅是地方处以上、部队团以上级别的，如果把所有在京工作的老乡都请来，少说也有一千人。说心里话，我对每年都这样大张旗鼓的聚会不以为然，每次都是这些人，每年都说着同样的话，已经没有新鲜感。但我还是每年都去参加，因为那洁白的大馒头，那用老面引子不是用酵母粉发起来的大馒头，那形状如同一个大西瓜拦腰一分

二的大馒头，那散发着甜丝丝的气味的大馒

上生长出的小麦磨粉后蒸出来的大馒头

情…… 为了那两个大馒头，我也要去参加。

去年的聚会在宏都大饭店的隆运厅举行。大厅里排开了四十多张桌子，熙熙攘攘，欢声笑语，握手寒暄，合影留念，十分热闹。

在入口登记处，我同村的一个小伙子因为级别不够被拦住不让进。他一见我来了，马上迎上来，央我说情。负责登记的几个人是县委办公室的工作人员，都认识我。我指着小伙子说：他是我一个村的，让他进去吧。一个工作人员说：进去当然可以，但十分抱歉，馒头不够分了。我说：把我那份给他吧。小伙子说：我不要我不要，我刚回老家拉回了一麻袋馒头呢。

他们将我引导进贵宾休息室，我看到，县里胡书记正与几位退休的将军与几位官至副部级的老乡谈话，便悄悄地坐在一边。因为我的进来而被打断的谈话又热烈地进行下去。正在此时，本文的主人公，我们东北乡著名诗人金希普风风火火地闯了进来。

金希普原名金学军，是我们邻村屠户金生水的小儿子，他比我小十几岁，与我的表弟是中学同学。我这表弟起初学习还不错，后来参加了金希普的女神诗社，学习便一落千丈。高考落榜后，打工怕苦，干农活怕累，整日游手好闲，成了村里的怪物。为此，姑父经常当着我的面骂这金希普，我对这人的印象也很差。

他一进门，挟带着刺鼻的烟味和酒气，就直奔胡书记而去，与他握手，送他名片，然后又与几位将军和副部级老乡握手，送他们名片。与领导们握手时，他一遍遍地重复着：“对不起，我来晚了，刚从北大那边赶过来，北京堵车，实在令人头疼……”

他在我身边落座，抓起茶几上的中华牌香烟，点燃，香香地抽了一口，两股白烟，从他的鼻孔里汹涌地喷出来。

“三哥，好久不见！”他伸出手，与我相握，然后递给我一张名片。我感到他的手黏黏的，很凉。

“诗人，最近忙什么？”胡书记问他，同时向身边的几位退休将军介绍，“这是我们的诗人，金希普，俄国有个普希金，中国有个金希普。”

在众人的笑声中，他站起来，弓着腰说：“今年一年，我在全国一百所大学做了巡回演讲，出版了五本诗集，并举办了三场诗歌朗诵会。我要掀起一个诗歌复兴高潮，让中国的诗歌走向世界。”

我看到他送我的名片上赫然印着：普希金之后最伟大的诗人：金希普。下面，还有一些吓人的头衔。

在众人的哄笑声中，金希普跑到门口，对外拍了拍巴掌。

他指着一位扎着马尾辫，端着照相机，面容清秀的姑娘说：“这是我的专职摄影师小吴，中央新闻学院的硕士。”

“这是我的专职录像师小顾，中国电影学院毕业，曾在美国好莱坞工作过。”他指着一位留着披肩长发，扛着摄像机的小伙子说。

二

招待会按照多年不变的程序进行，先是县里领导讲话，然后是在京工作的老乡代表讲话。在这个冗长的过程中，金希普带着他的专职摄影师和专职录像师换桌转，握手，寒暄，交换名片，吸引了众多的目光。

坐在我身边的一位退休将军悄悄地问我："这是个什么人呀？"

我笑而不答。

讲话终于结束，酒宴开始。

舞台上蹦上去几个身穿皮毛的姑娘，敲打着铁皮鼓。主持人说她们是中国最好的鼓乐队，刚从欧洲演出归来，从机场那边直接过来的，时差未倒，旅途劳顿。但我看她们一个个生龙活虎，活蹦乱跳，没有丝毫疲惫相。

当主持人宣布演出结束，请大家开怀畅饮时，金希普弓着腰上了台，从主持人手里要过话筒，说："各位领导，各位老乡，我即席创作了一首诗歌，献给你们！"

有些烦，但还是为他鼓掌。

“各位领导，各位老乡，请允许我先做个简要的自我介绍。我叫金希普，1971年出生。从小就热爱诗歌，五岁时即能背诵三百首唐诗宋词。小学时即开始写诗，我小学三年级时写的一首诗被编进新加坡国立大学教材，新加坡一位内阁部长亲口对我说，正是读了我这首诗，才发奋立志，走上了从政的道路。初中时我发起成立的女神诗社，成为全中国最有名的学生诗社。截至目前，我已出版诗集五十八部，荣获国际国内重要文学奖项一百零八个，我现在是国内外三十八所著名学府的客座教授，去年我去美国访问时，曾与美国前总统克林顿在林肯中心同台演讲，受到了一万一千多名听众的热烈欢迎……尽管我取得了一些成绩，但离家乡父老对我的期望还相差甚远。我深知，一个诗人，离不开家乡这块热土，离不开县委县政府的正确领导，更离不开在座各位乡亲的提携帮助……”

将军悄悄地说：“咱们县竟然出了这么伟大的人物！”

“各位领导，各位老乡，我知道有很多人以为我在吹牛，我不辩解。喜马拉雅山有8844.43米高，有人不相信，但喜马拉雅山从不辩解，它屹立在那里，悄悄地继续长高。有人劝我低调些，不要张扬，但大海，浩瀚的大海，从不低调，它卷着巨浪呼啸而来……”

宴会厅里响起了一阵掌声。

“有人要我修改我的诗歌，我说，闪电是不能修改的！”

"有意思，"我对将军说，"这几句像诗人的语言。"

"领导们，老乡们，"他激昂地说，"现在我把即席创作的诗歌献给你们！"

他清清喉咙，从口袋里摸出了一张纸，猛地挥舞了一下手中的话筒，甩了甩长发，念道：

"大馒头大馒头，洁白的大馒头，芬芳的大馒头，用老面引子发起来的大馒头，家乡土地生长出来的大馒头，俄罗斯总统一次吃两个的大馒头，作为国礼赠送给美国总统的大馒头，凝结着爱情的大馒头，象征着纯洁的大馒头，形状像十二斤重的西瓜拦腰切开的大馒头，远离家乡的游子啊，一见馒头泪双流……"

县委宣传部马副部长站起来大喊："各位乡亲，现在请品尝家乡的大馒头！"

四十多个身穿红衣的服务小姐，用金色的盘子，每人托着一个白生生的、暄腾腾的，散发着热气的大馒头，鱼贯而入，分散到各桌前，欢声笑语一片，为诗人的朗诵画了一个圆满的句号。

三

大年初一，我去姑父家拜年。一进门，就看到诗人正与我的表弟坐在一起喝酒。诗人的旁边，坐着一个漂亮的姑娘。不是那位专职摄影师。见到我进去，他们慌忙站起来。

“三哥，过年好！”诗人很谦虚地问候我，然后指着身边的姑娘向我介绍，“这是我的女朋友小贾。”

我退了出去，看到姑父和表弟的妻子正在厢房的锅灶旁为他们炒菜。

姑父送我到大门口，神情有些尴尬。姑姑春节前刚去世，姑父面容枯槁，人仿佛老了许多。

“怎么又跟他混在一起了？”我不高兴地说，“吃他的亏难道还不够吗？”

姑父用围裙搓着手说：“他来了，也不好把他撵出去……”

“难道说他是在这里过的年？”我问。

“他来了，也不好撵他走，”姑父说，“他也算是个有头有脸的人物。”

“连他的亲爹都不让他进门了，你们竟然还把他待若上宾，”我生气地对姑父说，“这个人沾上谁谁倒霉！”

“他还是有些本事的，”姑父说，“他说跟县里胡书记是干兄弟，跟省里的领导也很熟。”

“胡书记怎么可能跟他这种人拜干兄弟?!”我说，“完全是忽悠。”

“他给我看了与胡书记的合影，还有跟北京的很多大将军、大干部的合影，他们都握着他的手笑。”

“合影能说明什么？”我说，“姑父，你不明白。”

“他还说，春节前在北京开老乡会，是他介绍你跟胡书记认识的。”

“真是无耻，”我说，“我认识胡书记时，他还不知道在哪呢。”

“老三，”姑父说，“你对他有偏见吧？这个人，第一有才，第二社交能力很强，他不仅有跟胡书记的合影，还有和中央领导秘书的合影，还有跟周总理身边工作人员的合影，这些难道都是假的？”

“即便都是真的，也说明不了什么问题，”我说，“姑父，你想想，他如果真有那么大能耐，为什么大年夜里跑到咱们家里来？”

“电视上刚放了，”姑父说，“党和国家领导人也都下去跟老百姓过年呢。”

我还能说什么呢？

四

半年之后，二哥出差进京，顺便到我家里来坐了一会儿。二哥对我说：“咱姑父到底还是被普希金给骗了。”

“金希普，”我说，“别糟蹋那个光辉的名字。”

“他带着那个女的，一看就不是好东西，在咱姑父家里一直住到正月初八，天天好酒好烟好饭伺候，把咱姑父家吃了个底朝天。”

“咱姑父真是糊涂，”我说，“我提醒他别上当，他还替那个家伙辩解。”

“吃点喝点也就罢了，”二哥说，“关键是钱！”

“什么钱？咱姑父借钱给他了？”

“他说跟县里省里的领导都是拜把子兄弟，说要帮助秋生（表弟的乳名）在市里谋个事儿。咱姑父一听就动了心了。”

“谋个什么事儿？”

“说是可以安排到电视台当副台长。”

“这不是说胡话吗？”

“咱姑父说他当场拿出手机，拨通了胡书记的电话，胡书记在那边也答应了，说放完了假就办。关键是，他对咱姑父说，胡书记骂他给他添乱，说不可能一下子就安排当副台长，起码要跟着扛半年机子，增加点业务知识，才可以就职。起初咱姑父还半信半疑，听他这么一说，就彻底相信了。”

“接下来就该要钱了。”

“要钱就不是金希普了，”二哥说，“是咱姑父主动的。他说，叔，我和宁赛叶（秋生的笔名）是割头不换的兄弟，他如今落了难，我不能不管。我这次来你们家，就是为了考验你们，以我这样的身份地位，还用得着跑到一个农民家里来过年？只要我愿意去，中国所有的五星级饭店都会热情接待我，但我哪儿都不去，跑到这里来，睡土炕，吃农家饭，为的就是看看你们家的人能不能容人。叔，你把热炕头让给我，自己去厢房里睡破床，弟妹把家里下蛋的老母鸡都杀了炖给我吃了，我，还有小贾，深深地受了感动，我一定要报答你们，一定要把我的兄弟宁赛叶从农村解救出来。叔，他说，你大概也知道现在办事的规矩，没有这个，他捻了一下手指，那是万万不行的，别说安排一个电视台副台长，即便是安排一个普通编导，没有这个数，他伸出三根手指，绝对办不成。”

“嗨，”我说，“骗术高明啊！”

“他说，叔、宁赛叶、弟妹，你们不用愁，这事包在我身上了，你们千万别跟我提钱的事，一提钱咱就远了。年前于化龙提着半蛇皮袋子钱来找我，要我帮他在电视台当了七年编导的儿子谋这个副台长的位子，我很客气地谢绝了。这个位置是宁赛叶的，我刚才跟胡书记说了，如果他还想再上一个台阶，那就必须把这个位置给我留着。叔，他说，当着你们也不必隐瞒了，小贾，是咱省委组织部常务副部长的亲外甥女，胡书记要想到市里任职，这一关必须过的。”

“后来呢？”我问。

“咱姑父七借八凑，弄了两万元，悄悄地塞到金希普的提包里。”二哥说，“秋生和咱姑父，过了年就在家等信儿，至今也没等着。”

“去找金希普呀！”

“秋生打过两次电话，第一次还能通，第二次就没这个电话号码了。”

“现在觉悟了吧？”

“秋生还是不死心，”二哥说，“昨天咱姑父找到父亲，黄着脸说，八成让普希金这个王八蛋给骗了。”

“金希普！”我说。

五

这篇小说初稿写于2012年春天，五年过去了，那一年一届的老乡会，已经成了历史记忆。大馒头已经成了家乡的品牌产品，上午在手机上订购，晚上便能送到家门。金希普许给我表弟的“电视台副台长”自然是个骗局，为此我姑父曾到派出所报过案，最终也没有什么结果。我不能说姑父是被金希普气死的，但这件事毫无疑问是姑父心脏病发作的诱因之一。我去参加姑父的葬礼，看到秋生表弟跪在坟墓前放声大哭，心里感到他还是个心地比较善良的人，希望他能吸取教训，踏踏实实过日子，老老实实做人。

前不久，我去济南观看根据我的小说改编的歌剧《檀香刑》，入场时遇到了金希普。他胖了不少，嘴巴里被烟茶熏黑的牙齿贴上了晶莹洁白的烤瓷面。他热情地与我握手，一口一个三哥，叫得十分亲热，一时竟让我感到那些往事似乎都是虚幻。他拿出手机，要跟我扫微信。我犹豫着，他说："三哥，我有很多话要跟你说，我要告诉你许多事情的真相。"于是我们建立了微信联系。

他在微信中，毫不避讳地谈到了那两万元的问题，他说如果不是反腐败，这个问题根本不是问题。他说他是真心实意地想帮宁赛叶办点事，但谁知道碰上这样一块形势。他说那两万元尽管他没花一分，但他迟早会还给宁赛叶，不还上这笔钱他对不起死去的老人。他对我说：

"三哥，写到这里时，我的眼睛里已经盈满了泪水……我知道您对我有很深的成见，您也许认为我就是一个骗子、混子、油子……我不解释，就像高山从不解释，就像大海从不解释。但是我要说，我是个心软得要命的人，我见到农人打牛都会痛苦，我看到母亲打孩子都会流泪，我看到即将干涸的池塘中那些不知死之将至的蝌蚪心中都会纠结良久，我看到我父亲屠杀那些猪羊时心中充满了悲凉……我同情弱者，我有一颗善良敏感的心。我必须实事求是地对您说：我是有才华的，我是会写诗的，我不仅能写新诗，我还能写古诗，贴上一首我特意写给您的古风，以证我言不虚：

当年卖唱长街行，为求怜悯扮盲童。竹竿探路步踉跄，一曲悲歌泪千行。乞来百家剩饭千家衣，夜避寒霜桥下栖，高天如海深难测，星斗璀璨如宝石。时来运转登高台，万家欢乐系一身。名利双收喜开怀，香车宝马载美人。地下金砖铺豪宅，天上银鹰播彩云。师傅从来不差钱，财大气粗放狂言。一朝豹变龙落滩，千人唾骂万人嫌。昨日尚嫌珍馐美味难入口，今日一块大饼分外甜。物极必反今又见，期望否极泰还来。细思前因与后果，君子行事须谨慎。得意切莫忘形骸，失意却要抖精神。繁华一时迷人眼，东风吹雨葬花魂。生如鲜花之灿烂，去如迅雷静无痕。人生观念千万种，似是而非多矛盾。学佛看破人间梦，修道却期千年身。春夏秋冬四时转，富贵荣华过眼云。明知世事皆虚幻，还将假戏做成真。人过六十土埋颈，依然为名煞费心。诸般牵挂难放下，到底还是一俗人。”

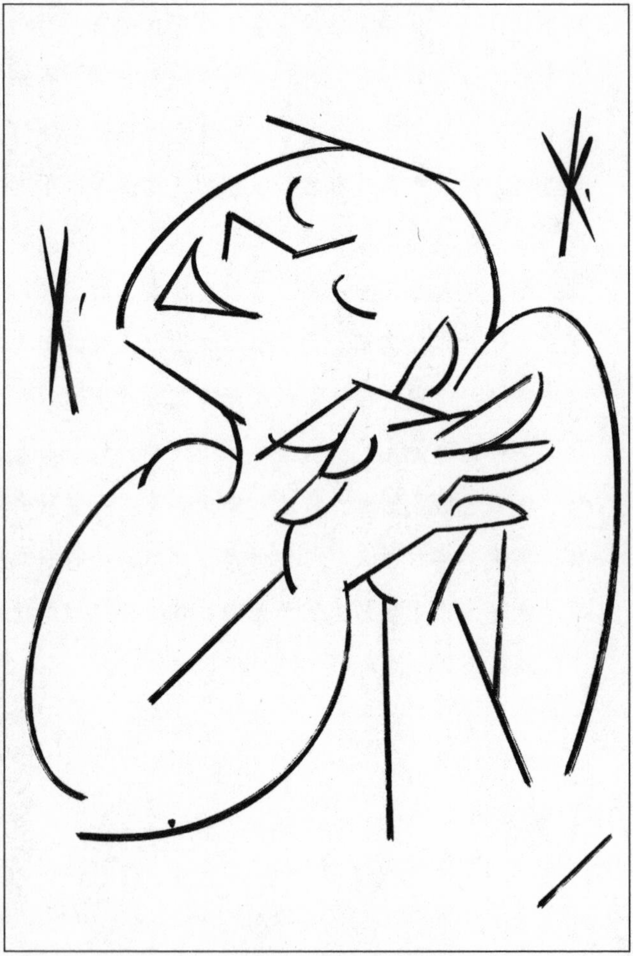

表弟宁赛叶

三哥，你不要自鸣得意，更不要沾沾自喜，你不要妄自尊大，也不要以为咱东北乡里只有你有文学才能，我的表弟秋生，笔名宁赛叶，外号怪物，借着几分酒力，怒冲冲地对我说。我知道你瞧不起金希普，你这是犯了文人相轻的臭毛病！我认为金希普的才华远远超过你，他之所以没你名气大，是他没赶上好时候，他如果逢上八十年代那文学的黄金时代，哪里轮得上你猖狂！不说金希普，就说我，三哥，你说良心话，我的才华，在你之下吗？表弟将酒杯往桌上一顿，严肃地说。

你的才华，确实不在我之下，我说，金希普更是天才，俄国有个普希金，中国有个金希普嘛！

你这是西北风刮蒺藜，连风（讽）带刺！三哥，我没醉，我听得出好话坏话！金希普是我的兄弟，他骗谁也不会骗我，那两万元钱，算什么？他迟早会还的。那个什么狗屁电视台的狗屁副台长，我根本没看在眼里，更没放在心上。我们，我们生不逢时啊！忆往昔峥嵘岁月稠，恰同学少年，书生意气，指点江山，粪土你们这些达官贵人！我们哥俩，当年创办女神诗社时，心比天高，气势如虹，恨不得将小小地球，玩弄于股掌之间，那是什么样的胸襟抱负！可是，这个年代，容不下黄钟大吕，只能让狐狸社鼠得意横行。三哥，你放下你的臭架子，拍着胸脯想一想，你说，当年我让你看的我的小说《黑白驴》是不是一篇杰作?

我的《黄玉米》发表那年，我的表弟，不，宁赛叶和金希普合办了一份小报，在上边刊登了即将连载《黑白驴》的广告。我清楚地记着他们的广告词：本报即将连载著名作家莫言的表弟宁赛叶的小说《黑白驴》！这是一部超越了《黄玉米》一千多米的旷世杰作！每份五元，欢迎订阅！我记得当时我还在家里休假，姑父来找我，说秋生和他的文友让你去一下。我去了，在姑姑家的那三间空屋里，我第一次见到了金希普，还有几个我忘了名字的诗人。当时他们都是中学的学生。屋子里乌烟瘴气，遍地烟头。桌子上杯盘狼藉，桌子下一堆空酒瓶子。我一进门，宁赛叶就说：莫言同志，你有什么了不起？我连忙说我没什么了不起，但我没得罪你们啊！他说：你写出了《黄玉米》，骄傲了吧，目中无人了吧，尾巴翘到天上去了吧？但是，我们根本瞧不起你，我们要超过你，我们要让你黯然失色。他递给我一张铅印的小报，我从小报上读到了前面已写出的广告。我不高兴地说：我抗议，你们没经我同意为什么把我的名字印在了你们报上?！他说：把你名字印在我们报上，是我们瞧得起你！我们没跟你要广告费，已经让你赚了便宜……

我那篇《黑白驴》的原稿，你是看过的，你说良心话，是不是一篇杰作？那头驴，不白不黑，亦白亦黑；不阴不阳，亦阴亦阳。在白驴面前，它是黑驴；在黑驴面前，它是白驴。在公驴面前，它是母驴；在母驴面前，它是公驴。你说，在世界文学史上，出现过这样的驴的形象吗？你以为我写的真是一头驴吗？不，我写的是人。在我们的前后左右，每时每刻，都有一些像黑白驴一样的阴阳人，他们察言观色，他们趋炎附势，他们唯利是图，他们见利忘义。他们没有良心，却挥舞着良心的大棒打人；他们没有道德，却始终占据着道德高地。他们在驴和人之间频繁转换，驴脸上挤着人的微笑，人身上长着驴的皮毛。生活在这样的世界上，你说，我们怎么能服气？

他点燃一支烟，倒上一杯酒，一仰脖干了，又倒上一杯酒，一仰脖干了！姑父嘴哆嗦着，试图去夺他的酒杯，他猛地格开姑父的手，双眼通红，凶相毕露，说：从生理上论，你是我的父亲；但从心理上论，你是我的仇敌。你听听，你听听，姑父可怜巴巴地对我说。你听听这些话还是人说的吗？这些话当然是人说的，如果我不是人，那岂不是侮辱你？是的，你们教育我，要感谢父母的养育之恩，但你们值得我感谢吗？你们把我弄到这个黑暗的世界上，让我痛苦而悲愤……

我说，老弟，别装疯卖傻了。我也喝醉过，但醉了皮肉，醉不了心。这家庭，没有亏待你。你从小到大，娇生惯养，我放牛的年龄里，你在小学里捣乱破坏，砸玻璃揭瓦，我在水利工地上汗流浃背的年龄里，你在中学里抽烟喝酒写歪诗。你已经三十多岁，游手好闲，不务正业，想入非非，眼高手低，大事干不了，小事又不做，古言道三十而立，村里像你这般大的人，早就当家过日子了，可你还要父母养着你，不但要养着你，还要养着你的老婆孩子，你还有什么脸面在这里怨天尤人，你还有什么理由在这里借酒装疯？

我不服气！他捶打着胸膛，高声喊叫着，为什么，为什么那些笨蛋可以飞黄腾达？为什么那些骗子可以锦衣玉食？为什么才华平平者可以扬名立万？为什么我满腹才华却要老死在这破败的村庄？你现在是名人，听说最近还当上了什么副主席？但骗子最怕老乡亲，草包最怕亲兄弟。别人夸你是天才，在我心目中你是驴屎！你那些破小说，全部加起来也抵不上我那《黑白驴》的一行字。你浪得虚名，你欺世盗名。世无英雄遂使竖子成名，可悲吗？不可悲，真正可悲的是遍地英雄却使竖子成名！

我站起来，想走。但他堵住门，说：你不是欢迎别人对你提出批评吗？为什么我只批评了你几句就要躲开？你可以反批评啊，你可以与我辩论啊！你经常要别人有点儿雅量，为什么自己没有一点儿雅量呢？是的，我是一个无业游民，或者可以说是一个二流子，你听听一个二流子对你的批评不是更显出你的雅量吗？你是成名作家，我是文学青年，连文学青年也不是，我是一个文学疯子，许多人以为，有你这样一个表哥，我会跟着占便宜，想当初，我也对你心存幻想，以为你能提携我，帮我发表作品，但你武大郎开店，你生怕我超过你，你不但不帮我，反而压制我、打击我、讽刺我、挖苦我、贬低我、嘲笑我，你不敢面对真理，不敢承认我的才华，不敢面对我的《黑白驴》，我的《黑白驴》，在你那儿压了很久，你说是找《××文学》《××月刊》还有什么驴屁文学的编辑看过，当初我还以为是真的，但后来我明白你骗我，我的《黑白驴》，你没给别人看，你不敢给别人看，你明白那是杰作，你明白，一旦我的《黑白驴》面世，你们这一茬作家，通通都要退下舞台！你嫉妒我的才华，但你不敢承认你的嫉妒，你是个小肚鸡肠的小人，你生怕别人超过你，我之所以落到今天这步田地，你是要负责任的！

我喝了一杯酒，我已经好久没喝酒了！我怒冲冲地说：宁赛叶先生，做人要有良心，说话要有根据！你的《黑白驴》，我确实看过，对，我承认，我确实没把你的这头驴，寄给任何刊物，因为我觉得，这头驴是头非常一般的驴，它没有个性，充其量是一条杂种驴！

杂种出好汉！他说，真正的好作品，都是杂种！你自己也承认，你是受了西方文学影响又继承中国文学的传统然后又从民间文学里汲取了营养，你的文学，也是杂种！

好好好，算我说错了，但是，我把《黑白驴》还给你之后，你完全可以自己往外投寄啊！邮局是国家开的，只要你付足邮费，他们敢不给你邮寄吗？中国这么多文学刊物，你可以投稿啊，即便有不识货的，但总会有识货的，是金子总会发光的。

我知道你会这样说，但问题是，这么多刊物，全都被你们的同伙把持着，他们当中，多数有眼无珠，即便有几个识货的，但他们能发表一个无名小辈的作品吗？我没钱去给他们送礼，我更不是文二代文三代！所以，我恨你，你本来是有能力帮我发表的，也只有你可以提携我，但你嫉妒我，你生怕我露出头角压住你的名声。

你可以把你的大作贴到网上啊！

网络就是净土吗？网络也早就被那些网霸们分疆裂土，一个个的团伙，一个个的圈子，吹捧的是他们自己的一伙，真实的社会一团漆黑，虚拟的网络暗无天日，我对这一切都看透了。我真想变成一头天驴，把日吞了，把月吞了，把地球吞了，把一切吞了。

你成不了天驴，充其量是头黑白驴，连黑白驴都成不了，你是头疯驴！六亲不认的疯驴！你有什么资格攻击我？就因为你的母亲是我的姑姑？就因为这么一点儿血缘关系？二十多年前，你就可以像召唤一个小伙计一样，把我叫到你们那一伙小文痞的酒桌前羞辱我？你们既然要用我的名声为你们的垃圾小报造势，又当面把我的作品和我的人格贬得一钱不值。你高考落榜之后，不是让我为你找工作吗？

你帮我找了个什么工作？你让我去酒厂里涮酒瓶子，我站在水池边，像一架机器，重复着同样的动作，面对着一堆玻璃瓶子，我一刻不停地涮啊、涮啊，我把一个个肮脏的瓶子涮得一清二白，但我的心里越来越脏，我怨、我恨、我悲、我愤，我恨不得变成一把火，熊熊燃烧，把这肮脏的世界，烧成一片废墟……

是的，我说，你感到涮酒瓶子委屈了你，是高射炮打蚊子——大材小用了。但接下来我把你介绍到供销社，让你去站柜台卖货，这事儿比较体面吧？你知道，我当年的最大理想是当一个供销社售货员，风吹不到，雨淋不着，可是你干了两天，就让账面亏空了一百元！你当然不会承认是你贪污了一百元，供销社里我的那些朋友，也没有明说是你贪污，但他们心里是怎么想的你知道吗？我批评了你几句，你一脚将人家的门踢破，然后不辞而别。你连自己的铺盖都不要了，那可是姑姑为你新絮的里表三新的被褥，他们在家里盖什么？一条千疮百孔的破毯子！人家供销社让你去拿被褥，你说什么？你说：让他们盖着我的被褥去死吧！人家将你的被褥扔到大街上，狗在上边撒尿，鸡在上边拉屎，周围的人在旁边议论，你让我替你蒙受了耻辱啊！

他们根本不是人，是一群奸商！他们往酒里掺水，往化肥里掺盐，他们大秤进小秤出，他们制假贩假，坑蒙拐骗，我怎么可能跟这样一群败类共事？那一百元钱，是他们制造的一桩冤案。他们看出我跟他们不是一路人，他们怕我坏他们的事，所以用那样卑鄙的手段挤走了我。你不是一直标榜良心吗？你不是一直用你的文学揭露黑暗吗？为什么还站在他们的立场上批评我？文人无行，你就是一个活生生的样板！

就算供销社那些人陷害了你，但我后来把你介绍到锻压设备厂，知道你是有文化的人，让你在政工科写材料、守电话，这一次你是给了我面子，干了一年，可这一年里你干了什么？你谈了两场恋爱，第一次跟油漆工小宋，把人家肚子弄大了然后把人家踹了；第二次跟保管员小于，把人家搞得哭哭啼啼寻死觅活。锻压设备厂厂长、我的朋友老姚，如果不是看着我的面子，早把你送到派出所里去了。老姚对我说：你那个表弟，是个大才，咱这小小乡镇企业，水太浅了，养不住这条真龙，是不是让他另谋高就？我的脸像挨了一串耳光，火辣辣的。你确是天才，但我觉得你最大的才华是骗女孩子，你是这一行当的高手啊，你相貌平平，自己没钱，家境贫穷，但能让那么多女孩子为你献身，不但献身，还献钱，那一年你衣着光鲜，出手阔绰，花的都是小宋和小于的钱吧？

你没权对我的私生活说三道四！你们文艺圈里，有一个干净的吗？但我要说，老姚是个混蛋，他的锻压设备厂，生产的基本都是废品，为了把这些废品卖出去，他贿赂采购人员，手段卑劣，无所不用其极……

好了，天下没有一个好人，只有你一个好人。后来，你想参军，姑父找到我，我只好厚着脸皮帮你找人，你如愿以偿当了兵。原本希望你能在部队好好锻炼，好好学习，争取考上军校，提成军官，也算一条光明大道。可你到了部队又干了些什么？你大概又去勾引地方的女青年了吧？

是她们勾引了我！他眼睛通红，仿佛要与我拼命，是她们设局陷害了我！

行了，老弟，复员回乡之后你又干了些什么？你跟金希普到济南办报，鬼知道是家什么样的野鸡报，你半夜三更打电话，让我给你们写“名人寄语”，我当然不写。我也幸亏没写，我看过你们那张贵报，报上登载着“大力丸”广告，家传秘方，包治百病，金希普自封社长兼总编，封你为副总编兼首席记者。你不是还拿着记者证回家炫耀吗？连姑父姑姑都被你蒙住了，以为你走上了正路。你拿着假记者证在家乡坑蒙拐骗，兔子还不吃窝边草呢，你可好，专门在本县地盘上打转转，你跑到陶阳镇去讹诈人家，被人家当场扣下，大概皮肉吃了点苦吧？挨揍之后你又把我供出来了，说是我表弟，县委宣传部张副部长打电话问我，我只好承认，确有此人，人家看在我的面子上放了你一马，否则完全可以以诈骗罪把你送进去！

诬蔑，这完全不是事实！他们为了建那座高度污染的化工厂，强占农民的良田，农民联名写血书上访，都被他们扣下。官办的报纸不敢揭露真相，我们民办的报纸为民申冤，又受到他们诬蔑！暗无天日啊！他用手揪着自己的头发哀号着。

你当时是怎么说的？你说只要你们赞助十万元，我们就把消息压住。否则就立即见报！就算他们建化工厂不对，但你利用这种方法诈钱，又能比他们好到哪里？

诬蔑！完全是诬蔑！

就算他们是诬蔑，接下来你又干了些什么？你要干实业，生产什么高科技电子灭蚊器。让我投资，我明知你这种人靠不住，但还是希望你能浪子回头，于是借了三万元给你。那可是九十年代的三万元。你在县城租房子，买了一辆二手面包车，放鞭炮开张，接下来，天天请客、吃饭，甚至充大款给小学捐钱买电脑，不到两个月，钱造光了，关门大吉。

你那点臭钱，我迟早会还的！生不逢时，时运不济！苍天啊，大地啊。

办企业失败之后，你在济南跟着你哥们流浪，可能你那哥们也容不下你了，你只好回家来继续啃爹娘。你抽烟、喝酒，都要姑父供给。为了你，姑父退休之后又给人看大门，姑姑七十多岁了，还每天去冷库扛活。清早出发，晚上回，中午啃口窝窝头。你看看他们二老，面如黄土啊，你还有一点儿人味吗？

我有了钱，会加倍报答他们的！

不错，从前年开始，你良心发现，放下天才架子，抛弃幻想，开始到钢窗厂打工，每月可挣两千元。干活期间，又谈恋爱，这次不错，跟人家结了婚。不久又生了孩子。看到你的变化，我们发自内心的高兴，合伙为你装修了房子，你媳妇也去打工，姑父姑姑在家看着孩子，加上姑父的退休金，每月可收入五千元，电视换了，冰箱买了，太阳能热水器装上了，可以说基本上小康了。但好景不长，金希普又来了。金希普一来，你就疯了。我对你已经仁至义尽，从今天起，我不会再说你半个“不”字，你也不要再来找我。

中国人民有志气，他说，我宁愿讨饭，也不会进你的家门。

太好了，我说，太好了！

先生，请不要隔着门缝看人，更不要得意忘形。文学是人民的文学，谁也不能垄断。我几十年颠沛流离，走南闯北，住过五星级宾馆，也在街上露宿过；吃过海参鲍鱼，也曾从垃圾堆里找食吃。我睡过青春少女，也曾嫖过路边野鸡……我办过企业也打过工，我打过别人也挨过别人打，我看透了这个世界，我对人有了深刻的理解，现在，到了我拿起笔来写作的时候了！先生们，你们的时代结束了！轮到我上场了！

他将酒瓶摔到地上，伸出右手食指，指着姑父，痛苦地质问道：你，凭什么偷拆我的信件？你以为你是我的父亲就有权力偷拆我的信件吗？他号叫着，眼睛里流出浑浊的泪水，然后，身体突然前倾，伏在桌子上，又号了几声，便呼呼地睡着了。

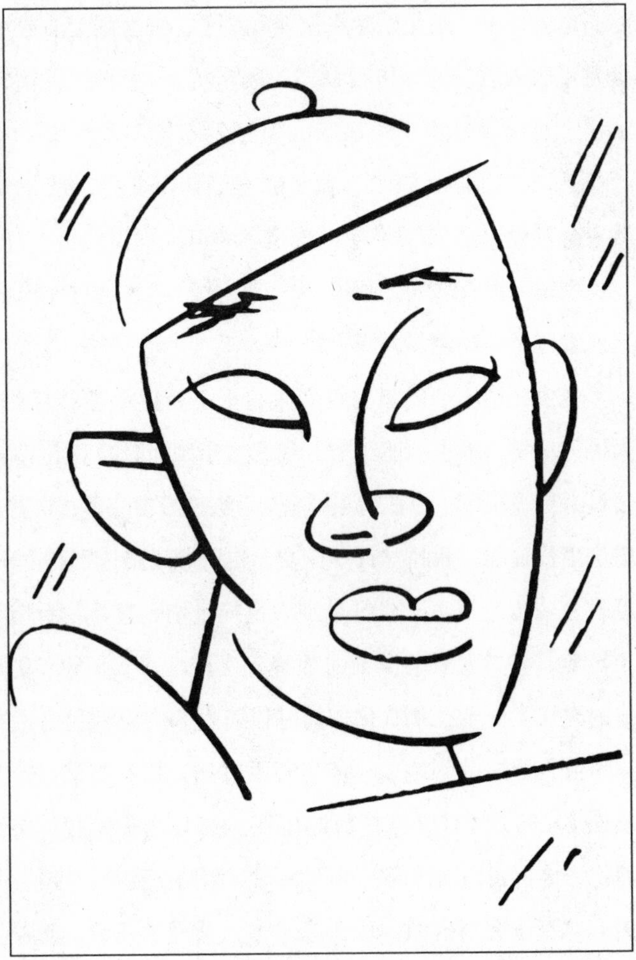

地主的眼神

一

去年麦收时，我在老家，看到了老地主孙敬贤的葬礼。

现在的麦收，与我记忆中的麦收，已经大不一样。那时候，我们在钟声的催促下，鸡叫头遍时便匆匆起身。满天星斗，寒气逼人。我们披着破棉袄，提着镰刀，拖着沉重的步伐，打着哈欠，在队长率领下，往田野走。我们队里的土地，离村庄有八里，赶到地头时，东边天际才刚刚显露出鱼肚白。会抽烟的男人，蹲在地头上，抽了一锅烟。麦田已经显示出比较清晰的轮廓，没有风，田野很静。老头们抽烟的“吧嗒”声显得很响，偶尔有鸟叫，似是梦中的呓语。队长说，多歇无多力，干吧！队长排在第一位，第二位是村里的贫协主任。那时我是个半劳动力，与妇女老头们混在一起。我的后边便是孙敬贤，他当时五十岁左右，正当壮年，按说应该排在壮劳力的行列里，努力劳动改造才是，但他说自己有病，便与我这样的半劳力和妇女们混在一起。

生产队的劳动，磨洋工者居多，但唯有割麦子时大家都卖力干。因为每人两垄，谁割到头谁休息，这样的劳动方式，带有承包和竞赛的性质。大家都奋勇争先，唯恐被人落下。

镰刀都是头天夜里就磨好了的。工欲善其事必先利其器。我当时觉得这句古语指的就是磨镰刀与割麦子的关系。磨镰刀是技术活儿，磨轻了不利，磨重了不耐用，分寸很难把握。我姐夫是磨镰的高手，他之所以能成为我姐夫，与他帮我姐姐磨镰有直接关系。当然光有磨镰技术还不行，还要镰的钢火好。镰好，磨得也好，还要使得好。像我这种初学割麦的雏儿，一柄刚磨出的镰，使上半个时辰，刀口便钝了，接下来要么重新磨镰，要么凭着蛮力气死扯硬拽。但同样一把镰刀，放在高手那儿，割一上午，锋刃还是利的。我特别迷恋挥舞着新磨出的镰刀刚刚割麦那时的感觉：左手翻腕揽过麦秸，右手将镰挥出去，用力往回一拉，感觉如同割着空气，毫无窒碍，但这样的好感觉用不了多久便丧失了。接下来就是半拔半拽、拖泥带水了。

我弯着腰，忍着腰酸腿麻，奋力往前割，原以为可以将老地主远远地甩在身后，但一回头，却发现他就在我身后，保持着一米的距离。我更加奋勇地往前割，心想这会儿总能甩开他了吧。但一回头，他依然在我身后，保持着一米的距离。他在我身后，不时地直起腰来，不停地呻吟、打呃，仿佛忍受着病痛。每当我回头看他时，他总是显出无限痛苦的样子，呻吟着，但他的那两只黄色的眼珠子里同时也会射出阴沉沉的光芒。我在小学三年级时，曾写过一篇轰动全县的作文，题目叫做《地主的眼神》，内容写的就是这个老地主。文章中有这样的句子："这老地主看似低眉顺眼，但只要偶尔一抬头，就有两道阴森森的光芒从他的黄眼珠子里射出。"我写这篇作文时使用了他的真实姓名孙敬贤，但我的班主任老师帮我改成了"周半顷"，老师的改动，刚开始我还很不乐意，但后来当老师把我的作文抄到学校门前的黑板报上，村里的人都来观看时，我才明白老师改得高明。从此之后，我就明白了，写作文可以虚构，而且也明白了，作文中的人物与现实生活中人物的关系。

我的作文抄到黑板报上，被县里下来巡视的一个领导发现，他在学校的办公室里召见了我，问了我的家庭出身、社会关系，说了一下鼓励的话。过了几天，我的作文就被县广播站采用，我们全村的人和学校的老师，都集中在高音喇叭下，听喇叭里朗读我的作文。朗读我的作文之前，先朗读了县革委会副主任焦森写的按语，我至今还记得那按语里的句子："……同志们，眼睛是心灵的窗户，让我们睁大眼睛，去看一看我们身边的那些地主、富农、反革命分子、右派分子们的眼睛，看一看他们的眼神……"

这篇作文广播后，我一下子成了村里的名人，但我从人们的眼神里，看出了一些难以言传的东西。我父亲也警告我，再也不许写这样的作文。有一天，孙敬贤的二儿子孙双亮在河边拦住我，提着我的乳名说：你写作文糟蹋我爹，真是丧了良心。我爹说，我们家那半顷地，是偏远荒地，三亩也顶不上你们家一亩值钱。但我们家划成地主，你们家划成中农。我爹劳动改造，你爹当上会计。我们是地主子女，连学都不让上，你们可以上学，还写作文糟蹋我们……我辩解道：你爹叫孙敬贤，我写的是“周半顷”！他说：傻瓜也能看出来你写的就是我爹！他一拳把我打到河里。

当我们终于割到地头时，太阳已经爬出了地平线，田野里一片血红。送饭的人还没到，众人都在抓紧时间磨镰。贫协主任挨个儿检查割麦的质量。他训斥我留下的麦茬太高，割下的麦捆子太乱，落下的麦穗太多。老地主割下的麦捆，麦穗整齐，麦茬儿紧贴地面，地下几乎没有落下的麦穗。他简直就是出我的丑。我看到他的黄眼珠子里露出一闪而过的得意。尽管他的活干得好，但贫协主任并没夸奖他。贫协主任三十多岁，精明强悍，村里的地主富农，见了他都点头哈腰。孙敬贤，你割得不错，但这也说明你的病是装的！你不要跟妇女儿童混在一起，你要干壮劳力的活儿！孙敬贤哈着腰，脸色灰黄，低声说：“主任，我真的有病。”“什么病?!”“胃溃疡，我有医院的证明。”“呸！胃溃疡也能算病？”贫协主任怒道，“十人九胃病，你不用再装了。”“主任，我真的有病，前些天还吐过血！”“吐血？”贫协主任冷笑着说，“吐血那是因为你过去喝我们贫下中农的血太多了！”“主任，您总要讲理吧？”“哈！你竟然敢说我不讲理?!”贫协主任一个箭步跳上去，对准孙敬贤的胸膛捅了一拳。我听到孙敬贤怪叫一声，看到他捂着胸膛蹲在地上。他脸色灰白，呻吟不止。“老老实实接受改造，少要花招！”贫协主任愤愤地说着，然后又瞅我一眼，“你好好看看，他是怎么割的！”

我看看贫协主任喷射着黄色火苗的眼睛，看看老地主喷射着蓝色火苗的眼睛，心中仿佛塞进一团乱麻。我承认，我对这个具有高超割麦技艺的老地主没有丝毫好感，但我对他无端挨打又充满同情，我对专横跋扈的贫协主任充满反感，但又对他惩治老地主感到几分快意。

我本能地感到，老地主是在装病。我父亲说：“他是五分病，五分装吧。”

我那篇作文里，当然没写我这种复杂的心情。在我的作文里，那个老地主周半顷就是一个阴险的坏蛋，他装病逃避改造，他伪装可怜，但心里充满仇恨，时刻梦想变天，他的眼神，泄露了他内心的秘密。我至今也认为孙敬贤不是个心地良善的人，但我那篇以他为原型的作文确实也写得过分，尤其是因为我那篇作文，让他受了很多苦，这是我至今内疚的。

我父亲说，孙敬贤被划成地主，确有几分冤。吃亏就吃在他的好胜上。他置地不求质量，只求数量。这一点，我爷爷远比他聪明。我爷爷置买的都是靠村靠水近便的地。既方便耕作，又能灌溉，我家的地，虽然亩数不如孙家多，但粮食产量不比孙家少。我父亲还说，孙敬贤割麦技术全村无人可比。他用镰分三段儿，所以他的镰一天磨一次就够了。我当初竟想与他比赛割麦，确实让跟在我身后的他见笑了。

二

去年麦收时，我坐在孙敬贤的孙子孙来雨的金牛牌收割机的驾驶室里体验生活。这是个身体高大、浓眉大眼的中年人。我望着眼前滚滚的麦浪，问他："这片麦田有多少亩？"

"一百二十来亩吧。"

西南风热烘烘地刮过来，阳光灿烂，麦芒上闪烁着刺眼的光芒。收割机轰轰地前进着，绞刀在前边飞快旋转，将麦穗吞进肚腹，麦草从机器后吐出，褐色的麦粒哗哗地流进麦仓里。我用衣袖沾着脸上的汗水，感慨地说："太棒了，人民公社时期天天盼望机械化，但总是盼不来，想不到分田单干后反倒实现了。"

"地块还是太小了，"他说，"来回调头，如果土地都能整成上千亩的大块，那效率就更高了。"

"你现在种了多少亩地？"

“二百多亩。”

“咱们村的土地，你一个人种了差不多五分之一。”

“叔，你离家这么多年了，还记得咱村里有多少亩地？”

“别的忘了，这个忘不了。”我说，“再说，我不是每年都回来好几次吗？”

“叔，你能不能跟县里的领导说说，蛟河农场那闲置的八百亩土地能不能让我种？”

“年轻人都往城里挤，现在各村种地的都是老头妇女，”我说，“你怎么这么爱种地啊？”

“我爷爷就是地主，外号孙半顷嘛。”

他的话引起了我的回忆，使我心中略感内疚，我决定，一定要帮助这个年轻人。

“农场那八百亩地是怎么回事？”

“听说是被市里一个领导的小舅子，十年前用每亩四百元的价格买走了。原说是要建什么电子工厂，但一直荒着，现在野草都长得半人高了，里边有很多野兔子，还有狐狸。”

“你要那八百亩地干什么？”

“种庄稼啊，闲着多可惜！”他说，“叔，你跟县里领导说一声，你的话他们肯定听。我接手那片地，一年种两季，春天小麦，秋天玉米，每年最少可以生产一百六十万斤粮食。”

不时有云雀被收割机惊起，它们冲上云天，在空中鸣啭。

收割机拐了一个弯，迎着阳光前行，他摘下墨镜，递给我，说：“叔，戴上墨镜。”

我说：“你自己戴，你在工作。”

“没事，我习惯了。”

“你对自己的将来，对这个社会，对农村，有什么想法？”我问。

“叔，你是不是想把我写进小说里去？”他笑着说，“俺爹说让我跟你少说话，说万一被你写进小说里可就倒了霉了。”

“别听你爹瞎说，”我说，“即便我把你写到小说里，你也未必会倒霉，也许还会走运呢。”

“俺爹说你当年把俺爷爷写进了作文，结果，让他天天挨批挨斗，差点把命搭上。”

“这是个历史的误会。”我说，“如果我早知道能惹出那么多事来，打死我也不会写那篇作文。”

“我很想学学那篇作文呢，”他说，“我上小学时，作文挺好。老师们号召我们向你学习。”

“你们老师是在误导你们，”我说，“你看你现在多豪迈！将来你把村里的土地都集中起来，你就成了农场主了。”

“什么农场主，”他说，“我好捣弄机器，喜欢一眼望不到边的土地，俺爷爷就爱土地，这大概也是遗传吧。”他又说，“俺娘也经常说你光着脊梁拾棉花的事儿，说你特别抗冻，别人穿着夹袄都打哆嗦，可你却光着脊梁唱歌。”

“我为什么光着脊梁拾棉花？那是为了节约衣裳，”我说，“我为什么唱歌？那是冻的，唱歌可以御寒。”

三

我十六岁时，村子里的长舌妇就造谣说我跟孙来雨的娘于红霞有不正当关系。这样的谣言是可以杀人的。刚开始我只是感到那些老娘儿们看我的眼神不大对头，鬼鬼祟祟、闪闪烁烁，后来我听说了她们的谣言，只感到血液嗡的一声都集中到脑袋上去了。说实话我连死的念头都有了。幸亏我母亲在确认我清白之后劝我说：不要怕，干屎抹不到人身上。这才使我渡过了这一劫。

这样的谣言之所以能造到我头上，是因为那一年，我承包了一个份额的采摘棉花的任务。本来采摘棉花是妇女的事，但那年我们生产队种棉花特别多，棉花的长势又特别好，队长就让我这样的不满十八周岁的半劳力，每人也承包了一个份额的棉花。

从中秋节后，第一茬棉花开放，一直到初冬霜雪遍地，几乎每天都在棉花地里弯着腰采摘。为了提高效率，节约时间，早晨下地时就带一个玉米面饼子一块咸菜，中午饭都不回家吃。面对着白茫茫的棉花，我真是发愁。一个人，一整天，弯着腰，重复着最单调的劳动，我感到绝望而痛苦。我承包的份额，与于红霞紧挨着。她采摘棉花时左右开弓，速度很快。我只会用一只手采摘。她嘲笑我："青年，这是老娘儿们干的活儿，你来干什么？真是胡屌闹！"她的话让我脸上发烧，她嘻嘻笑着说："哟，还脸红了！"

于红霞的儿子孙来雨那时还不满周岁，刚开始时，每天上午十点多钟和下午三点多钟她的婆婆会抱着孩子来喂奶，后来，听说孙敬贤把于红霞两口子给撵了出来，他们只好借住在生产队的场院屋子里，她婆婆也不给她看孩子了。从此，于红霞来摘棉花时，就只好背着孩子。这一下，她摘棉花的速度慢多了。我看她可怜，有时候就帮她一些忙。有一天，她坐在棉花包上，一边奶着孩子，一边哭。我心里很难过，就劝她："嫂子，别哭了。"其实我也不知道该如何劝她。她哭着说："兄弟，我真是命苦，竟然嫁给这样一户人家。我娘家是贫农，俺爹还是老党员。我真是鲜花栽到猪圈里……"我多少知道一点儿她与孙敬贤的大儿子孙双库的恋爱史。孙双库盲流到长白山林场当伐木工，于红霞的姐夫也是这个林场的工人。于红霞到她姐姐家去探亲，认识了孙双库。孙双库一表人才，能说会道，一来二去，两人就成了。当然，问起家庭出身时，孙双库撒了谎，说自家是雇农。后来林场清理外来人口，就把孙双库连同于红霞给清理回来了。回来后才知道自己嫁给了地主的儿子，于红霞又哭又闹，但最后也只好认了。

于红霞问我："兄弟，听说你写过一篇《地主的眼神》？怎么写的？你能不能背给我听听？"我说："那还是上三年级的时候，记不清了。"她说："自己写的文章，一百年也忘不了，快背。"

于是我就大概地把这篇文章背了一遍。她感慨地说："你写得太好了。孙敬贤这个恶霸地主，眼珠子闪着绿光，那根本不是人的眼睛，而是狼的眼睛！你知道他为什么把我们撵出来吗？这个老畜生，竟然打我的主意。我的奶水多，孩子吃不完，他竟然让我把奶水挤给他喝，说能治好他的胃病。你说世界上有这样的公公吗？他还是个人吗？恶霸地主刘文彩才喝人奶呢，他竟然也想喝，刘文彩喝的是奶妈的奶，他竟然要喝儿媳妇的奶！喝我的奶，白日做梦，我的尿也不给他喝……"

自从于红霞把家里的事说给我之后，我感到与她的关系亲近了一些。她喂孩子吃奶时根本不避讳我，这在农村也是很正常的事。我在小说《白狗秋千架》里就引用过农村的俗语："没结婚是金奶子，结了婚是银奶子，生了孩子是狗奶子"，这意思不用解释，大家都懂。她对我说过好几次："我这人也真是奇了怪了，吃的是地瓜萝卜，但奶水足得哎，我上辈子一定是头奶牛……"后来她跟我商量："兄弟，你看我，后边背着个孩子，前边还要干活，真是不方便，你呢，天生也不是个干这活的材料，咱俩能不能合作一下？你帮我抱着孩子，我腾出双手摘棉花，我连你那份也摘了，你看怎么样？”我犹豫着，她又说：“好兄弟唉，求求你了，你帮嫂子这个忙，等嫂子回娘家时，把俺妹妹说给你……”就这样，我抱着于红霞的孩子，于红霞帮我拾棉花。就这样，关于我跟于红霞关系不正常的谣言产生了。

四

葬礼队伍的最前面，是四个手里端着银枪的开路先锋。他们身上都穿着部队淘汰下来的军装，腰里扎着皮带，脚上穿着皮靴。在他们后边，又有八个保安，也都是制服整齐，手提着棍棒，训练有素的样子。再往后，是十二个礼兵——当然也是山寨的——抬着一具红色的棺材。棺材里只盛着一个骨灰盒，骨灰盒里盛着孙敬贤的骨灰。因为棺材不重，所以礼兵们都走得很潇洒。再往后，是抬着纸扎的轿车、电视、洗衣机、空调机等家用电器的人们。再往后是山寨的军乐队，也是乐器闪光，服装灿烂，看上去很像那么回事儿。再往后，就是孙敬贤的后代和亲戚朋友们。我从这支队伍里认出了孙双库和孙双亮。这哥俩虽然披麻戴孝，但脸上非但没有痛苦的表情，反而有些洋洋得意。我早就听父亲说过，孙双库扬言要给他爹办一个高密东北乡最豪华的葬礼，要用这种方式狠狠地打那些当年曾经欺负过他父亲的人的脸。送葬的队伍里没有于红霞，这让我感到了稍稍的安慰。我知道很多地主不是坏人，但我也知道，这个孙敬贤的确不是一个好人。这其实跟他的地主身份没有关系。

在雄壮的军乐声中，老地主孙敬贤的葬礼仪仗缓慢向前，退回去几十年，这是做梦也想不到的事情。村子里的人都出来观看。因为年轻人多数不在村里，所以看客们基本上都是老人，其中就有那位揍过孙敬贤的贫协主任。他张着嘴，嘴里已经没有牙，流着哈喇子，脸上挂着傻傻的笑。老人们看着这个地主的耀武扬威的葬礼，心里怎么想？其实没人去关心这件事的政治意味，大家只是感到很热闹，很荒诞，很好玩。而不惜重金为他爹出大殡的孙双库，也感到了扬眉吐气的幸福。但孙来雨认为自己的父亲很糊涂，花这么多钱办一场类似戏说历史的葬礼，就像对着仇人的坟墓挥舞拳头一样，其实毫无意义。他对我说：

“叔，我爹与我爷爷一样，就喜欢打肿脸充胖子。”

澡堂与红床

一、澡堂

我将衣物柜锁好，钥匙套在左腕上。

有人猛拍了一下我的右肩。

伙计，你一定不认识我了！

秃顶，浑浊的目光，红鼻头，两颗磨损严重的假牙，脖子上的皮耷拉着，将军肚，垂头丧气的生殖器，细而罗圈的双腿。

你一定不认识我了，伙计，混好了嘛！

我想盯着他的脸，但目光总是下移。

用浴巾遮着点，我说，否则我认不出来。

他笑了，旁边陪我来洗澡的小廖也笑了。

他用浴巾遮住下边，笑道：现在认识了吧？

我盯着他的脸，一个三十多年前的年轻人的面孔，从老脸深处浮现出来。

董家晋！

老伙计，三十八年没见面了!

董家晋是我在棉花加工厂工作时的工友。当时，他是正式工人，我是临时工，身份悬殊，但他不以贵欺贱，放下身架，与我结交。他与一李姓女工在棉花垛里幽会，被我无意看到。他送我一盒香烟。我明白他的意思，从没对人提这事。我当兵离开棉花加工厂时，他又送我一盒烟，并祝我前程万里。

大浴巾脱落，他用左手拖着浴巾一角，右手紧攥着我的手腕，向蒸汽升腾的大水池走去。

伙计们，看看谁来了?!

水池子的面积有些骇人。池子中央水花翻腾着。我想到济南的趵突泉。又想起圆明园里的大水法。喷水的大水法与大清朝一起灭亡了。古罗马气势宏大的浴池废墟让人想象当年的盛况。池子的边沿露出十几颗头颅，这会儿都抬起来。

作家啊!

伙计们!

下来下来!

我站在池水中。水温略高，烫得皮痛。忍着。看过我的散文《洗热水澡》的朋友们一定还记得我对三十多年前县城澡堂的描写，一定还记得我们是如何能够忍耐热水的烫泡。

我轮流与他们握手，在水池中，搅得呼隆隆水响，一个个呼唤着他们的名字。竟然一个都没叫错。都是棉花加工厂的工友。基本上都胖了一圈，基本上都是大肚皮。我忍不住笑，他们当然不知道我为什么笑。

这么多年没见了，还记得我们！

而且一个都没记错！

天才就是天才！

狗屁，我说。

然后都坐在水池子台阶上，用毛巾往身上撩着水说话。

想不到咱这小县城里竟然也有如此豪华的澡堂。我说。

还有一家更好的呢！

“在水一方”。

“罗马温泉”也不错。

但那地方不正经，听说刚被封了。

我们不去不正经的地方。

我想去，但没钱。

我们都到这里来洗。

家家都有太阳能热水器吗？ 我问。

那玩意儿洗着不过瘾！ 洗澡还得在大池子里泡。

伙计们真会享受。我说。

都退休了，董家晋说，该享受享受了。

差不多半个月来一次，老董用短信约。

洗完澡，吃顿饭，喝点儿酒，叙叙旧。老董说，聚一次少一次啦。

老董是我们的领导。

领导着你们洗澡。

伙计你怎么这么白呢？细皮嫩肉的，像个娘儿们。花白胡子罗仁贵说。

他原来就白。

要不小蔡也不会看上他。

但我听说你先追侯波儿，让小蔡传送情书，结果，侯波儿没追上，倒把送信的给拾掇了。

纯属胡说。我说。

上个月我还碰到侯波儿，推着外孙在南湖公园。

还是那样子吗？我问。

腰都弓了，腿也瘸了。

她后来嫁给谁了？

蒋庄供销社一个副主任，腿有点儿跛。现在也退休进城了。

听说她男的不是个东西，侯波儿的腿就是他打瘸的。

怎么有这样的男人！我说，真可惜。

那天她还说呢，命苦啊，当初只看到刘跛子是个正式职工，大小还是个干部，竟把块大肥肉让给小蔡吃了。

伙计们，别胡说了，大肥肉，谁吃啊。

可那时候都爱吃大肥肉，你给他瘦肉他还不高兴呢。当时在食堂当炊事员的蒋大田说，老孙和老郭这两个当头的来了，我净往他们碗里盛肥肉。

你一直会舔腚！当时负责轧花车间的花建说。

放你姥姥的臊气！

舔领导的腚，正大光明嘛，有什么不好意思的。

闭嘴！当心我把你按到水里灌死！

你敢！如果你动手，那屁眼朝天的一定是你。

两个人都站了起来，眼睛瞪着。先是蒋大田用手掌撩起一股热水溅到花建脸上。

你还真敢啊！花建说着，用双手撩水往蒋大田脸上泼。

两个人闭着眼，歪着头，撩着水。然后便搂抱在一起。势均力敌，一会儿花把蒋按到水里，一会儿蒋把花按到水里。

众人先是笑，后来不笑了。

我欲上前拉开他们。

别理他们，董家晋说，这是保留节目。

都这把年纪了。我说。

有些人是永远长不大的。

赤身裸体打水仗，是男孩子的把戏，两个大男人打水仗总是不像话。

他们是表演给你看呢！董家晋说，把他们写到小说里去。

我说：好，写进去。

一个只穿短裤的小伙子跑过来，喊：大叔，别打了。

快把他们拉开！我说。

大叔，别闹了，被经理看到要扣我们奖金的！

花建扯着蒋大田的脖子，将他的头按到水里。我让你舔腚，让你舔！蒋大田的头猛地从水里冲上来，胡乱挥手，连声咳嗽。花建笑问：这乌鸡蘑菇汤味道如何？蒋大田挥臂抡拳，打到花建鼻子上。花建松开手，捂住鼻子，血从指缝中流出，滴到池水中。

大叔，你们将一池子水污染了。小伙子对衣帽间的服务生喊：快去叫经理！

众人纷纷从池水中站起来。

两人又要开打，我冲到他俩中间，说：二位兄弟，多年不见，给我个面子，晚上我请客！

花建道：不是看在小关的面子上，我让你命丧黄泉！

蒋大田道：怎么说来着？两滴狗血，坏了一池鲜汤！

行了吧！演出到此结束！董家晋说。

一位手持对讲机穿制服的中年男人带着两位手持警棍的保安匆匆跑进来。

怎么回事？！

没事，闹着玩儿的！

如果再闹，我要宣布你们为不受欢迎的客人！

什么话？！董家晋说，睁开眼睛瞧瞧，我们是谁！

无论是谁也不能在水池里打架啊，要是灌死、呛死、跌断胳膊跌破头，责任算谁的？

你这个年轻人怎能这样说话？董家晋恼怒地说，论年纪你该叫我们大爷，有这么对着大爷说话的吗？你们的老板，石连成，想当年我当厂长时，他才是个机修工。他值夜班时违章抽烟，差点把棉花加工厂一把火烧了，本该判他的刑，是他娘跑到我家下了跪，我心一软，才瞒了真情放了他一马！他姥娘家是我们村，他娘也姓董，算我一个出了五服的姐姐吧。你不信，不信去把他叫来，他要是敢不叫我舅，我用大耳刮子抽他！

经理带着保安悄悄地溜了。

现在这时代，董家晋站在水池子边上，挥舞着胳膊说，整个儿是小人得志，君子受气。你们说石连成算个什么东西？让他看柴油机他往柴油机油箱里撒尿，弄得柴油机喷烟放炮，他还说是要为国家节约燃料。让他去打包，他将一只猫打进棉花件里，挤得血水横流，吓得女工们鬼哭狼嚎。我一看那情景，现在也顾不上羞耻了，就吓尿了裤子！这是有过先例的，第二棉花加工厂，一个打包工在箱里睡着了，来接班的不知道，一按电闸，机器隆隆地转，血水从箱缝里流出来。我尿了裤子，老于，于明亮，你认识的，他给我做副厂长，他口吐白沫，牙关紧咬，犯了羊角风了。但石连成这小子在一旁捂着嘴笑。我知道真相后，基本上气疯了，我蹦着高骂，石连成，我操你亲娘！他说什么？他说，舅舅，俺娘是你姐！妈的，这小子做的坏事，那可真叫罄竹难书！就这么个熊玩意儿，改革开放之后，辞职下了海，先是承包了城关供销社，后来又开饭店，开歌舞厅，折腾了几年就成了亿万富翁，现在，全市的超市、洗浴中心、歌舞厅，都是他的，南湖公园旁边那家新开业的云都国际大酒店也是他的，五星级，听说里边有两个总统包间，卫生间的水龙头都是镀金的。我二嫂的女婿在那里当大厨，专管鲍翅席。

弄了半天你没执行独生子女政策啊！

我们都没你那么傻！董家晋说，生出来，先藏在亲戚家养着，形势一缓，就名正言顺了。我两个媪，老蒋一媪一小，老花最胆大，两媪一小，超生两个！

别说我！花建鼻孔里堵上一块纸，瓮声瓮气地说。

小廖提醒我，该去桑拿了。

我连日写作，肩颈酸麻，头晕眼花，脚跟痛疼，在县城为官的老友让他的秘书小廖带我洗澡、桑拿。

我钻进桑拿室，董家晋带着当年的工友们也跟着进来。

小廖往灼热的石头上浇水。在滋啦啦的响声中水变成蒸汽。

董家晋看了一下木墙上的温度计，说：才四十二度。不够，加水！

蒸汽弥漫，呼吸有点儿困难。

汗从毛孔里渗出来！

花建捂着鼻子蹿出去。

一定要出透汗……董家晋说，把体内的废物排出来！…… 石连成这小子，还是敬我三分的，毕竟我是他舅，毕竟我当过他的厂长，毕竟我对他有恩。他对我说，舅，棉花加工厂是我的伤心之地，我要把这个厂子买下来。我说你买下来干什么？他说，准备在这儿建个世界上最大的澡堂子！妈的，听着像梦话一样，但一眨眼就变成了现实。

也未必是世界上最大的澡堂子。

你才见了多大一点儿世面？是不是世界第一，董家晋说，这要问小关。

其实，我说，我也不知道。我在北京，早先是去单位的澡堂里洗澡，现在是在家里洗，这么富丽堂皇的澡堂，真还是第一次进。

谦虚吧，董家晋说，如此谦虚，你一定还能进步！

我也很谦虚，但一直进不了步。当时在棉花加工厂保卫科当过警卫的吴科说。

快了，快青云直上了，你，从这里往西走，十里路之外，有一个高耸入云的大烟囱，你就从那里爬上去，然后就步步登高了！董家晋说。

众笑。

让我去火葬场？吴科笑道，那也得您先啊。

你先我先，那要看老天爷的安排，董家晋说，想当年我们盛名远扬的第一棉花加工厂，竟然成了一个大澡堂子，作为厂长，我是百感交集啊！

老董，你就装吧！

我没装，我是真难过！当年，我们厂每年加工皮棉十万担，朝鲜需要棉花，国务院把任务下达给我们厂，我们日夜加班，圆满完成任务，受到周恩来总理表扬。

这件事，我已经写进小说里去了。

你那篇破小说，《白棉花》，基本上是胡编乱造，芝麻粒儿大小的事被你写得比瓜还大！不过，你毕竟还是手下留了情。

可他把我写成了一个流氓！吴科道，如果不是老董拦着，我要告你诽谤呢。

他们都对你有意见呢，董家晋说，你的笔下，除了你自己，基本上没一个好人。

各位兄弟，实在抱歉！我拱手道，那是小说，大家不要对号入座，自寻烦恼。

不是我们对号入座，你连我下巴上这撮毛都写了进去。

没把你的小肠疝气写进去就不错了。

女的写得还不错，尤其是侯波儿，简直是赛貂蝉！

晚上请大家吃饭！我冲出桑拿室，脚下一滑，一屁股蹾在地上。

他们追出来，关切地问讯着。

走吧，去三楼，那里有自助餐。天上飞的，水里游的，地下跑的，应有尽有，董家晋说。

好，我请客。

哪里用你请？我有钻石卡，董家晋说，石连成给了我这么一点儿照顾。

岂止是这么一点儿照顾，蒋大田道，这里有你的股份吧？

他让我去他公司收发室工作，一个月给三千元，我一口回绝。我再怎么没出息，也是个正科级退休老干部，给他去当看门狗？呸！我说，石连成，你小子把我堂堂第一棉花加工厂弄成了澡堂子，你这德缺大了！他说，老舅，我没把这儿改成个养猪场就不错了。我送你一张钻石卡，所有消费，一律三折！你想带几个人来就带几个人来！

怪不得呢，我看着众人说。

都跟着老董沾光呢。

其实也没沾他的光，我们原本就是这厂里的人，王八蛋把厂子卖了。花建嘟囔着。

在三楼自助大餐厅里，我与董家晋坐着抽烟，我昔日的工友们，一趟一趟地，将形形色色的食物运载到我们面前。大家放开肚皮狂吃，直吃得肚大如鼓，饱嗝连连。

二、红床

我右脚后跟痛。痛了有一年多了。去医院拍片子。我只想拍右脚，但拍片人说拍一只和拍两只钱一样，于是两只都拍。医生判读片子，轻描淡写地说：骨质增生。我问在哪儿增生？医生用笔杆指点着增生的部位。我说哪只是右脚？医生指了指。我问左脚也有增生吗？医生说有，而且比右脚还严重。我问为什么右脚痛左脚一点儿也不痛？医生说：这种病，没有什么道理可讲。我说有什么办法治？医生说：有，但没用。我说那怎么办？医生说多用热水泡泡，满大街都是洗脚房，让她们给捏捏。我问捏捏就会好吗？医生说：不捏也会好。

我跟着小廖沿着一条铺着红色化纤地毯的甬道，拐了好几个弯，进入洗脚、按摩的大厅。大厅里有两个胖子躺着抽烟，有两个穿短裙的女子为他们洗脚。有一位黑脸胖子，下巴上生着一个瘊子，大声叫唤：轻点儿，你想捏死我?！话刚说完就放了一个响亮的屁。

小廖皱皱眉，问引领我们前来的小姐：有没有包间？

有吧，小姐充满歉意地说，但我们的包间不许关门。

小廖道：你什么意思？

包间里有两张床，一台电视机。洗脚的小姐还没到，我坐在床边揉脚跟。小廖用遥控器折腾那台电视机。有图像时没有声音，有声音时没图像。小廖说要换房间，我说算了。

洗脚的小姐，称呼她们小姐似乎不妥当，洗脚的女孩？姑娘？女人？都莫名奇那个妙，也就随其自那个然吧。在成语里边掺杂上一个“那个”在我故乡官场人群里大行其那个道。如此能产生幽默效果。但语言学教授听了会被气死，翻译家听了会被愁死。

给小廖洗脚那个小姐个头很高，脸庞红彤彤的，牙惨白，一看就知是本地人。本地水含氟，牙都是黄的。黄牙漂白后就是这般惨白。她问小廖：要不要先松松肩？

问什么，小廖道，怕我们没钱吗？

哪里敢？那白牙姑娘道，您一看就像个老板。

小廖瘦得可怜，我实在看不出他哪儿像个老板。

这么硬！白牙姑娘拿捏着小廖肩膀说。

该硬的地方不硬，不该硬的地方倒硬。小廖道。

一进洗脚房小廖就像变了个人似的，闲言碎语很多。

放心，白牙道，我会让你该硬的地方硬起来，不该硬的地方软起来。

你呢，老板？为我洗脚的这位小姐头发蓬松，皮肤白皙，牙齿整齐，闪着瓷光。

我说，一样。

她的小手很有力量地捏着我肩膀上的肌肉，说：领导长期伏案，肩周发炎吧？

怎么又成了领导了？

老板油嘴滑舌，领导沉默寡言。

一股奶腥味，吃奶婴儿身上的气味，非常好闻。

她给我洗脚时，我看到她乌黑茂密的头发中有一撮暗红色的。眼神很热烈。

水够不够热?

不够。

现在呢? 她往洗脚盆里倒了些热水，问。

可以了。

你们每月多少工资? 小廖问那白牙姑娘。

我们没有工资。

做一个提成多少?

三十吧。

一天能做多少个?

那要看季节。

现在是旺季吗?

现在不旺还有什么时候旺呢? 要过年了。

今天做了几个?

你是第九个。

那你今天已经挣了二百七十元了。小廖道，这样算下来，一个月能挣七八千。

也就是过年这个月，平常日子连三千都挣不到的。

你今天已经做了几个? 我问面前的小姐。

你是第八个。

《第八个是铜像》。

什么铜像？噢，她笑道，想起来了，我还真看过这部老电影，阿尔巴尼亚的。

你，你才多大啊！

你甭管我多大，反正我看过。

在什么地方看的？

北戴河。她报了一所疗养院的名字。

我去过那疗养院。

你？

是啊！

那我该叫你首长了。

我算什么首长。

不是首长怎能去那儿？

我是放电影的，给首长放电影。

真的吗，怪不得你一进来我就感到面熟呢。

你就顺杆爬吧，我去那儿放电影时，你大概还没出生吧。

我可不小喽。

你在那儿干什么？护士？

我要在那儿当过护士还用跑这儿来给你洗脚？

那你干什么？

服务员，打扫卫生，端茶倒水。

能在那儿端茶倒水也不简单。

那倒也是，俺们全县一百多报名的，就选了我们两个。

百里挑二。

她开始捏我的脚。

我右脚后跟痛。

是这儿吗？

内侧。

这儿？

是，哎哟，轻点儿！

里面有个珠儿似的滚动呢！

怎么回事？

筋膜炎。

你怎么知道？

好多客人脚后跟痛。

不是骨刺？

筋膜炎，我看过书。

呦，你也看过书。

我是高中毕业呢。

能捏好吗？

待会儿可以在这个地方刮痧拔罐，把里边的瘀血拔出来就好了。

那太感谢你了。

我现在就给你刮。

哎哟，好痛！

忍着点儿，亏你还当过兵！

你怎么知道我当过兵！

你自己说的嘛！

你怎么能跑到我们这里？

犯错误了呗！

什么错误？

作风错误！

噢，这可是个严重的错误。

小人物是作风错误，大首长是联系群众。

你还挺幽默！

我还表演过相声呢！

女相声？

没听过吧！我是文艺骨干，要不是犯了错误，早就被文工团招走了。

可惜。

我也觉得可惜，你知道我的嗓门有多高吗？我能唱《青藏高原》。

那是够高的。

你到底犯了什么样的作风错误？能讲具体点儿吗？小廖问。

我们这边说话，你在那边不许插嘴！

我们是学法律的，没准儿能帮你平反冤假错案呢。

我这也算不上冤假错案，都是我自找的。

嘿，还挺豁达的。

那是，俺们可是矿工的女儿，骨头硬。

你怎么会到高密这个小县呢，又偏僻又落后。

首长，您这话不对！高密东靠青岛，西靠潍坊，交通便利。一点儿都不落后。

你老公是干什么的？

没事干，在家看孩子。

你有孩子了？

有了，一岁半了。

你们怎么认识的？

他在那儿当兵。

我明白了，你们是违规恋爱。

对，她说，战士不准与驻地女青年恋爱。

你老公在那儿干什么？

炊事员。

给首长做饭的。

他没那么高手艺，给我们这些工作人员做饭的，炒大锅菜。

勺子有眼，是不是净把肉往你碗里盛？

哪儿啊，现在谁还喜欢吃肉？

那你怎么会看上一个小当兵的呢？

长得帅呗！

有多帅？

有点儿像张国荣。

噢，跳楼那个。

我老公心理很健康。

你长得那么漂亮，又能歌善舞，没被首长看上？ 小廖问。

你怎么又插话呢？

随便问问嘛。哎哟，你想捏死我？！

白牙姑娘道：谁让你吃着碗里看着碗外。

哎哟，还吃醋呢。终于被女人吃了一次醋，也不枉为男人一生。但我还是想知道，难道就没个首长看上你。

他们看上我，我还看不上他们呢。

想不到你还挺有气节。

不是跟你说了吗？ 俺们是矿工的女儿。

矿工的女儿也有巴结权贵的。

我真看过《第八个是铜像》，那年夏天，那位首长，她点了一个我很熟悉的名字，不知哪根筋抽了，点着名看老电影，什么《多瑙河之波》《地下游击队》…… 瞧瞧，瘀血出来了。

你的手很有劲。

靠手挣饭吃，没劲不行。要不要我再给你拔上一个罐？

要吧。是不是可以用针扎上几个眼，拔罐时可以将瘀血拔出来。

不用，下次你来，我给你用盐水泡脚，盐消炎。

“盐是属于人民的。”

“因为海是属于人民的。”

“消灭法西斯！”

“自由属于人民！”

你们说什么呢？白牙姑娘问。

我们对暗号呢！她笑着回答。在之后的一个月里，我先后七次找她洗脚。我知道了她的名字、年龄、籍贯。我还见到了她的丈夫，果然是个很帅气的小伙子，两只忧郁的眼睛，高高的鼻梁，自来卷的头发，有点儿像《第八个是铜像》里的主人公易卜拉欣。尤其是当她给孩子喂奶，他站在一旁抽烟的时候，更像。他抽那种不带过滤嘴的香烟，易卜拉欣抽的也是不带过滤嘴的香烟。易卜拉欣猛吸一口烟，将烟雾从口里喷出来，接着又将喷出来的烟雾吸进去，就像一条蛇从洞里伸出头又缩回头一样，他也这样。她的儿子非常漂亮，非常健康，身上散发着酸甜的奶味儿。每天下午，三点到四点之间，她都不接活儿，这段时间是属于儿子的。她说，这是我儿子的下午茶时间。我说你老公跟张国荣毫无相似之处。她说，不像吗？我看着像。她的老公姓汪，名叫海洋。我说你这个名字里水可真多，汪洋大海啊！他说：那又有什么用？我现在是吃软饭的，靠老婆养活。我说你太贬低自己了，在家看孩子，也是很重要的工作嘛！他苦笑着说：您说话的口吻挺像个政委。她在一旁说，他就是政委，甚至比政委还大。我说，小汪，你妻子真能干，你们将来会过上好日子的。他将烟蒂扔到树丛中，有气无力地说：将来，将来在哪里？

我第二次来找她洗脚时，给小廖洗脚的那位没来，换了一位瘦长脸儿的。

我问她：白牙呢？

她说：到红床那边去了。

为什么？

你说为什么？那边挣钱多呗。

这边挣得也不少啊。

比那边少多了。

红床是干什么用的？小廖问。

你就装纯洁吧。

我没装，我是真纯洁。

待会儿，你们自己看看去。从这里出门，沿着红地毯走，拐两个弯就到了。

你为什么不到“红床”那边去？

我去了谁给你治脚？

对，别去，千万别去。

天下太平

一

小奥，大名马迎奥，但除了学校里的老师叫他的大名，村子里的人都叫他小奥。

星期天上午，因为下雨，没法放羊，爷爷让小奥在家学习。他趴在炕沿上，翻了几页课本，心中感到厌烦。又看了一遍那几本看过很多遍的儿童绘本，更烦。他的目光盯着墙上一只壁虎看，看……突然，那壁虎向一只蚊子扑去。蚊子到嘴时，壁虎的尾巴一声微响，断裂了。另一只壁虎从黑暗中蹿出来，把那条在炕席上跳动着的小尾巴吞了下去。小奥大吃一惊，蹦了起来。他很想把奇迹告诉爷爷，却听到了爷爷响亮的鼾声。原本坐在灶旁用柳条编筐的爷爷手里攥着柳条睡着了。他悄悄地从爷爷身边绕过去，顺手从门后抓起一个破斗笠扣在头上，然后轻轻地穿过院子，蹿出大门。两只拴在柿子树下的山羊咩咩地叫着，他没理睬它们。

雨下得不大不小，头上的破斗笠发出噼噼啪啪的响声。

新用水泥铺成的大街上汪着明晃晃的雨水。他一边跳踩着水汪，听着咕叽咕叽的水声，一边念叨着同学们篡改过的诗句："小鳖他老姐，最爱把气生。哭了一整夜，天明不住声。圈里母猪黑，窗上玻璃明。养猪发大财，全家进了城。"

大街上没有人，一条狗夹着尾巴，匆匆地跑过。一只麻雀叼着一只知了从很高的空中飞过。那知了尖厉地鸣叫，拼命地挣扎。小奥听出了知了的愤怒和不服气，这么大的知了被小麻雀儿擒住，它怎么能够服气？果然，那知了挣脱了麻雀的嘴，尖叫着钻到天上去了。小奥从来没有想到知了能飞得这样高。那只失去了猎物的麻雀，筋疲力尽地落在张二昆家的门楼上，半天才发出了一声叫，仿佛老人叹气。

张二昆家的大门是村子里最气派的大门。在张二昆家大门两侧白色的墙上，右边写着"改建新式厕所"，左边写着"享受文明生活"。张二昆是村子里最大的官。村里人都不乐意把改建厕所的宣传口号写到自家墙上，二昆说那就写到我家墙上。张二昆当官两年就把这个乱得出名的村子治理得服服帖帖。张二昆让村子里的人都坐上了马桶。张二昆说农民坐着拉屎是小康社会的重要标志。小奥想到刚开始爷爷蹲到马桶上骂二昆，过了几天爷爷坐到马桶上夸二昆。张二昆当官前是村子里最大的刺儿头。他曾经将他的前任拖到村西头那个大湾里。小奥记得那天的场面，真像过节一样。那个官不会游泳，在湾里挣扎，喝湾水把肚子都喝大了。那个官刚爬到湾沿上就被张二昆踢下去，爬上来又踢下去，爬上来又踢下去。后来那个官哭着说：“二昆，爷爷，我承认了还不行？”张二昆说：“你大点声说，让大家伙都听到，你承认了什么？”那个官说：“乡亲们，我承认，我将黑青铁路占咱们村的公留地的赔偿款挪用了一点点。”张二昆说：“大家伙儿都把手机拿出来录视频，你大点声，当着大家的面说清，说你贪污了多少，怎么贪污的。说不说？不说你今天就在湾里泡着吧……”小奥记得那是前年二月里的事儿，湾里的冰刚刚融化，水很凉，小北风一吹，站在湾边的人都忍不住打哆嗦。大家都开了手机录视频，那个官站在湾沿，浑身流着水，嘴唇发青，哆嗦着交代罪行。小奥爷爷不会用手机录像，急得跳脚。小奥把爷爷的手机夺过来，点了几下。爷爷说：“小东西，你跟谁学的？”张二昆说：“乡亲们，把证据保存好，千万别删了。我去投案了。”乡亲们说：“二昆，我们联名保你。”

小奥路过张二昆家大门口时，看到路边停着一辆黑色的奥迪，车后粘着一个银色大壁虎。他畏畏缩缩地靠近那壁虎，想用手指戳戳它。就在他刚刚伸出手指时，一扇大门嘎嘎响着打开了。张二昆跟随着一个五大三粗的黑汉子走出来。那黑汉子腆着肚子，腰带扎在肚脐下边。张二昆与那黑汉子握手，脸上挂着笑，嘴里连声说：“您尽管放心，袁武的工作我去做。”小奥不认识黑汉子，但他知道袁武是他的同学袁小鳖的爹。袁小鳖大名叫袁晓杰，小鳖是他的外号。黑汉子距离奥迪车还有七八步时，司机从车里猛然钻出来，把小奥吓了一跳。司机小快步绕到车右，拉开后边的车门。黑汉子对着张二昆双手抱拳晃了晃，弯腰钻进车里，车体猛地落下去一截，车轮也瘪了一些。司机不轻不重地推上车门，然后疾步回到驾驶座上。车轻快地往前跑去，排气管里冒出白色的雾气。张二昆对着车招手，目送着车沿着湾边的公路右拐北去。这时，他才像突然发现了似的，惊讶地问："小奥，你在这里干什么？"小奥指一指门楼上的麻雀，悄悄地说："知了飞了。"张二昆冷笑一声，道："什么知了飞了，回家写作业去。"

小奥站得笔直，盯着张二昆看。他看到张二昆穿着一件壁虎牌T恤衫，胳膊上刺着一条青色的壁虎，与T恤衫上那条壁虎上下呼应。张二昆虎着脸说："看什么？鳖羔子，回家让你爷爷给你爹娘打电话，让他们赶快滚回来，我们太平村要干大事，不用出去打工了。"张二昆转身进门，大门哐当一声关上。这时，小奥发现那只麻雀大概是死了，因为它蹲在瓦楞上一动不动。它一定是气死的，小奥想，麻雀气性真大。

二

溜达到村西大湾，他看到湾边有两个男人在打鱼。两个男人一高一矮，高的年轻，矮的年老。他听到那个高的叫了一声爹，才知道这是爷儿俩。现在的儿子都比爹高，他记得张二昆站在大街上说，儿子为什么都比爹高？是人种进化了吗？非也，非也，是生活水平提高了！他们身上都披着那种带连帽的红色塑料雨衣，手里都提着一张旋网。湾水灰白，疏密不定的雨点儿将水面敲打得千疮百孔，细密的乳白色雾气升起来。红色的打鱼人站在水边显得格外醒目。湾边有十几棵粗大的垂柳，树干因雨湿而发黑，柔软的绿色枝条，直探到水里。有几只燕子贴着水面飞翔。最北边那棵柳树下倒扣着一条锈得发红的铁皮船，这是前任村官购置的。他异想天开，想吸引城里人到湾里来划船。小奥不记得有人坐过这条船，从他记事起这条船就这样倒扣在柳树下。那两个打鱼人赤着脚，挽着裤子，裸露着小腿。老打鱼人枯树干一样的小腿上，沾着褐色的泥。年轻打鱼人的小腿很白，丰满的腿肚子上沾着黑泥。他们的面目模糊不清，但口中不时龇出的白牙齿，让小奥感到他们是在按捺不住地窃笑。他们手中提着的旋网，底下拴着铅制的沉重的网脚，散开口比碾盘还大。他们在撒网前，总是先站稳脚跟，铆足了劲儿，掂掂量量，唰的一声，就撒出去了。网在空中短暂飞行，接触到水面的那一刹那，网脚已经散开，像一张圆形的大嘴，带着吞噬水中万物的霸气，把一片水域罩住。稍停片刻，打鱼的人开始往上拉网，缓缓地，试探着，小心翼翼。网的上端是细的，越往下越粗大。拖上来的部分，淅淅沥沥地滴着水，一环一环地挽在臂弯里。水底的淤泥被网脚拖动，湾里的水浑浊起来，漾起了怪臭的气味。到了最后，整个的网脱离了水面，打鱼人将身体弯下去，用胳膊挽着网，猛地提起来。这时的网分明重了许多。可以看到网里纠缠着黑色的水草，还有活的东西在水草里挣扎。打鱼人把网提到湾边较为平坦的地方散开，将网中兜住的东西抖出来，有水草，有淤泥，有沤烂了的鸡毛掸子，有破塑料盆，有砖头瓦块，还有各种颜色的塑料袋子。但每一网总有几条鱼，大都是鲫鱼，明晃晃的，像犁铧一样，好大的鲫鱼啊。小奥兴奋地想着，看着。黑色的蛤蟆，在那些被网拖上来的淤泥和水草中，笨拙地爬动着。打鱼的人把蹦跳着的鲫鱼按住，抓起来，塞进腰间的蒲草包子里。与那些大鲫鱼相比，蒲包的口儿似乎小了。有几网，除了鲫鱼，还有黄鳝，还有泥鳅。

最为奇特的一网，是儿子撒出的。儿子比老子高出半个头，胳膊也长出一截，力气也显然比老子大得多。小奥看到那儿子在水边站成一个马步，有条不紊地将网理好，挽在胳膊上，然后身体前探，猛地撒了出去，嘴巴里发出“哎嗨”一声，那网直飞到大湾深水处，无一折叠地打开，成一个优美大圆。这一网连小奥也觉得精彩，嘴巴里发出赞叹之声。老头子更是欣赏，眼睛里放射出光彩。网沉水中，稍候片刻，儿子便慢慢收网。一截一截地，挽到胳膊上。下边越来越粗，网眼儿越来越大，网眼上形成的水膜儿哔哔响着破裂。网猛烈地抖动了一下，湾水中泛起灰绿的浪花。似乎网住了大家伙。小奥看过很多次打鱼，知道网住大鱼一定不能急，如果拉急了，大鱼暴躁起来，一挺身子，那锋利的鳍尾，就把网给豁了。儿子的脸色顿时凝重起来，老头子也不再撒网，看儿子收网，低声提醒着："稳着点，稳住……"那网收到五分之四的样子，网里又有一次大动，儿子和老子的脸色都成了铁。老子将自己手中的渔网放下，低声说："不要拉了，稳住。"老子小心翼翼地下了水。儿子说："爹，你来拢着网，我下去。"老子不回答，慢慢往水中走。水淹到了他的肚子。他弯下腰，摸着网口的铅坠，慢慢往里拢。小奥虽然看不到，但他知道那网口已经在水下合拢。老子给儿子使了一个眼色，儿子手上又使了劲儿。老子在水里几乎把网揽在怀里，慢慢地往前推，终于靠近了水边。爷两个配合默契，将臭烘烘的网抬出水面，沿着倾斜而滑溜的湾涯，水淋淋地到了湾边的水泥路上。

他们竟然网上来一只鳖。一只浅黄色的大鳖，比芭蕉扇子还要大一圈儿。那鳖一出网就飞快地往湾里爬，儿子用双手按着鳖盖子，才制止了它的爬行。老打鱼人从腰里摸出一根白色的尼龙绳子，拴住大鳖的后腿。他看看儿子的腰间，又看看自己的身上。爷儿俩腰间的蒲包都塞得鼓鼓胀胀。小奥知道他是想把这只大鳖挂在儿子或是自己腰间，然后继续打鱼。但这只鳖实在是太大了，无法挂。这时，老打鱼人看了小奥一眼。

小奥忽然意识到，这个大湾子，是属于自己村的，湾里的鱼，应该是村子里的财产，这两个不知哪里来的打鱼人，打走了这么多鱼，还有一只价值不菲的大鳖，这是明目张胆的偷盗。他正犹豫着是不是应该去向张二昆报告时，听到那个年轻的打鱼人说：

“爹啊，这个大鳖足有十斤重，蒲包子也满了，我们该回去了吧？”

“急什么？”老打鱼人压低了嗓门说，“今日该咱们爷俩发利市了……”

“没地方盛鱼了啊！”年轻的打鱼人大声说。

“小点声音，怕村子里人不出来是不是？”老打鱼人不满地责备着儿子，然后说，“把裤子脱下来。”

“干什么？”儿子疑问着，但还是摘下腰间的蒲包，将裤子脱了下来。

老打鱼人看了小奥一眼，将拴鳖的绳子递给儿子，自己也弯腰脱下裤子。老打鱼人的内裤破了一个窟窿，幸亏有塑料雨衣遮盖着。老打鱼人先将自己的裤子两条腿扎起来，撑开裤腰，让儿子用脚踩住拴鳖的绳子，腾出手，把蒲包里的鱼，扑棱扑棱地倒了进去。然后他又将儿子的裤子腿儿扎起来，将自己蒲包里的鱼倒进去。他从裤腰上抽出发黑的牛皮腰带，扎在红色塑料雨衣外，显得很是精干。儿子学着老子的样子，把棕色的人造皮腰带抽下来，扎在红色塑料雨衣外，显得很是利落。最后，老打鱼人折了几根柔软的柳条，将裤腰扎起来。老打鱼人黑色的裤子和他儿子的灰色的裤子，就像两条分岔的口袋，鼓鼓囊囊地躺在路上。雨点儿落到裤子上，鱼在裤子里扑棱着。小奥知道，如果是鲢鱼，离水片刻就死，但鲫鱼命大，离水许久，还能扑棱。

老打鱼人扯着拴鳖的绳子，看看小奥，笑着说："小伙计你好啊！"

小奥点点头，没有搭腔。但老打鱼人脸上的微笑，消解了他心中的敌意。老打鱼人将那两裤子鱼放在那棵裸根如龙的大柳树下，又把那只大鳖，拴在了柳树凸出地面的根上。他做好了这些，低声对小奥说："小伙计，帮我们看着，别吭声，我们走时，会送给你两条鱼，两条最大的鱼。"

小奥看着那两裤子鱼和那只大鳖，依然没有吭气。

那只大鳖错以为得到了解放，急匆匆地往湾里爬，但拴住它后腿的细绳很快就拽住了它，它一挣扎，就被绳子扽住，一条后腿被长长地拉出来。再一用力，它翻了跟斗，肚皮朝天，四条腿蹬歪着，好不容易翻过身来，继续往前爬，随即又被扽翻，肚皮朝了天，再翻过来，再挣扎。折腾了几次，它不动了，似乎在生闷气，两只绿豆小眼里放射出阴森森的光芒。

小打鱼人蹲下身，脸上流露出孩子般的顽皮神情，伸出一根手指，去戳鳖甲。他得意地说：“爹，其实咱有这只老鳖就够了，野生大鳖，贱卖也要给咱们两千……”

老打鱼人瞪了儿子一眼，低声呵斥：“闭嘴吧你！”

小打鱼人继续用手指戳鳖甲，甚至去戳鳖头，脸上的喜色掩盖不住地洋溢出来。

“你找死啊？”老打鱼人训斥道，“被这样的野生老鳖咬住手指，它是死活不会松口的。”

“说得怪吓人的……”小打鱼人不屑地嘟哝着，但那根刚触到鳖头的食指，机敏地缩了回来。

“不被鳖咬你就不知道鳖的厉害！”老打鱼人说着，突然打了几个喷嚏，低声嘟哝了几句什么后，对小奥说：“小伙计，怎么样？今天算你好运气，既看了热闹，又白得两条大鱼。”

“我不要鱼，”小奥盯着老打鱼人的眼睛，低声说，“我不要鱼。”

“你不要鱼？”老打鱼人皱了皱眉头，问，“你竟然不要鱼，那你想要什么？”

“我要这只鳖。”

“你要这只鳖？”老打鱼人冷笑一声，说，“你可真敢开牙！”

“我不要鱼，我就要这只鳖。”小奥坚定地说。

“你知道这只鳖值多少钱吗？”小打鱼人提高了嗓门，说，“这两裤子鱼，也卖不过这只鳖。”

“我不管，你们如果要让我看鱼，我就要这只鳖。”小奥说。

“我们凭什么要给你这只鳖？”小打鱼人顶了小奥一句，看着他的爹，不满地说，“我们为什么要他看？鱼装在裤子里，鳖拴在树根上，跑不了的。”

小奥傲慢地说：“我根本就没要给你们看鱼，是你们让我给你们看鱼，是你们要给我两条大鱼。”

“那么，”小打鱼人说，“我们现在不要你给我们看鱼了，我们也不要送你鱼了。”

雨不大不小地下着，鱼在湾里翻着花儿，发出豁朗豁朗的声音，湾里散发着腥臭的气味。

老打鱼人看了一眼湾里的水，说：“小伙计，你先帮我们看着，至于这只鳖，等我们要走的时候，再跟你商量，也许，我们高了兴，还真的把它送给你，但如果你捣蛋，惹我们不高兴了，那我们不但不会送你鳖，我们连一片鱼鳞也不会送给你。”

“你们去打鱼吧，反正我要这只鳖。”

“反正你要这只鳖？！”小打鱼人轻蔑地说，“反正个屁，我们什么也不会给你，你能怎么样？”

“我能怎么样？”小奥冷冷地说，“我能跑到村子里去，到张二昆家，告诉他，来了两个打鱼的，把湾子里的鱼快要打光了，还打了一只鳖，一只大鳖。他们已经打了满满两裤子鱼，他们还在打。”

“这鱼是野生的，鳖也是野生的，我们为什么不能打？”小打鱼人说。

“这个大湾子是我们村子里的，”小奥说，“这湾子里的鱼，自然也是我们村子里的。”

“屁，你们村子里的，你叫它们，它们答应吗？如果你叫它们，它们答应，那就算是你们的。”小打鱼人说。

“我叫它们，它们不会答应，”小奥毫不示弱地说，“但张二昆叫它们，它们就会答应。张二昆家里养着一条狼狗，像小牛一样高大，每次可以吃五斤肉。张二昆家还有一面大铜锣，他一敲锣，全村的人都会跑来，把你们围起来，没收你们的鱼，没收你们的鳖，没收你们的网。如果你们不老实，就把你们扔到湾子里去，哼！”

“吓唬谁啊？我们是吃着粮食长大的，不是被人吓唬着长大的。”小打鱼人说。

“你这个小伙计，年纪不大，口气不小啊！”老打鱼人看看湾子里被雨点打得麻麻皴皴的水面和大鱼不断翻起的浪花，抬手擦了一把脸上的水珠，说，“小伙计，你也不用吓唬我们，我和张二昆，早就认识，我们两家，还是瓜蔓子亲戚，论道起来，他该叫我表叔。你叫来他，他就会请我们去他家喝酒。我不愿意惊动他，是怕给他添麻烦呢。”

小奥冷笑着，不说话。

“其实，不就是一只鳖吗？”老打鱼人说，“等我们把这两个蒲包打满，我们就把这只鳖送给你。但你必须帮我们看着这些鱼。”

“好吧，我帮你们看着鱼。”小奥说。

“爹，你真是慷慨！”小打鱼人气哄哄地说，“我们凭什么给他？”

“行了，你就少说两句吧。赶快，趁着雨天鱼儿往上翻腾，多打几网。”老打鱼人对儿子使了一个眼色，转回头对小奥说，“小伙计，你可千万别戳弄它，被它咬住就麻烦了。”

两个打鱼人急匆匆地沿着斜坡下到水边，他们不时地回头看树下，显然是对小奥不放心。他们对着湾中大鱼翻花的地方将网撒下去，丰盛的收获，使他们暂时忘记了往这边张望。

小奥看看空无一人的街道和寂静的村子，心中又感到无聊。他看到有几户人家的烟筒里冒出了白色的炊烟，知道做午饭的时候到了。他有点儿记挂爷爷了，但既然答应了给人看鱼，而且那个老打鱼人已经答应了会将这只大鳖给自己，他不能离开。他想，这只老鳖到手后，是拎到集市上卖了呢，还是炖汤给爷爷补身体？自从去年奶奶去世后，他发现爷爷的身体越来越不好了。爷爷过去编筐时从不困觉，现在爷爷编筐时经常打呼噜。爷爷是编筐的高手，张二昆说要帮爷爷把筐卖给外国人。

裤子里的鱼渐渐地安静下来，那只大鳖也认了命似的一动不动。小奥仔细地观察着这只鳖，只见它背甲绿里泛黄，甲壳上布满花纹。甲边的肉裙又肥又厚。脖子周围，臃着黑色的疙瘩皮，头是黑的，但鼻子是白的。小奥知道这是只上了岁数的老鳖，心中生出几丝敬畏。小奥看到鳖头上那两只晶亮的绿豆眼儿放射着仇恨的光芒，忽然感到身上发冷，很多从爷爷和奶奶嘴里听过的鳖精故事涌上心头。小奥觉得眼前这只被拴住后腿的鳖，就是一只鳖精，只要它一施展法术，就会水势滔天，决堤毁岸。只要它摇身一变，就会变成一个白胡子老头，站在自己面前，讲述前朝旧事。那老鳖似乎看出了他的胆怯，猜到了他的心思，两只小眼的光芒愈发地明亮凶狠起来。

一时间小奥不敢与鳖眼对视，他用求助的目光去寻找打鱼人，却发现他们已经转到大湾的对面去了。他们的面目已经模糊不清，身上的红色雨衣在雨中漶化成两大团颜色，他们的旋网像一道道明亮的闪电，不时地在水面上颤抖着展开。他想喊叫他们，但突然感到他们行迹诡异，也许他们也是鳖洞里的老鳖，幻化成人形，来考验他的意志和忠诚。于是就努力地回忆他们的模样，越想越觉得他们的容貌怪异，仿佛戴着假面的妖精。他抬头往远处看，正好看到那条从大湾南面斜着穿过的黑青铁路上，有一列绿色的只有四节车厢的火车无声地滑过。车上似乎也没有乘客，一闪而过的车窗上似乎都挂着洁白的窗帘。他记起村里人关于这条铁路和这列神秘列车的议论。人们实在想不明白为什么要占数万亩的良田，花数十亿的资金，修这样一条斜劣霸道的铁路，每天只有这样一列似乎什么也没拉的火车从这里滑过去，列车时刻表上查不到这列火车的任何信息。他于是感到这条铁路、这列火车都与这个大湾里的老鳖有关系。鳖洞是不是像那些绘本上所画的那样，连通着另外一个世界？而另外那个世界里的人，长得是否跟老鳖一样？

越想越怕，低头看老鳖，似乎觉醒了似的，又开始了挣扎，重复着向前爬行、绳扽后腿、四肢朝天、困难翻转、再爬再翻的游戏。小奥下定决心，要放了这个老鳖。他想，既然两个打鱼人也是老鳖变的，那放了同类不正是它们期待着的吗？也许这就是应对它们考验的最好的举动。放了老鳖，让鳖精知道我的善良，然后它们就会保佑我的爹娘多挣钱，保佑我的爷爷身体好，保佑我考试得高分。……于是小奥解开了树根上的绳子，低声说："你走吧。"但那老鳖竟然一动不动了，刚才还疯狂挣扎呢。小奥看着老鳖，老鳖也瞪着两只小眼看小奥。老鳖尖尖的嘴巴，晶亮阴森的小眼，让小奥感到似曾相识，似乎是在什么地方见过的一个男人的脸。小奥又重复了一声，说："你走吧。"但老鳖依然不动。小奥终于明白，老鳖是不愿意拖着一根尼龙绳子下湾的，那将给它带来诸多的不便，也会让水族们嗤笑。小奥说："老鳖，老鳖，我明白你的意思了。我帮你把绳子解开就是。”小奥弯下腰，试图去解拴在鳖后腿上的绳子时，那老鳖却以闪电般的速度，咬住了他的右手食指。

三

小奥惨叫一声。与其说是因痛苦而喊叫不如说是因恐惧而喊叫。他猛地站起来，但不得不随即蹲了下去。因为老鳖咬住了他二分之一的食指，他的站起，只是把老鳖的脖子抻出腔壳，它的四个爪子牢牢地扒着地面，身体没有动弹。深刻到骨头里的痛疼让小奥不得不乖乖地蹲在了老鳖面前。他感到老鳖的咬劲很大，似乎尖利的牙齿已经刺进了自己的指骨，只要挣扎，半截食指就会断在老鳖的嘴巴里。小奥一屁股坐在地上，大声哭喊起来。

小奥喊叫那两个打鱼人，但他们已经转到了大湾的南边，那两团红色的漶影更加模糊，而那一道道闪电般的网影也更加明亮而梦幻。小奥又往外挣了几下手指，但似乎每挣一下，老鳖嘴巴上的力道就越足。他哭着诉说：“老鳖啊老鳖，我是想放你的生啊，我是善良的孩子，我奶奶信佛，不杀生。我刚才想把你杀了给我爷爷炖汤喝是我错了，我一时糊涂了，我只记得行孝，忘了我奶奶对我的教导，老鳖，老鳖，你饶了我吧……”

“小奥，小奥！”绝望中他听到了爷爷的喊声，同时也看到了爷爷的身影。他不敢大声回应，生怕因此惹老鳖生气而加大咬劲儿。他低声哭泣着说：“爷爷……爷爷……快来救我……”

爷爷终于看到了小奥，并尽着一个老人的最大的力量，跌跌撞撞地来到大柳树下。气喘吁吁地看清楚了孙子和老鳖的关系后，爷爷抬起拐棍就在鳖壳上捣了一下子。小奥随即发出一声哀号，仿佛那拐棍不是捣在鳖壳上，而是捣在了他的背上。爷爷不明就里，抬起拐棍又要捣，小奥哭着哀求：“爷爷，别捣了，您越捣，它咬得越紧……”

爷爷焦急地转着圈子，叨叨着：“这是咋整的，我还以为你在学习呢，你怎么跑到这里来了，这是咋回事，谁的鳖，怎么能咬着你呢，真是的，这是咋回事呢……”爷爷前言不搭后语地念叨着，围着老鳖和小奥转着圈，时刻想抬起脚踢那老鳖的样子，小奥哀求着：“爷爷，爷爷，您千万别踢它，您踢它，它就把我的指头咬断了……”

“这怎么办？”爷爷望着湾对面那两个打鱼人，吼道，“这是你们的鳖吗？你们的鳖把我孙子的手指咬了，你们要负责……”

两个打鱼人没听到爷爷的喊叫，只顾一网接一网地打鱼。不断有银光闪闪的大鱼被他们从网中抓起，塞到腰间悬挂的蒲包里。

“爷爷，您快去叫我星云姑姑吧，她一定会有办法救我。”

星云是小奥姑奶奶家的女儿，是村子里的医生。小奥相信，星云姑姑一定有办法让这老鳖松口。

爷爷拄着拐棍一瘸一颠地走后，那两个打鱼人过来了。他们腰间悬挂的蒲包已经塞满了，几条大鱼的半截身子露在蒲包外摆动着，随时都可能蹦出来。他们托着沉重的、散发着臭气、滴沥着污水的旋网，虽然看上去步履踉跄、筋疲力尽，但脸上洋溢着喜气。小奥哭着喊：“救救我……”

老打鱼人是大为吃惊的样子，小打鱼人却是满不在乎甚至幸灾乐祸的表情。

“你这小伙计，我不是跟你说了，不要戳弄它吗？”老打鱼人懊恼地抱怨着，放下渔网，摘下蒲包，蹲下观察情况。

“小子，”小打鱼人轻佻地问，“被鳖咬着什么滋味？”

老打鱼人白了儿子一眼，道：“赶快，想办法让老鳖松开口。”

“那还不简单吗，我一只脚踏在它的背上，还怕它不松口吗？”小打鱼人说着，就要将泥泞的大脚踏到鳖背上。

小奥用哀号制止了他。

老打鱼人也说：“不行，鳖这东西邪性，你越踩它，它越用劲，那这小伙计的指头就要断在鳖嘴里了。”

小打鱼人说：“断了就断了呗，不就是根指头嘛！”

老打鱼人看看从村街上匆匆跑过来的几个人，低声道：“他的指头断了，我们还走得了吗？”

“怎么就走不了了？”小打鱼人嘟哝着，“又不是我把他的指头咬了下来。”

老打鱼人压低了嗓门说：“你就闭嘴吧。”

小奥看到了爷爷和背着药箱子的星云姑姑，还有一个大个子，是星云姑姑的丈夫，县畜牧兽医局的侯科长。他激动得鼻子发酸，眼泪溢出了眼眶。

“怎么回事？”星云姑姑弯下腰，观察着情况。

侯科长严肃地质问打鱼人：“这是你们的鳖吗？”

老打鱼人抢着回答：“这鳖确实是我们从湾里打上来的，但我们已经把它送给了这个小伙计。”

侯科长摇摇头，说：“这么贵的东西，你们怎么会送给他？”

“是这样，领导，”老打鱼人看出了戴着眼镜、镶着烤瓷牙的侯科长的官员身份，谦恭地说，“我们让这个小伙计帮着看鱼，我们把这只大鳖送给他。”

“刚开始我们只是要送给他两条鱼，但他一定要这只鳖！”小打鱼人说，“我没有答应，但我爹答应了。我们打到的鱼加起来，也不值这只老鳖的钱。”

“君子一言，驷马难追！”老打鱼人说，“从我答应了那一霎起，这只大鳖就是这个小伙计的了。”

“是这样的吗？”侯科长问小奥。

小奥点点头。

侯科长道：“你们真够大方的。”

星云姑姑打开药箱，拿出一把镊子，戳了戳鳖头。那鳖的头猛地往后搐了一下，小奥发出一声哀号。

侯科长急忙道：“你不要乱动！鳖这东西，是有性格的。”

“什么性格？”星云道，“不就是一只鳖吗？低级动物。”

“别这么说，别这么说，”爷爷目光哀怨地看看众人，然后低头对老鳖祈告，“大帅，大帅，原谅他小孩子无知，您松口吧……”

小奥不明白爷爷为什么将老鳖称为大帅，他知道这名称后定有好听的故事，但他现在顾不上了。

星云姑姑试试小奥的额头，又摸摸他的脉搏。抬头问侯科长：“要不要给他输点液？”

“不用吧？”侯科长想了一下又说，“不过输点也没有坏处，加点抗生素，防止伤口感染。”

星云姑姑说：“那我回去取药。”

侯科长道：“你顺便喊一下二昆。”

老打鱼人跟儿子使了一个眼色，说：“领导，那我们走了。”

他弯腰抓着一裤子鱼，将裤裆叉在脖子上，两条盛满鱼的裤腿顺到胸前，腥臭的污水也顺着裤脚流下来。侯科长一把抓住他的胳膊，说：“您别急着走，这个村的书记马上就到了，等他来了，说清楚了你们再走也不晚。”

“凭什么不让我们走？”小打鱼人怒气冲冲地说，“这只老鳖值好几千块呢，我们不要了还不让走？你们限制我们的人身自由，是犯法的。”

“年轻人，火气别这么大。”侯科长笑着说，“看，我们的村官来了。”

二昆叼着烟卷，打着饱嗝，懒洋洋地走过来。

“怎么回事，爷们？”他低头看了一下，扑哧一声笑了，“太好玩了，爷们，你真是会玩，我活了大半辈子，还是第一次看到鳖咬人。什么感觉？”

小奥咧咧嘴，哭着说：“大叔，救救我吧……”

“哭什么？”二昆道，“这还不好办？看我的。”他将烟头放在嘴边吹了吹，将火头猛地按在鳖头上。

小奥又是一声哀鸣。一股暗褐色的腥臭液体从鳖尾巴下蹿出来。

“不能这样！”侯科长道，“你这家伙，实在鲁莽！”

“奶奶的，这问题还真有点儿严重了。”二昆摸出手机，拨打了110，他安慰小奥，“爷们，不要急，110马上就到，他们有办法。”

侯科长道：“你这家伙，亏你想得出。”

上下打量着两个打鱼人，二昆指指老鳖，问：“这个鳖玩意儿，是你们弄上来的？”

老打鱼人从腰里摸出一个塑料纸包，揭开，显出一盒皱巴巴的香烟，用湿漉漉的手笨拙地抽出一支，递给二昆，道：“书记，请抽烟。”

二昆道：“老爷子，少来这一套，我不抽你的烟。”

老打鱼人尴尬地笑笑，说：“您是嫌咱的烟不好呢，穷打鱼的，能抽上这个就不错了。”

“别说这些没用的，我问你话呢。”二昆道。

“要说这鳖，确实是我们打上来的，不过，这小伙计要，我们就送给他了。”老打鱼人道。

“这么慷慨？”二昆道，“这鳖玩意儿最少也有十斤！我这辈子没见过这么大的鳖，大叔，”他转脸问小奥的爷爷，“大叔您经多见广，您见过这么大的鳖吗？”

小奥的爷爷摇摇头。

“你呢，畜牧局的专家，”二昆问侯科长，“您见过这么大个的鳖吗？”

“前几年龟鳖协会在市里搞过一次评比，鱼滩养鳖场参展的一只鳖跟这只个头差不多。”侯科长说，“不过，那是人工养殖的，用配方饲料和激素催起来的。”

“我们这大湾也被袁武这个狗日的给污染了，满湾激素。”二昆恨恨地说，“所以，这也是一只激素鳖，变态鳖！”

“这次市里下了大决心整顿不合格畜禽养殖场，”侯科长说，“袁武这个场问题很多，必须关闭。”

“你们这次可要狠起来，不能虎头蛇尾！”二昆道，“你老婆一家也是受害者呢。”

“壮士断腕，毫不留情！”侯科长斩钉截铁地说。

星云姑姑拿着盐水瓶子和挂吊瓶的器械来了。村子里很多人也跟着来了。

不知何时，雨停了，东南天上出现了一道彩虹。小奥看到彩虹，马上想到去年奶奶死时，天上也出现过彩虹。想到奶奶他感到悲从中来，便抽抽搭搭地哭起来。

“哭什么啊爷们？”二昆大大咧咧地说，“男子汉大丈夫，挺起来，就算把这根指头喂了老鳖，那又怎么样？闭嘴，不许哭！”他摸出手机看看时间，道，“110这些家伙，怎么还不到呢？”

星云姑姑将吊瓶支架竖起来，柔声说：“小奥，没事啊，姑姑给你输上液，咱们跟老鳖较上劲儿，看看谁能熬过谁。”

星云在小奥的左手背上扎上了针头，可能是被鳖咬处的疼痛分散了注意力，往常打针都会吱哇乱叫的小奥，竟然一点儿都没感到针头扎进血管的痛楚。

老打鱼人对小打鱼人使了一个眼色，说：“二昆书记，还有各位乡邻，这只价值三千元的大鳖，自然是这个小伙计的。除了鳖之外，我们再奉献出一裤子鱼，给各位尝尝新鲜。”老打鱼人将自己裤子里的鱼倒在柳树下，说，“如果没有事，我们就走了。”

那些生命力顽强的鲫鱼，在柳树下蹦跳着，一片银光闪烁。二昆飞起一脚，将一只蹦到他脚边的肥大鲫鱼踢到大湾里。小奥似乎听到那鲫鱼落到水面时发出了一声惨叫，很像小孩子的哭声。他听到二昆冷笑着说：“怎么会没有事呢？事多着呢。等110来了后，如果他们让你们走——这些家伙，怎么还不来呢？”

“来了！”一个清脆的童音喊叫，“我听到警车的声音了。”

喊叫者是小奥的同学袁晓杰，这个外号“小鳖”的男孩，浓眉大眼，唇红齿白，十分英俊。

“这才是真正的小鲜肉呢。”二昆看了一眼星云，仿佛要让星云同意自己的说法，但星云低着头观察小奥被鳖咬住的手指，没理他。他又说，“小鳖——小鳖，谁给咱这俊孩子起了这么一个外号——小鳖，去，把你爹叫来，就说我找他。”

“我叫晓杰，袁晓杰！”小鳖怒冲冲地说，“你的外号我也知道的。”

二昆笑道：“晓杰晓杰，袁晓杰，去把你父亲袁武叫来，就说我张二棍子或者是张二混子有要事找他。”

一辆警车鸣着警笛，呼啸而至。车盖子上泥浆斑驳，仿佛从一万里外赶来。车门打开，跳下两个警察。一个是瘦高个，面孔黑黢黢的，鹰钩鼻，目光犀利。另一个体态壮硕，红脸膛，蒜头鼻，眼睛发红。还有一位白净面皮的，手把着方向盘，稳坐在驾驶座上。壮硕的警察掏出一块纸巾沾沾流泪的眼睛，问：“什么事儿？”瘦警察则麻利地分拨开众人，站在小奥与老鳖的旁边，弯下腰，仔细地观察着。壮硕警察也走近前来，看了一眼，浑身立刻松弛了，打了一个哈欠，问，“谁报的警？”

“我。”二昆道。

“你是什么人？”

“中华人民共和国公民啊。”

“我问你的职务！”

“报警还要有职务？”

“我不是这个意思！”

“那你是什么意思？”

“故意的是不是？”壮硕警察烦躁地说，“驴踢着鳖咬着都报警，接下来是不是连老母鸡不下蛋、圈里的猪不吃食都要报警？把我们当成什么了？”他清清嗓子，吐了一口痰，低声嘟哝着，“奶奶的……”

“你骂谁？”二昆冷冷地问。

“咦，”壮硕警察道，“我骂人了？你听到我骂人了？”

“我不但听到了，而且还录了下来。”二昆晃晃手机，说。

“我是骂你吗？我怎么敢骂你！”壮硕警察道，“我是骂我自己，骂我的嗓子，骂我不争气的身体，昨天夜里也不过出了三次警，就咳嗽、发烧、流泪……”

“少来这一套，”二昆道，“驴踢着鳖咬着不能报警吗？人民警察为人民，人民被鳖咬着，鳖不松口，医生无计可施，你说，不找警察找谁？”

瘦警察来到二昆身边，道：“老乡老乡，消消气，人民警察为人民，别说被鳖咬着，就是被蚊子咬着，也可以找我们。”

“这话说得有水平！您一定是队长！”二昆道，“本来，我是想给你们个出头露面的机会。”二昆晃晃手机，说，“我们村子里的人，在我的培训下，都有强烈的新闻意识，都能熟练地使用手机的录像功能，上到百岁老人，下到五岁儿童。”二昆指指举着手机的村民，继续说，“你们想，人民警察，顶风冒雨，前来解救一个被鳖咬住手指的留守儿童。这样的视频，在网上发布后，你们马上就是网红。你们成了正能量满满的网红，你们领导也会高兴，你们领导一高兴，等待你们的，不是立功就是提升！可是，你们竟然发牢骚、骂人，这个视频要是在网上一发布，那是什么后果，你们自己想想吧！”

瘦警察掏出烟，递给二昆。二昆不接，瘦警察再送。二昆接了烟，瘦警察给他点上火。瘦警察自己也点上烟，低声说：“我是副队长，您一定是这个村子的书记，一把手。”二昆点点头。瘦警察说：“我们这个同志，带病坚持工作，心情不好，请多多谅解。”二昆道：“您这样说，咱们自然理解。

警察也是人嘛。”“谢谢谢谢，”瘦警察道，“那段录像……千万……他也不容易，老婆刚跟他离了，自己带着个三岁的孩子……”“兄弟，人民群众是通情达理的，”二昆高声道，“大家伙儿注意，今儿个的视频，谁都不许发，都给我删了，待会儿我发一个正能量满满的版本，你们死劲儿给我转。”

瘦警察抓住二昆的手，使劲儿握了握。

壮硕警察大声地吆喝着：“让开点，让开点！大家保持安静，请相信我们，我们一定能尽快地把这个孩子的手指从老鳖的嘴巴里解放出来！”

四

瘦警察抽着烟，皱着眉头思索着。壮硕警察像一头大熊，转来转去。他拍拍枪套，说：“陈队，干脆，我对准这王八盖子上放一枪，然后让医生慢慢收拾。”

小奥带着哭音喊叫：“不要开枪……不要打死它……”

“那就用电棍搞它一家伙！”壮硕警察提着警棍比划着说。

“不要……”小奥哭着说。

“你是医生？”瘦警察问星云。

星云点点头。

“能将老鳖麻醉吗？”瘦警察说，“让它丧失意识，肌肉完全松弛。”

星云摇摇头。

“要叫救护车吗陈队？”壮硕警察问。

瘦警察摇摇头，又蹲下身，先看小奥，再看老鳖。看小奥时他面带微笑，看老鳖时他满面严肃。小奥感到老鳖也斜着眼睛盯着警察，眼神里充满了仇视与不屑。小奥甚至猜到了老鳖的心思：我就是不松口，看你有什么办法。警察的表情突然转换了：看小奥时严肃，看老鳖时微笑。仿佛成竹在胸似的，他站起来问二昆：“能找到猪鬃吗？”

“猪鬃？太能找到了，”二昆道，“你看，我们的作恶多端的太平养猪场的场长来了。”

袁武在儿子的引领下，来到众人面前。他是个大个子，背有点儿驼，瘦长脸，大眼，头发花白，胡茬子很硬，下巴上有道血口子，看样子是刮胡子刮破的。他看到了警车和警察，眼神里似乎有几分不安。他问：“书记，您找我？”

“你赶快回去，弄几根猪鬃来。”二昆道。

“猪都杀光了，哪里还有猪鬃？”袁武道。

“你少给我装蒜，”二昆道，“不是还有两头老母猪一头大公猪吗？”

“老百姓总还是要吃肉的嘛。”袁武嘟哝着。

“袁晓杰，你腿快，你去拔，”二昆又对村子里的文书说，

“孙奎，你跟晓杰去，拔那大公猪的，小心别让猪咬着。”

“找我就这点事？”袁武问。

“找你的事多着呢。”二昆道：“袁武，你还记得咱们小时候，这个大湾里的水，是什么样子的吗？”

袁武低声嘟哝着，听不清他说了什么。

“那时候，水清见底，湾里生长着芦苇和蒲草，我们在这湾里游泳洗澡，那时候，湾边有口水井，咱全村人都吃这口井里的水。可自打你建了这个太平养猪场，大湾渐渐地成了一个污水坑，井里的水，也散发着刺鼻的臭气，不能吃了。”二昆说，“你自己倒是发了财，听说在青岛、威海都买了房子，随时都准备迁走。你说说，你缺德不缺德？”

袁武道：“二昆，话不能这样说，我办养猪场，是得到了当时的领导支持的，县里和镇上奖给我的牌子都在家里挂着呢。再说，村子里修路、建庙，我是捐款最多的。村里人遇到难处，我也是慷慨相助的。何况，十几年来，我为人民群众提供了大量的优质猪肉，这也是有功劳的。”

“呸，你还好意思说你的猪肉！你的猪，是用十几种药物催起来的。过去，我们养头猪，一年半才能长到一百五十斤，可你的猪，四个月长四百斤。你生产的猪肉，是百分之百的毒药。”

“大家都是这样养，这是科学的进步。”袁武辩解着，看一眼侯科长，说，“我们用的配方饲料、添加剂，都是从畜牧局下属的公司购买的。侯科长，您是专家，您给评评理。”

侯科长不置可否地摇摇头，说：“对任何事物的认识，是需要一个过程的。”

“我想不明白，不久前还给我披红戴花，一转眼就成了罪人。”袁武道。

“你还挺委屈？我问你，你的养猪场里，是不是有一条暗道通到这个大湾里？你污染了一湾清水，还污染了我们村的地下水源。”二昆道，“省环保巡视组的人已经到了县里，你看着办吧。”

“你们看着办吧，”袁武说，“大不了我把公猪和母猪也杀了，养猪场彻底关门。如果还不行，你们就把我抓进去呗。”

“嗨，你还挺硬气的。”二昆道，“公猪和母猪，你可以卖给符合环保条件的大养猪场。你这种往大湾里排污的养猪场关门，那是必须的。但抓你是不行的。即便公安局来抓你，我们也要把你留住，等你把这个大湾的污水变成清水，把井里的臭水变成甜水，才能放你走。”

“二棍子，”袁武怒冲冲地说，“你不用跟我玩花样了，不就是有人看上了养猪场这块地儿吗？要在这里建什么养老别墅吧？我让出来还不行吗？”

“你可以不让，你就在这里挺着。但你害得全村人买水吃，害得村里三十多人得了怪病，害得全村的年轻人都不敢回乡，这事你得负责。”二昆道。

“什么都怪我？年轻人不回乡也怪我？欺人太甚了吧？”袁武说，“湾里有鱼有鳖，就说明水质很好。”

“不怪你？你看看这些鱼，看看这只鳖。”二昆指指柳树下那些还在蹦跶的大鲫鱼，说，“你看看，这是鱼吗？身上都是瘤子，你看看，”二昆用脚踢着鱼，说，“连腿都长出来了，你见过长腿的鱼吗？”二昆指指那只大鳖，“还有这只鳖，你看看它的头，看看它的脖子，看看它的眼神，对着它的眼睛看，你不感到害怕吗？世界上哪里有这样的鳖？咬着人死不松口，小奥，咬着你有两个小时了吧？这都是你的养猪场污水喂养出来的怪物，”二昆看看两个打鱼人，道，“你们以为我们是想扣留你们的鱼？白给我们也不要。当然我们也不允许你们把这样的鱼拿到集市上去卖。”

老打鱼人点头哈腰地说，“这些鱼，我们全部扔回湾里去，然后我们就可以走了吧？”

“那不行，这些鱼多半死了，扔到湾里去不是让湾水更臭吗？你们要将这些鱼做无害化处理，焚烧掩埋。”

“你这书记，总要讲理吧，”小打鱼人气哄哄地说，“鱼本来就在你们湾里，我们扔回湾里，这叫物归原主。”

“那你问问警察同志，他们让你们走，你们就走。”

“不行，”壮硕警察严肃地说，“这个小孩被鳖咬的事还没处理完呢。”

老打鱼人垂头丧气地说：“他娘的，今日真是被鳖咬着了。”

五

在众人闹哄哄的说话声中，小奥似乎睡了一小觉。他睡着的证明是梦见了爹和娘。爹在一家小饭店里当厨师，娘给他打下手。他梦到爹在厨房里剁下了一条眼镜蛇的脑袋，而那个落在地上的蛇头又突然飞了起来，咬住了爹的手指……他惨叫一声，浑身是汗。星云捏着他的耳朵，说，“小奥，小奥，不要睡，马上就有办法了，警察同志想出好办法了。”

小奥睁开眼，看到周围的人脸上的表情都怪怪的，一股股浓重的腥味令人作呕。他看到自己的同学袁晓杰右手举着一撮闪闪发光的猪鬃跑过来，后边跟着跑的是村子里的文书孙奎。而最让他感兴趣的是袁晓杰低垂的左手里提着的一个贴着红色商标的塑料瓶子，他知道那是可口可乐。

当袁晓杰将可乐瓶口送到小奥嘴边时，小奥的眼睛里流出了热泪。他暗自发誓今后不再叫袁晓杰的外号，也不再传唱编派袁家是非的歌谣，同学情谊高于一切。他咕嘟咕嘟地喝了半瓶可乐，感到身上有了力气，精神也不恍惚了。他甚至试探着从老鳖的嘴巴里往外拽了拽食指，但钻心的痛疼让他立即停止了动作。他不得不面对着严酷的现实：老鳖咬人，是下定了与被咬者同归于尽的决心的。小奥甚至考虑到，请星云姑姑索性将自己的手指割断，就算自己送给老鳖一份礼物。他同时还在祈求，祈求梦中所见的情景，永远不会变成现实。他也似乎明白了，自己被鳖咬，并不是无缘无故的，因为他的父母打工的那家餐馆，是家野味餐馆，父亲除了每天杀蛇外，还要杀死很多鳖。

瘦警察跪在地上，将猪鬃的尖儿，小心翼翼地捅到老鳖的鼻孔里。小奥发现这个鳖的鼻孔特别大，特别圆，小小的鼻尖亮晶晶的，像钻石一样放射着光芒。瘦警察又将一根猪鬃插进老鳖的另一个鼻孔里。众人都屏住呼吸，目不转睛地盯着瘦警察的手指。十几个手机，盯着鳖头拍摄。那个开车的白脸警察也下了车，举着一个小型录像机录像。他很专业的样子，既录全景，也录局部。瘦警察那几根被香烟熏黄了的手指，灵巧地捻动着猪鬃。老鳖的眼睛似乎眨巴了一下，众人的心都提了起来。老鳖突然闭紧眼睛，尖尖的鼻子里打出了一个响亮的喷嚏，与此同时，瘦警察抓住小奥的手腕，猛往后一扯，在鳖口里受苦多时的小奥的食指，终于获得了解放。

众人齐声叫好。

袁晓杰跳跃着欢呼。

爷爷泪流满面。

星云姑姑匆匆地用碘酊给小奥受伤的食指消毒。

“发视频，发视频！”二昆兴奋地说，“满满的正能量！大家都发朋友圈！”

“陈队，真有你的！”壮硕警察大声说，“没有我们人民警察解决不了的问题。”

瘦警察看看小奥的手，问星云:“需要去医院吗？”

“不需要吧？”星云问小奥，“你感到有什么不舒服吗？”

小奥摇摇头。

星云给小奥的手裹上纱布，顺便拔掉了他手背上的针头。

此时，那只老鳖悄悄地向湾边爬行。小奥看到了老鳖的行动，但他不想吭声。他期望着老鳖回到湾里去，回到那个深不可测的鳖的宫殿。就在老鳖猛然加速时，县畜牧局的侯科长一脚踩住了鳖后腿上拖着的绳子。老鳖往前挣扎着，嘴巴里发出了愤怒而绝望的叫声。听到鳖的叫声，人们的脸都变了颜色。这是一种尖厉的声音，就像铁皮哨子发出的声音。世界上听过蛤蟆叫的人比比皆是，但听过鳖叫的人寥寥无几。

小奥祈求地望着侯科长，低声道:“放了它吧。”

侯科长看看众人，众人的眼色都很暧昧。

“二昆，”侯科长神秘地说，“你仔细看一下，鳖盖上有什么？”

二昆低头看了一下，抬头说:“没有什么呀？”

“鳖盖上有字。”侯科长指点着说。

“有字吗？我怎么没看出来呢？”二昆道。

“你看，”侯科长比划着说，“这是天，这是下，这是太，这是平。天下太平。”

“太棒了！”二昆道，“咱们村叫太平村，这个湾叫太平湾，抓了个鳖叫太平鳖。”

十几个手机近距离拍摄着鳖的背壳。

小奥眼含着泪水，望着二昆，低声说："放了它吧。"

"这个老鳖是小奥的，小奥要放了，那就放了。"二昆盯着老打鱼人说，"但是，不能让'天下太平'拖着一条尼龙绳子下湾吧？是不是啊小奥？"

小奥点点头。

"解绳还需系绳人。"二昆盯着老打鱼人，说，"二位，请吧。"

老打鱼人抓住绳子，猛地将老鳖提起来。小打鱼人趁势抓住了老鳖的那条没拴绳子的后腿。老打鱼人将绳子解了下来。小打鱼人将老鳖放在湾边。

老鳖静静地卧着，仿佛死了一样。众人的手机盯着鳖拍。二昆跺着脚喊："走吧走吧，'天下太平'，放你的生了。你看，我们村子里的人多么善良！"

老鳖将脖子从盖里慢慢伸出来，脑袋转动着，似乎在探测周围的环境。突然，它的身体立起来，像一个锅盖，沿着斜坡，向大湾滚去。众人还没反应过来，大鳖已经消失在湾水中。

二昆鼓掌，众人和之。

"天下太平！"二昆大声喊。

众人跟着喊：

"天下太平！"

红唇绿嘴

一

己亥岁尾，老父病重，我由京返乡陪护。一日下午，忽听窗外大街上，传来一女子的号啕，众人皆愕然。少顷，号啕声从胡同里转过来，逼近我家院子，更加响亮骇人。我大姐惊道：“‘高参’来了！”

只见一个女人，仰着红彤彤的大脸，张着大嘴，哭嚎着进入我家院子，“大舅啊……俺的个亲舅啊……你怎么狠心撇下俺走了啊……”

我大姐恼怒地冲出去。父亲举起一只颤抖的手，断断续续地说：“别……别……别惹她啊……”

我大姐恼怒地说：“‘高参’，你这是唱的哪一出？”

“高参”满脸的悲痛表情就像落在烧得通红的炉盖上的一滴水，欻的一声便消失了，随即换上了一副惊愕的表情，说：“不是说俺大舅‘老’了吗？”

“俺大好好的呢！”我大姐说。

“您看看您看看，这些该死的造谣分子，”她一边说着，一边闯进了我父亲的居室，看到我后，她的脸上出现了喜洋洋的表情，道，“表哥，您啥时回来的？”然后伸出手来——其实我们老家人见面，尤其是男女之间，并无握手的习惯，但把她的手晾在那儿也不妥当——我感到她的手又大又硬，力气很足，心中便莫名地对她生出一丝敬意。然后她又与我堂弟等人一一握手，这派头既不像个女人，也不像个农民，倒很像一位市里来的干部。最后，她俯身问躺在床上的我老父：“大舅，你还认识我吗？”我老父摇摇头。她提高嗓门说：“大舅，我是覃家庄上的覃桂英啊！”我父亲还是摇头。她又说：“大舅，我是二梅啊，我姐姐叫大梅啊！”我父亲直着眼不吭声。我姐姐大声说：“覃家庄俺姑的侄女，‘高参’！”

我父亲笑了，用微弱的声音说：“‘高参’……知道，太有名了……了不起……”

父亲的脸上好久没见到笑容了，也好久没说这么多话了，我的心里感到欣慰，因“高参”号嗬而来带给我们的不快也随之消散。

“俺大舅真幽默。”“高参”道。

“坐下吧。”我父亲说。

坐在我对面的堂弟慌忙站起来，把凳子让给“高参”。我也恭恭敬敬地为她倒了一杯茶。她呷了一口茶，摸出一盒细支中华烟，问：“不介意我抽烟吧？”我大姐道：“‘高参’，你还是别抽了，俺大咳嗽。”她将烟装到口袋里，道：“也是，尽管抽烟是人权的一部分，但我的人权要建立在不侵犯别人人权的基础上才可以实施。”我诧异地看着这位出语不凡的胖大妇人，一时找不到要说的话，想说句“士别三日当刮目相看”，又觉得不妥当，便生生地咽了下去。我姐姐看出了我的尴尬，便道：“你可不知道‘高参’有多厉害，胶东半岛都有名的人物。”

我堂弟道：“岂止是胶东半岛，全中国都有名呢！”

“姐，弟，你们就别讽刺我了。”“高参”嘴里这样说，但她的神情却是一副很享受的样子，“跟表哥这样的大作家比，我算什么？草民一枚！”

“您老人家可不是‘草民一枚’，”堂弟说，“您是著名‘公知’，策划大师！”

“什么‘公鸡’‘母鸡’‘大师’‘小师’，”她说，“我不过是一个为弱小者争利益，为受迫害者鸣不平，为创造和谐、公正、民主的乡村社会而不计报酬、不遗余力的乡村知识分子。”

她的话让我震惊。她是我小学的同班同学，从一年级下学期到二年级上学期，我与她共同使用一张桌子。因为她是我姑的侄女，也算是沾亲带故，所以我们俩相处得还算友好，我记得她爱好画小孩，无论是上语文课还是算术课，她都在偷偷地画小孩。她的所有课本的空白处都画着大大小小的小孩，她画的小孩都是大头细脖招风耳，看上去很有趣。她小学之后又混过两年农业中学，我之所以说“混”，是因为那时的农业中学没有什么文化课，基本上以干活为主。这样的学历在当时也不算低，但放在眼下，那就跟文盲差不多了。最近几年我有很多时间待在故乡，发现我当初那些小学同学，一个个都变得妙语连珠，分析起问题来头头是道，其见识与境界都不逊于大学教授。而当年我所熟悉的那种见了公社干部就吓得不敢大声说话的农民，已经不存在了。在一次关于新农村文学的研讨会上，我说新农村之所以新，当然包括新房子、新街道、新家具、新食品、新品种、新的耕作方式等等，但更重要的是新人，二十岁三十岁的农村青年是新人，像我们这些“50后”，经历过人民公社大集体劳动的一代人，实际上也与时俱进地发生了巨大的变化。尤其是在互联网时代，大部分农民也都成了智能手机的使用者，他们几乎是无师自通地成了网络大海里的游鱼。他们使用着网络，也创造着网络，他们在网络上扮演着与自己的身份大相径庭的角色，他们像鱼虾一样在网络海洋里寻找着自己的食物，有时候也能扑腾出大大小小的浪花……

“高参”的手机响了一声，她迅速地将一款老旧的“华为”从宽大的黑色半大衣口袋里摸出来，点开，手机里传出一个男人的声音：“覃姐，晚上有空吗？一起吃个饭，平度有一个客户想见你，有空的话就去赵志餐馆，我订个包间。”她按着手机留言，骂道：“去你娘的，我正要找你算账呢，你说俺大舅‘老’了，我现在就在俺大舅身边，俺大舅精神好着呢，刚刚吃了半只烧鸡还喝了二两茅台！你这个造谣分子，我饶不了你！”她将手机装进口袋，说：“这个‘花脖子’，睁着眼说瞎话，他给我发微信说，您大舅‘老’了，你快去看看吧！我一听，脑袋里轰的一声，眼睛里冒了一阵金花，急急忙忙地就赶来了……”她探身问我父亲，“大舅，你不生我的气吧？都是‘花脖子’这个杂种造谣！”我父亲闭着眼睛，仿佛睡着了。

“谁是‘花脖子’？”我问。

“‘花脖子’是你小说《黄玉米》里的土匪啊，表哥，”她说，“被‘别光腚’那小子注册成了他的微信名。”

“谁是‘别光腚’？”我又问。

“别叔宝的三儿子，别广庭。”我堂弟说。

“小名叫‘铁柱’那个，”我大姐道，“你当兵那年六月生的，他大哥叫金柱，他二哥叫银柱。”

我算了一下，感叹道：“怪不得老了，我当兵走那年生的小孩都四十五岁了。”

我堂弟道：“‘别光腚’当爷爷都当了三年了。”

这时，“高参”口袋里的两个手机同时响了。她摸出了刚才摸出过的那款旧“华为”，又摸出一款新“苹果”。她看了一眼苹果手机，嘟哝了一句，又看华为手机，揿响，还是那位“花脖子”的声音：“覃姐，你可别怨我，我是听‘九儿他爹’说的。他说你大舅可能‘老’了，因为他从村委的监控器上看到莫言回来了……您看看，您看看，表哥，这年头……”

我吃了一惊，道：“村子里还有摄像头？太厉害了！”

“高参”道：“所以，表哥，得网络者得天下，失网络者失天下；得网络者得民心，失网络者失民心。我们要做网络的主人，不做网络的奴隶。所以，网络是天堂，网络也是地狱；所以，可以利用网络伸张正义，也可以利用网络冤杀好人；可以利用网络消费，也可以利用网络赚钱……总之，网络能把人变成鬼，也能把鬼变成人，当然也可以把人变成神……叫喊了几十年的‘缩小三大差别’，通过互联网实现了。刚兴起互联网时那句‘在网上没人知道你是一条狗’，这话现在基本上还适用。总之，表哥，自从有了互联网，我觉得自己才真正地过上了人的生活……”

“佩服，覃桂英，不，‘高参’，”我说，“我枉在北京待着，但实际上孤陋寡闻，感谢你给我上了一课。”

“表哥，我和我的网友们，都是你的铁杆粉丝，你可以去你的‘吧’里看看，看看我们是怎样挺着你、护着你，为你与那些喷子们打架的。”

“谢谢，老同学，我真的落伍了，谢谢你给我上了一课。”

“你与你朋友新近开那个‘两块砖’公号我已关注了。太保守了，表哥，你们根本不熟悉网络的运作规律，折腾了大半年，才几千个粉丝，如果交给我给你们经营，三个月，我不给你顺来一百万粉，我就不姓覃了。”

“你早就不姓覃了，”我堂弟说，“你姓高叫‘高参’。”

“姓高也没什么不好，俺姥娘家不也姓高吗？”

“我很想知道你用什么方法能给我们吸来一百万粉丝。”我说。

“哎哟表哥，这事可不是一句半句能说清的，这么着，”她摸出两块手机，道，“加个微信，过几天咱们坐下来细聊。”

“你扫我吧。”我说。

“我把自己推给你好几次请你加我，你都不理我，”她白了我一眼，然后用两块手机先后扫了我的二维码，说，“你得确认我，‘高参’和‘猪大自肥’。”

“‘猪大自肥’，这名字真好！”我说。

“我还有三个名字呢，一个是‘孩子哭了给他娘’，一个是‘奶胖不算胖’，还有一个是‘梅开二度’。”

“你有五个手机？”我惊讶地问。

“平度的‘老丈人的青鱼’有十二块手机呢。”她说，“我还有两个公众号，一个叫‘红唇’，一个叫‘绿嘴’，表哥你得空关注一下。”她俯身向我父亲，说，“大舅，我先走了，过几天再来看你。俗谚道‘一个谣言，增寿十年’，大舅，你要树立信心，不要老觉得自己老了，该死了，没那事，这美好的生活，大好的时光，怎么能舍得死？现在咱们县的平均寿命已经到了八十四岁，百岁老人有一百多个，就您这身板，一定能活到一百二十岁，六世同堂！”

她走后，我父亲悄声对我说：“千万小心她啊……”

我说：“大，您放心，我心里有数！”

二

上世纪六十年代初，每到夏末秋初，高密东北乡便阴雨连绵，有时连续半个月不见太阳。我当年初读拉美作家的作品，感觉到他们小说中描写的阴雨天气与我记忆中的故乡十分相似。那么多的雨，大雨、中雨、小雨、雷阵雨、夹带冰雹的雨，有时候还有夹带着鱼虾的雨，下个不停，不停地下，庄稼地里积水数尺，河道中洪水滔滔，经常决堤，危及人命和畜命。那时候我们每年只有一季收成，那就是在深秋洪水消退时，拿着木棍在淤满黄泥的土地上点种小麦。牲畜下不了地，犁耙都没有用，只能用这样原始的方法点种。只要能够点种上，第二年初夏便会有小麦的丰收。可惜的是，总有很多的土地在播种小麦的季节里还汪着深深的水，只能等待第二年开春后种高粱。高粱是高秆作物，一般情况是涝不死的，但在洪水最大的那几年里，高粱也被沤烂了。当时，人们不知道气候有周期，以为这地方永远就这样了，据说县里有人曾向上级报过提案，希望能将高密东北乡几十个村庄的人，移到高密西南部丘陵地带。但人是奇怪的动物，明知这地方无法生存，也不愿意离开，还说什么“生处不嫌地面苦，穷死饿死不离乡”。这时，我们公社一位在江南当过兵的副书记突发奇想，向公社书记提议：地里有这么多水，为什么不种水稻呢？如果种上了水稻，水害不就变成水利了吗？公社书记也感到，这是个好得不得了的建议，便往县里汇报，县里领导也觉得好，于是，就报到省里，然后由省里有关部门协调，从福建省调来了十几个技术人员，指导我们高密东北乡人民种植水稻。要改变一个地区的耕作习惯，几乎就是一场革命，年纪越大的越反对，年纪越小的越赞同。那时候，我与覃桂英正读着三年级，学校为配合这场旱田改水田的种植革命，组织我们排演节目，到集市上去表演宣传。我们戴着班主任李圣洁老师为我们制作的庄稼面具，我扮演地瓜，王昌扮演玉米，杜茂扮演高粱，覃桂英扮演水稻。我们用地方戏茂腔调唱着沈庆丰老师为我们编的词儿，我唱：我是一个大地瓜，泡水变成豆腐渣。王昌唱：我是一棵老玉米，沱在水里烂成泥。杜茂唱：我是一棵红高粱，泡在水里哭亲娘。覃桂英唱：我是一棵金水稻，泡在水里哈哈笑，我在水里笑，我在水里长，我在水里开花，我在水里结籽。我在水里长成大米，老人爱吃，小孩更爱吃。我们一起唱：最好吃的菜是白菜，最好吃的肉是猪肉，最好吃的米是大米……

为了抢季节，四月下旬，我们小学停了课，帮助农民去插秧。村里给我们一方水田，任我们闹腾。几位社员为我们运来秧苗，并帮我们均匀地投掷到水田里。南方的四月已经很暖和，北方的四月其实还很冷。风刮过来，水田里泛起寒意，大家都犹豫着，不愿脱鞋袜下水。我们的班主任李圣洁老师率先脱掉鞋袜，挽起裤腿，跳进水田。她扎着两根长及臀尖的大辫子，两条腿白得刺眼，这个细节虽然过去了半个多世纪，我还记忆犹新。老师率先垂了范，班干部们也都不甘落后，纷纷地脱鞋脱袜，噗噗通通地跳下水田。尽管那个时代贫富差别不大，但家境还是有别。家境好的同学已经换下棉裤，穿上了夹裤和单裤。家境差的同学都还穿着棉裤。单裤挽到膝盖处不费劲，但棉裤挽不到这个高度。那时候三年级的小男孩，没有穿短裤的，如果脱掉棉裤就直接光了屁股。那时的孩子受英雄主义教育，都积极追求进步，都幻想着能有表现自己英雄气概的机会，譬如我们班的劳动委员王顺就曾先把生产队的草垛点着火，然后又奋不顾身去扑救，结果烧成轻伤，英雄没当成，还差点儿被开除了学籍。既然裤腿挽不到膝盖之上，脱了棉裤又伤风化，于是我们这些穿棉裤的就只能把棉裤挽到什么程度算什么程度，然后噗噗通通地跳下水田。最后，田埂上只剩下扮演过水稻的覃桂英，她上穿花棉袄，下穿一条蓝夹裤，这说明她的家境还是比较好的。我听姑姑说过，覃桂英的父亲，也就是我姑姑的堂小叔子，是一个神枪手，他手持一杆土枪，带着一条猎狗，每年冬天都能打到数百只野兔，当时，每只野兔能卖一块钱，数百只野兔就是数百元，这在当时可是一笔不小的收入。他除了打兔子，还擅长用铁夹剪，他的铁夹剪每年冬天能夹住数十只黄鼠狼，每张黄鼠狼的皮能卖好几块钱，这又是一笔很大的收入，她穿着一双肥大的条绒布面的自家缝制的鞋子，孤零零地站在田埂上。李圣洁老师喊道："覃桂英，下来啊！"覃桂英学习很好，家庭出身也好，她爹能够在冬闲时节持枪打兔子就因为她家是雇农。地、富、反、坏、右分子和他们的后代如敢持枪打猎早被抓进班房了。她是少先队中队长，学校里挂号的好学生，平时在各项活动中表现都是最积极的，按说她应该第一个跳进水田才对啊——她满脸通红，局促不安地站在田埂上。"下来啊，覃桂英！"李圣洁老师大声喊。李圣洁老师的大声喊叫把我们的目光都集中到覃桂英身上，更准确地说是集中到覃桂英脚上。我们第一次发现她的鞋子怎么那么宽大啊，当时，大多数孩子都穿着从供销社买来的胶鞋，因为母亲们都要下地劳动，根本无空一针一线地做鞋子，于是我们就回忆起来，覃桂英从来没穿过胶鞋，她一直穿着自家缝制的鞋子，而且那鞋子的前端是那么样的肥大。她的黑条绒鞋面的前端，还对称地绣着两个红色的蝙蝠图案。这图案更夸张了那鞋子前端的肥大。在老师的催逼和全班同学的注视下，她慢吞吞地将裤腿挽至膝盖，显露出那两条又细又长的土黄色的腿。裤腿挽起更显出了鞋子的肥大。“脱下你那双绣花鞋，下来！”李圣洁老师不无讥讽地说。在那年代里，“绣花鞋”可不是一个好词，这个词几乎是与地主资本家的小姐少奶奶联系在一起的。于是我们都不怀好意地笑起来。但最终，覃桂英也没脱下她的“绣花鞋”，她哭着，高高地挽着裤腿，裸露着两条土黄色的麻秆腿，穿着肥大的绣花鞋，跳进了水田。当时我的脑袋蒙了，我相信我们班的年龄小的同学都蒙了，也许那几个年龄大的同学猜出了是怎么一回事。我们的老师李圣洁，这个当时在村民们眼里如同天仙一样的大辫子姑娘其实也没猜出其中的原因，而且她还以为这是覃桂英对她的反抗。她此前已跟福建来的技术员学会了插秧的技术，现在她以身示范，教我们这项陌生的劳动。

田里的水冰凉彻骨，淤泥大概有半尺深，淹没了我们这些穿着棉裤下水的裤脚，于是我们在水田的行动就成了真正的拖泥带水。李圣洁老师左手握着一把秧苗，右手捏着两棵秧苗，弯下腰去。她一弯腰，那两条大辫子便垂到水里，仿佛湿漉漉的牛尾巴。她一甩头，那两条大辫子飞起来，落到她的背上，但接着滑到了另一边，飞起的水星泥点落到我们身上脸上。那大辫子又从那边滑下去，像两条黑蛇吸水。甩了几个回合后，她无奈地放下手中的秧苗，用湿漉漉的手把湿漉漉的辫子挽盘在头上，这使得她的脑袋像一大坨肠胃健康的牛屙出的粪。她举起右手的秧苗，说：每穴三至五棵，用食指、中指和拇指捏住，手指先入泥，勿伤秧苗根部…… 其实她的动作也很笨拙。一群三年级的顽皮孩童，在一个从没插过秧的大辫子老师指导率领下的插秧很快便成了一场混乱的闹剧，水田里泥水四溅。插下的秧苗大半漂浮在水面。有一个女同学大声哭叫起来，因为有一只蚂蟥钻进了她的腿肚子。对，这个哭叫的同学还是覃桂英。这种偶然性并不是叙事者的刻意安排，而是历史事实如此。“你又怎么啦？”李圣洁老师问。“蚂蟥，蚂蟥钻到腿里去了。”覃桂英哭着说。我们围上来看，果然看到一只蚂蟥将半截身体钻到覃桂英左边腿肚子里。李老师是城里人，没见过蚂蟥钻人的事，她伸手欲扯那蚂蟥，我们班年龄最大的谷文雨大叫道：“别拔，一拔就断，拔断后，留在肉里那半截就进了血管，然后便钻到脑子里去了。”听他这么一吆喝，覃桂英更像杀小猪般嚎叫起来。李老师急问：“那怎么办？”谷文雨道：“最好的办法是用热尿滋，或者用鞋底扇。”用热尿滋显然不妥，用鞋底扇比较妥当。谷文雨几步跳出水田，从田埂上那一堆鞋子里捞过一只，又下田来，对准覃桂英的腿肚子扇了一鞋底。啪的一声响，嗷的一声叫，蚂蟥没出来。啪啪几声响，嗷嗷几声叫，蚂蟥掉下来。覃桂英的腿肚子上出现了一个绿豆粒般大的洞，一股黑红的血涌出来。一见血，覃桂英哭得更凶了，好像小命即将报销一样。谷文雨跑到田埂上撕了一把刺儿菜，放到手心里揉烂，然后糊到覃桂英腿上。刺儿菜又名小蓟，是止血良药，我们都知道，但李圣洁老师不知道。她训斥谷文雨："你弄了些什么？ 中了毒怎么办？"谷文雨说："这是中药，《本草纲目》上都写着的！"谷文雨的爷爷是医生，他的话有根据，李老师便不再吭声。此时，覃桂英也嚎累了，腿上的血也止住了。李老师就说："行了，你上去吧，洗洗脚回家吧。"覃桂英挣扎着往田埂上走，但刚走了两步就又嚎起来，李老师问她又嚎什么，她说鞋子被吸在泥里了。李老师说你也是奇怪了，为什么要穿着鞋子下水田，难道你的脚是三寸金莲？李老师这句讥讽之言，我们这些野孩子似懂非懂，但对覃桂英来说却是字字穿心，李老师将要为此付出沉重代价，暂且不提。且说李老师发动谷文雨等人帮着覃桂英从淤泥中抠出鞋子，又将覃桂英扶到田埂上，这时覃桂英沾满了黑泥的双脚犹如两只胖头大黑鱼，那两只断了襻的鞋子，像两只沤烂了的死猫。李老师说谷文雨你帮覃桂英到水渠那边洗洗脚洗洗鞋子，然后送她回家去。但覃桂英打死也不让谷文雨陪她去水渠边洗脚洗鞋，她自己也不洗脚洗鞋，她就那样带着两脚泥，提着两只沉重的大泥鞋哭哭啼啼地走了。走出几百米后，我们看到她坐在了水渠边。李老师还不放心，就吩咐谷文雨去看一下，免得她滑到水渠中发生意外。谷文雨很不情愿地走过去，但我们随即听到了覃桂英的哭声和骂声，是那样激烈，只有猫被踩了尾巴才可能发出那样的声音。我们看到覃桂英挖着泥巴投掷谷文雨，我们看到谷文雨倒退着、躲闪着，然后大步流星地跑回来。我们看到覃桂英趿拉着鞋子走远，我们看到谷文雨红涨着脸回来，我们听到李圣洁老师责问谷文雨:“你怎么惹了她?!”我们听到谷文雨大声说:

“她两只脚都是六趾！”

三

我就不详说水田插秧之后第二天，喝得醉醺醺的覃桂英之父扛着土枪来学校找李圣洁老师算账的事了。我也不打算细说几年之后覃桂英当了红卫兵的头头，用一把锈钝的破剪刀铰下李老师的双辫子然后拧成一条鞭子抽打李老师面颊的事了。但我永远忘不了覃桂英之父覃老九对着我们学校院子里那棵钻天白杨树开那一枪。覃老九与我姑父是堂兄弟，大排行第九，故人称覃老九。他那一枪震动了我们学校，校长吓得脸色干黄，李老师吓得脸色苍白。覃老九弯腰捡起从白杨树上掉下来的一只血糊糊的麻雀，扔到李圣洁老师面前，高声大嗓地喊道:“你们到覃家庄访访，我家上溯八辈子都是贫农，没有贫农就没有革命，欺负贫农女儿就是欺负革命！”说完他便扬长而去。我尽管可以不说，但我也永远忘不了覃桂英抽打李老师时那凶狠的表情。当时她只有十一岁。一个十一岁的小女孩为什么会那样的毒辣？这事儿至今我还是感到困惑。面对着谷文雨与覃桂英毒打李老师，我们还跟着喊口号，尽管我们都知道插秧那天李老师根本不知道覃桂英脚上有赘趾，如果知道，以她的知识和教养，她绝不会让覃桂英下水。尽管我们都知道在覃老九持枪闹学校后的那个暑假里，李老师出钱出力，带覃桂英去县人民医院做了矫形手术——李老师的父母都是上海下放来的高级大夫——手术非常成功，手术成功的标志是覃桂英穿着当时女孩子都喜欢穿的那种白球鞋在操场上跳绳。按说李老师已经很好地弥补了她无意中带给覃桂英的心理伤害，甚至她都可以算作覃桂英的恩人，但面对着暴行，我们无人敢言，不敢言也不完全是胆小怕事，而是基于一种巨大的困惑。现在回想起来，谷文雨从覃桂英手里夺过那根辫子扭成的鞭子，抽打着李老师翘起的屁股时，有明显的性侵意识，是十足的流氓行为，而当时学校里那位眼珠泛黄的造反派总头目周玄黄老师，不但不制止，反而领我们喊口号：打倒反动学术权威的狗崽子李圣洁！打倒资本家的臭小姐李圣洁！许多年后，当我质问谷文雨为什么要那样侮辱李老师时，他红着脸说：都是周玄黄教唆的。许多事可以不写，但李圣洁老师之死必写。就在那次剪辫批斗后不久，李圣洁老师跳进了学校伙房院中的水井。当人们几天后将她从井中捞上来时，她的尸身已泡得发了涨。面对着她的尸身，学校的实际负责人周玄黄也手足无措。这些造反派大多数不具备处理复杂问题的能力，他们的特征是疯狂，他们的特长是破坏。最终还是被打倒的校长给周玄黄提了两个建议：一是建议他向上级报告请公安人员来检验尸体确定死亡性质，二是建议他派人去通知死者的父母。但当时正是党委政府和公检法被砸烂、革命委员会又没成立的混乱时期，周玄黄派一个老师去公社汇报，那老师回来说找不到人汇报。而去县医院找李圣洁父母的那位老师回来说李圣洁的父亲死了，母亲疯了。校长又向周玄黄建议，跟村子里协商一下，把尸首埋了吧。当时村子里的干部也全被打倒，村子里的红卫兵头头是周玄黄的小舅子，姐夫给小舅子下令，小舅子就安排了村子里的地主、富农、反革命分子和被打倒的支部书记、大队长等人用苇席将李圣洁老师的尸体卷起来，抬到两县交界处的一块荒地里，挖了一个坑埋掉了。这帮人按照习惯，还给李圣洁老师堆了一个坟头，也许是有意也许是无意，他们在坟头前保留了一棵野生的杏树苗，十几年后，那棵杏树已长得有四米多高，由于无遮无拦，枝杈便自由地向四处伸展，生成了一个庞大的树冠，成了一道引人注目的风景。这棵杏树从第三年便开始开花，结杏子，花开得十分美丽，但杏子又涩又酸，无法入口。

我上到五年级便辍学回家务农，当时中学已停止招生，覃桂英、谷文雨等人上完六年级也都回了家。后来在小学校旁边建了两排瓦房，成立了一个农业中学，学制两年，谷文雨、覃桂英等人又回来上中学，我也很想去上，但当时学校已由贫下中农管理，而管理中学的贫农代表就是覃桂英的父亲覃老九。覃老九当时与他的堂哥也就是我姑父不知为了什么原因闹矛盾，城门起火殃及池鱼，我上中学的权利就被剥夺了。剥夺我上中学的理由是我婶婶的娘家是富农，而我父亲和我叔叔还没有分家。

覃老九虽然是个文盲，但他却成了管理学校的模范。他的阶级觉悟高，看问题能看到根本。县革委曾请他给全县的管理学校的贫农代表们讲话。他说：

“其实也没什么经验，就几句话，那就是，决不能让那些地、富、反、坏、右的后代们读书识字，不但不让他们的儿子孙子读，他们的孙子的孙子也不让读，这样就能保证我们的江山不变颜色。”

当时，我每天赶着牛羊从农业中学的窗户外经过，看到我那些昔日的同学在教室里打闹，有时也会看到他们在操场上打篮球打排球，心里感到很失落。我姐姐安慰我说这样的学上不上都一样，但我心里还是难以排解失学的痛苦。有时候我会牵着牛久久地伫立在操场边上，看着他们追逐打闹。我看到，以学生身份被结合到学校革委会担任副主任的覃桂英手拿着一沓稿子在操场边上，边走边背诵。很快她便成了名闻全县的演说家，她的高亢的嗓门，丰富的面部表情，变化多端的手势和肢体动作，赢得了无数的赞誉和掌声，也为她走上政坛铺平了道路。

我牵着牛羊在操场边上还看到谷文雨在篮球场上的杰出表演，他在中学生里边依然是年龄最大个头最高。我看过中学与邻县中学的一场比赛，谷文雨是主要得分手，他的带球三步上篮潇洒而漂亮，引得女生们一阵欢呼。尤其他的鼻子被对方的后卫一掌扇破后，他表现出的风度和轻伤不下火线的精神更让观众赞掌四起。

后来，覃桂英又到公社驻地的高中去上学，中学毕业后就到公社革委会当了勤务员，负责给公社的领导端茶倒水之类的工作，公社成立宣传队后她又成了宣传队的报幕员，谷文雨高中毕业后回了家。我知道他的理想是当兵，但体检时发现他的心脏长在右边。尽管他又蹦又跳又喊又叫来证明他的身体很好而且比那满院子参加体检的青年都好，但最终他还是被淘汰了。征兵的名额太少，而想当兵的身体合格政审合格青年太多，心在左边的已经足够挑拣，何必选一个心在右边的呢？据说这些都不是他落选的主要原因，主要原因是负责征兵工作的公社武装部部长，把这件事当做一件奇事向前来检查征兵工作的县武装部政委吕森汇报时，那吕森竟然说：心脏生在右边？这不天生是个右派吗？也许吕森政委只是开了一个玩笑，但下边的人听了可就是如雷贯耳，所以在许多年后，谷文雨酒后还会大声叫骂：

“吕森啊，你这个老王八蛋，毁了我的前程。”

谷文雨没当成兵，心情十分低落，这时，大队党支部在党组织的吐故纳新运动中发展他入了党，并随即让他担任了党支部副书记，这显然是把他当成了支部书记的接班人来培养的，当农村干部虽然比不上当国家干部风光，但也比当社员要好很多。有一次在通往公社那条大路上我骑着一辆破自行车与骑着一辆崭新的大金鹿自行车的谷文雨迎面相遇时，我跳下车想与他叙叙同学之情，他却仅仅是含义不明地嗷叫了一声便飞驰而去。这让我的自尊心受到了极大的伤害，以至于十多年后他为了女儿找工作的事求到我时，尽管我碍于面子没拒绝，但心里感到很别扭。

我堂姐小学时与我同班，后来上农中又与谷文雨、覃桂英同班。到公社驻地上高中时，她又与覃桂英同班，她了解这两个人的所有情况。我堂姐说谷文雨回乡当了支部副书记后曾向在公社当服务员的覃桂英求婚，但遭到了拒绝。我堂姐说覃桂英对她说这事时十分鄙夷地说谷文雨是癞蛤蟆想吃天鹅肉。我说他们两个在小学时就合伙把李圣洁老师欺负得跳了井，他们应该算革命战友啊。我堂姐说公社陈书记看好覃桂英了，早晚会把她转成吃国库粮的干部，一旦转成干部就会让她做自己的儿媳妇。你想想，我堂姐说，人家覃桂英有这么好的前程怎么能看上谷文雨?

我当兵前最后一次见到覃桂英是在公社卫生院的病房里。那是1975年的中秋节前，此时我已经在县第五棉花加工厂当合同工。我回家背口粮时见母亲躺在炕上痛苦呻吟。我在自行车后座上绑了一根木棍，把母亲用绳子揽在木棍上防止她掉下来。我驮着母亲到了公社卫生院，正好遇到了在卫生院当副院长的我同学杨忠义的哥哥杨忠仁。杨忠仁替我母亲诊断了一下，说是急性胆囊炎，需要住院。当时公社卫生院里只有四间病房，三间是普通病房。每个病房里四张病床，一个房间是干部病房，里边有三张病床。普通病房没床位，干部病房暂时无人住。杨忠仁就把我母亲安排在干部病房里，他对我母亲说：

“大婶子，你先在这里住着，如果有干部来住院再想办法。”

我母亲虽然病得沉重，但还是对杨忠仁千恩万谢，并嘱咐我永远不要忘记杨大哥的恩德。

我工作的棉花加工厂距医院只有一墙之隔，我向厂里请了假，便过来照顾母亲。一个名叫王寅之的男护士，颇不耐烦地给我母亲挂上吊针，然后怒气冲冲地问：

“谁安排你们住进来的？”

我恭恭敬敬地说是杨副院长。他蔑视地哼了一声，吓得我心惊肉跳。

下午又有一个病号住进了这间病房，生病的人是县农业学大寨工作队的队员，一个胖乎乎的知青，听口音是青岛人，侍候他的就是覃桂英，这时我才知道她已经是学大寨工作队的队员。由县一级组织向社村派驻学大寨工作队，是一个全国性的、持续了四年之久的运动。工作队成员由机关干部、工厂工人、知识青年和少数农村户口的青年积极分子组成。他们的任务就是督促农民走社会主义道路，割资本主义尾巴。那些人白天巡回检查，有时也帮社员干点农活，晚上开会演讲。演讲的内容基本上是套话、假话、空话，许多的豪言壮语，许多的四六字排比句，许多的顺口溜。一个社会的败坏总是与文风的败坏相辅相成，浮夸、暴戾的语言必定会演变成弄虚作假、好勇斗狠的社会现实，反过来说也成立。我没有听过覃桂英在学大寨工作队时期的演讲，但她的铁嘴大名在当时的高密县流传甚广。她所在的那个工作队驻扎在窝铺村，窝铺村中有一位在棉花加工厂当合同工的张师傅与我很好。当他知道我与覃桂英的同学关系后说：你这位同学绝对是个人才！她讲起话来高声大嗓，滔滔不绝，一口气讲三个小时不重样。演讲时她嘴角上挂着泡沫，一手叉着腰，一手挥舞着，刚一看感觉她有点儿装模作样，听一会儿就觉得她是自然形态。张师傅说尽管听她讲一晚上也记不住她讲了什么，但大家都愿意去听，不，应该是去看她表演。

覃桂英陪同着那青岛口音的工作队员进入病房，我有点儿自惭形秽。因为在棉花加工厂工作，我身上沾满了棉绒球儿，头发纠结成团，在原本的其貌不扬基础上又加上了衣衫褴褛。她上下打量了我几眼，问：

“你怎么在这里？”

“俺娘病了。”我说。

她似乎是很不情愿地看了我母亲一眼，然后问：

“怎么啦？”

“急性胆囊炎。”我说。

我母亲睁开眼，问我：

“谁？”

“覃家庄俺姑的侄女。”

“大外甥女啊，越长越俊了。”我母亲说。

听我母亲夸她俊，她显然很高兴，便俯身对我母亲说：

“大妗子，您好好养着，打打吊针就好了。”

我坐在母亲病床前那个摇摇晃晃的小方凳上，看着那位紫红面皮、粗重眉毛的男护士王寅之用近乎谄媚的好态度为那工作队员挂上了吊瓶，然后指着那张空床对覃桂英说：

“覃副组长，晚上您可以睡这张床。”

这时我才知道，覃桂英不但参加了学大寨工作队，而且还当上副组长。

这位男护士临走时又恶狠狠地盯了我一眼，我心中只有怕，不敢恨。我怕他给我母亲打针时使用没消毒的针管，我害怕他在我母亲吊瓶的液体里注入酒精，我怕他把我母亲赶出病房，所以在他恶狠狠地瞪我时，我慌忙地站起来，就差为他下跪鞠躬了。

像我母亲这种生了病多半是拖着熬着靠自身的免疫力而

痊愈的人，偶尔用一次抗生素，那效果就格外地显著，只输了两瓶药，她就说好多了，并说肚子有点儿饿了。我回到棉花加工厂，拿着我那个破瓷碗，想去食堂给我母亲打点儿饭。我翻了一下口袋，只有两斤粗粮票和一毛五分钱菜票。我向同宿舍的人借细粮票，他们都说没有。他们是与我一样从家里背粮来换饭票的农民工，没有细粮票才是正常的，有细粮票是不正常的。有细粮票的是那十几个吃国库粮的正式工人，我实在不好意思去向他们借细粮票。无奈何，我只好打了三个窝窝头，一毛钱的炒豆角。我往医院走，心中羞愧无比，为我每月一次花两毛钱去理发，为我与工友凑钱喝酒，为我花两块多钱买一双尼龙袜子，总之，我痛恨自己无能而奢侈，让重病的母亲跟我一起啃窝头。

等我进入病房时，更大的尴尬和羞辱正在等着我。那位工作队的男队员与覃桂英正在吃饭。窗台上摆着一盆鸡汤，床头柜上摆着一盘黄瓜拌烧肉，一盘韭菜炒鸡蛋，一盘辣椒炒猪肝，还有四个冒着热气的雪白的馒头。覃桂英坐在床边，正在专注地给那男队员喂鸡汤。她目不斜视，不看我们。我从内心感谢她这种漠视，因为她的任何一个眼神都会让端着三个冷窝头的我无地自容。后来我才知道，这个男工作队员是青岛自行车厂供销科长的儿子，他父亲帮我们公社党委搞了六张大金鹿自行车票，这在当时可是了不起的大事。所以他住院后，医院领导另眼相看，安排食堂炖只老母鸡、炒几个菜是顺理成章之事。据说他后来又给医院的领导要了两张自行车票，他给没给侍候他的覃桂英弄张自行车票不得而知。

我母亲见我端来了这样的饭，叹息一声，令我无地自容。母亲看出了我的尴尬，说：

“你们厂里这窝头闻起来香喷喷的。”

这时，在附近砖厂当炊事员的我舅家表哥一步闯进来，他是医院杨忠仁副院长的妹夫，一看我母亲手里的窝头，他斥责我道：

“表弟，你怎么能让俺大姑吃这个？大姑，您先别吃，等一会儿，我回去给你弄点儿热乎的。”

我把表哥送到门外，看着他骑着自行车向砖厂飞驰而去。我回去安慰了几句母亲，便走到医院门口等表哥。大约半个小时，表哥一手扶车把，一手提着个饭盒疾驰而来。

吃完了表哥送来的一碗热面条和两个荷包蛋，母亲满脸都是满足的表情。她提着我的乳名叮嘱我，这辈子千万别忘了你表哥。我说：

“永远忘不了。”

这一夜月光很好，病房里没有窗帘，月光照耀得房子里一片通明。母亲时睡时醒，我坐在凳子上，趴伏在床边装睡。那男工作队员原本就是个普通感冒，打完吊针，吃了那么多美食，月光照进屋时，他已经精神抖擞，躁动不安。我越是不想听他说话，他的话声愈是往我耳朵里钻。开始时他还有所顾忌，低声地炫耀着他父亲的权势，他诸多的在青岛的要害部门掌握大权的亲戚，他还有一个姨夫是中国驻南美洲某国大使馆的武官，他的小姨从南美给他家寄来了龙舌兰酒还有魔鬼辣椒，他说那种辣椒之辣无法想象，他说他曾把一根辣椒悄悄地扔进栈桥下的海水中，第二天早晨海面上就浮起了一层肚皮朝天的鱼，人们把这些鱼捞回去煎着吃，吃一口鼻子就往外蹿血……只是他一个人说，覃桂英一声不吭，仿佛病房里没有她的存在，仿佛病房里只有一个滔滔不绝的、云山雾罩的吹牛者。我尽量使自己闭目不见、充耳不闻，但这青年的吹牛具有强烈的吸引力，讲到他用魔鬼辣椒抹了一下野狗的鼻子，那野狗被辣得像野猫一样爬上了十几米高的大树时，我差点儿笑出声来。后来，那青年好像说累了，声音低了下来，后来又发出了一些奇怪的声音，我实在抵御不了那声音的诱惑，歪头看了一眼，发现他们俩已经摞在了一张床上……

第二天上午，王寅之横眉立目地对我说：

“上午公社领导的家属要来住院，你们马上把病床腾出来！”

“吊针不是还没打完吗？”我问。

“那我不管，反正你们必须马上把床腾出来。”他说。

我去办公室找杨忠仁，希望他能说说情容许我母亲把吊针打完，但杨忠仁低声对我说：

“兄弟，我刚挨了书记一顿批，嫌我违反规定把大婶子安排进干部病房。”

“真是对不起大哥了，我们马上走，能把那些还没用完的药让我们带回去吗？”我说。

“我跟王护士求求情吧。”他说。

我从杨忠仁办公室回到病房，扶着我母亲，提着一个网兜（兜里装着我的破瓷碗和半块窝窝头）走出病房。我母亲跟覃桂英说：

“大外甥女，再见了。”

覃桂英红着脸，嘴里呜噜了一句我没听清内容的话。

二十多年后，我在电视上看到过那位男工作队员，此时他已是某市的副市长，正在某县的辣椒地里视察，准确地说，我是通过声音辨认出了他，因为他此时的堂堂威仪无法与那个病房寻欢的家伙建立联系。

昨天，我就农业学大寨工作队的问题，专门咨询了一位当年担任过工作队员的老朋友，他说那些从农村抽调上来的农业户口的工作队员绝大多数都转成了吃国库粮的干部或者被推荐保送上了大学或中专，而且这批人中还出了几个高官（他报出了几个我熟悉的名字），然后他又说你们公社那位覃桂英本来是要提拔她担任共青团县委副书记的，但工作队收到了一封检举信，检举她在“文革”初期打死了一位女教师。县委派人下去进行了调查，尽管事实与那信上所说的有出入，但她剪老师的辫子、抽打老师的脸、辱骂老师都是事实，老师之死与她的侮辱有直接关系。尽管她那时只是个小孩子，但毕竟也是不光彩的历史，将这样的人提拔成干部显然不妥，于是，她就灰溜溜地回了家。起初她不明就里，还来县委闹过几次，后来县里干脆把这事对她挑明，她哭着为自己辩解，说自己那时是小孩子什么也不懂。县里领导就跟她说：如果你不是小孩子，就该进监狱了！一听这话，她就乖乖地走了。

四

母亲出院后四个多月，我就当兵离开了家乡。在部队我吃苦耐劳，勤学苦练，表现突出，引人注目，虽然学历偏低、年龄偏大，但最终还是被破格提拔成军官。我之所以能这样努力，与陪母亲住院时所受歧视与侮辱有直接关系。每当我在训练中劳动中学习时身感疲乏、遇到困难或障碍时，我就想起王寅之护士那张冷酷的脸，还有那男工作队员滔滔不绝的吹牛话语以及蔑视的眼神，当然也有覃桂英那种不想承认认识我们，但又不得不承认认识我们的暧昧眼神。当然我也忘不了那三个干巴裂纹的窝窝头与香喷喷的鸡汤和雪白的馒头的对比。我一直怀疑王寅之所说有公社领导的家属要来住院是句谎言，根本的原因是那男工作队员嫌我与母亲住在病房里，让他与覃桂英的麻扯之事不能尽兴。尽管他基本上做到了肆无忌惮，但事实上还是有所顾忌，所以他悄悄地跟王寅之递了话，那王寅之正愁巴结不上这位贵公子，编一个谎言驱逐我们就成了顺理成章之事。许多年之后我向退休在家的杨忠仁提起此事时，他说：

“兄弟，王寅之死了都快二十年了，还提这事干什么？”

我惊讶地问：

“王寅之死了？他那么年轻怎么会死了呢？”

“兄弟，黄泉路上无老少啊，你想想看，你在棉花加工厂时那些工友有多少人死了？”他一连数出了二十几个名字，说，“这些人，都年纪轻轻的就走了。所以，过去的事，能忘了的就尽量忘了，尤其是那些不愉快的事，你说我说的对不对啊？兄弟。”

“你说得太对了，但有些事是忘不了的，而忘不了的事之所以忘不了是因为它有被记住的价值，所谓‘前事不忘，后事之师’就是这个意思吧。”我说。

与杨忠仁见面后，很长一段时间我都沉浸在对那段往事的回忆中不能自拔。王寅之死了，棉花加工厂里那些与我年龄相仿的工友竟然死了二十多名，而且他们多是暴死，以至于有一段时间人们谣传棉花加工厂建立在当年的一个老墓田上，而且棉花加工厂所有建筑包括围墙使用的都是坟砖。毗邻棉花加工厂的医院也是坟砖建成的，而医院的门窗所用木材竟是从坟墓里扒出来的棺材板子。这说法其实并不可靠，因为不可能有那么多的坟砖，更不可能有那么多的棺材板子。我认真地回忆了当时的棉花加工厂、医院，包括附近的砖厂周围的情况，我觉得这么多中年人暴病而死很可能与饮水有关，那时没有自来水，地下水又因含氟量太高不能饮用，所以，这几家工厂和医院的饮用水都是从河中汲取。棉花收购加工旺季时，棉花加工厂有四百多人，为保证食堂用水和职工饮水，厂里特意安排了两个人专司挑水之职。我曾经当过两个月挑水员，磨破了一件新褂子，肩膀上也磨出了老茧。后来厂里书记看我干活卖力，不偷懒磨滑，便让我当了司磅员。司磅员活儿轻松工资又高，多少人求之不得，但我还是怀念挑水时的飘逸与潇洒。棉花加工厂与我一起挑水的那个小伙姓于名铮，是我的启蒙老师的儿子，他的父亲曾经担任过国民党军队的空军机械师，操胶东口音，写得一手好字。“文革”初期有墙必写毛主席语录，学校的老师拿着尺子，起上格子，写了涂涂了写，于铮的父亲在红卫兵的监督下提笔就写，一字不脱一笔不苟，端庄稳重的颜体大字跃然墙上，观者无不钦佩。于铮的妈妈于老师从拼音字母开始教我，一直教我到二年级，我与于铮个头差不多高，模样也长得有几分相似，我们挑着两桶水从河堤上飞步而下时，有飘飘欲飞之感。凡事熟能生巧，挑水也不例外。刚开始我们挑水上下河堤时歪歪斜斜，满满两桶水从河中挑到厂里，一路颠簸泼洒，到厂里时只剩下大半桶。后来，于铮发明了用高粱秆做成的防溅器与“之”字形上下提法，使我们的工作效率大大提高。当时，在砖厂挑水的是我那位只比我大半岁的表哥，他们厂人少距河近，所以他半天挑水就够一天之用，空余时间还得在伙房里洗菜烧火。医院里的挑水工是谷文雨，他因为心脏右位当兵不成，回村当了一年党支部副书记感到无趣，便想到公社找一个既能挣工分又能挣点儿零花钱的活儿干。但这样的位置，早已满员，如无后门，根本不行。谷文雨年纪又大，长相又凶悍，主要是无有后门可走，最终他因为右心位认识了医院的院长，便谋得了这个挑水的差事。医院每天需水量二十担，从医院到河堤距离五百米，二十个来回四十里，空载二十里，满载二十里。这点儿劳动量对当时的农民来说是很轻松的，每天一元三角钱，交生产队一半，自己剩十九元五角，这在当时不是一笔小钱，所以这是个美差。谷文雨很懂事，他每月都会从这笔钱里拿出一部分，买烟买酒，打点医院的领导和村里的书记。我们四个挑水人，有时候坐在河堤上小憩，抽一支烟，身后是蛟河的汩汩清流，面前是工厂、医院、公社党委机关的灰色建筑以及建筑墙壁上的红色大字。于铮道：

“造红漆的真发了财了。”

谷文雨感慨道：

“比前几年‘文革’刚起时用量少多了，那时候，几乎所有的墙上，不管是砖墙还是泥巴墙，都刷上了红漆。不仅墙上刷红漆，还有红旗、红袖标，睁眼是红，闭眼也是红，多喜庆，多热闹，天天过节，月月过年……那时候真令人怀念啊……”

“老谷，按说你也算是咱们公社最早的红卫兵，革命元老，您第一个带头砸了娘娘庙，第一个给校长戴上高帽子，脖子上拴上绳子，牵着他游街，像牵着一条狗，煞了他的嚣张气焰。你又是第一个，带领我们去青岛串联，让我们不花钱坐了火车，见了楼房。你牵头成立了牛虻造反小队，出版了油印的《牛虻小报》。你们那些一起挑头造反的都安排了好事，有的上了大学，有的招了工，最不济的如覃桂英也安排当了学大寨工作队员，转成干部也是早天晚天的事，只有你，委屈在这里与我们一起挑水。”我表哥道。

谷文雨长叹一声，道：

“虎落平阳遭犬欺，落水凤凰不如鸡，这挑水的差事能让我多干几年就磕头不歇息了。”

“老谷，你是‘勉从虎穴暂栖身’，将来一有时机必将飞黄腾达，平步青云！”我说。

谷文雨瞪着眼说：

“想不到你小学没毕业竟然能说出这样的话，可见我们这初中高中都是白上了。”

我忙说：

“哪里哪里，我就是看了几本闲书，鹦鹉学舌罢了。”

谷文雨道：

“你竟然还能使用‘鹦鹉学舌’这种复杂成语，我真是小瞧你了！”

“我们都好好混，将来谁要当了大官，就回来在这个地方修个亭子，纪念我们这段青春岁月。”于铮道。

“好，但亭子该有个名字啊。”我说。

“就叫‘挑水亭’。”表哥说。

“太土了，那还不如叫‘看河亭’呢。”于铮道。

“可以叫‘磨肩亭’，我这可不是随便起的，是从孟子的‘天将降大任于斯人也’那段话里化来的。”我说。

“光磨肩吗？脚也磨啊。”表哥道。

“你这是抬杠嘛，老谷你学历最高，年龄最大，还当过支部副书记，你说该叫什么名？”我说。

“如果有一天，革命由低谷转为高潮，我不会像从前那样温良恭俭让。如果我能成就我的宏图大业，我会在这里修一座八角亭，用松木做柱子，用琉璃做瓦，我要将这座亭子命名为‘四英亭’，”谷文雨深深吸了一口气，然后把几乎烧到嘴唇的烟头吐到河堤下，指点着我们三人，然后又指了指自己，说，“我们四个人，四个英雄，‘四英亭’！”

于铮鼓着掌说：

“好，好一个‘四英亭’！”

我表哥道：

“你还不如干脆直接叫‘思英亭’得了。”

谷文雨直着眼说：

“什么‘思英亭’？‘四英亭’！”

“你这是玩花活儿，你的本意就是‘思英亭’，思念覃桂英的亭。”我表哥说。

“纯属放屁！我思念她干什么？有多少美女我不去思念，我去思念她？六趾儿！”谷文雨道。

“你也别嘴硬了，你跟覃桂英的事儿我们都知道。你们俩小学时就建立了革命友谊，上初中时就勾勾搭搭，到了高中，那简直就是不加掩饰，就差钻高粱地了。”于铮道。

谷文雨涨红了脸，说道：

“坦白地说……这个贱人见我回了农村就不理我了，听说攀上高枝了。呸，她总有一天会后悔的，到时她跪在我马前，我也会泼一桶水让她收起来。”

我们一齐说：

“对，谷大哥，我们都要奋斗努力，勤奋学习，等待时机。一旦成功，马前泼水！”

几年后，“文革”结束，高考恢复，于铮考入医学院，毕业后到市精神病院当了医生。我表哥却在三十岁那年毫无征兆地一头栽倒，七窍流血而死，他死的症状跟我棉花加工厂的工友们很是相似。后来我分析原因就在河水上。我当兵走后，河的上游建了一家化工厂，生产一种剧毒染料，生产时产生的污水全部排入河中，污染了河水。上级部门经过调查研究，确认了怪病是该企业导致，即坚决关闭了该厂，并将有关负责人绳之以法。我跟于铮在化工厂建设之前即离乡远走，故躲过了这一劫。谷文雨也在该化工厂开工之前被医院解雇，因之也安然无恙。

真是可惜了，我心地善良、一表人才的表哥。

五

1995年秋，于铮到北京进修，住处离我家甚近，每逢周末，我们便相聚喝酒聊天。他虽是医生，但醉心文学，一直不安于位，想辞职写小说。我说：

“师弟，你别来抢我的饭碗，把你那些素材讲给我听，我写出小说来，稿费分你一半。”

“你需要什么素材？”他说。

“随便你讲。”我说。

他说，当初，谷文雨向覃桂英求爱遭拒绝，但后来她却嫁给了他，你知道原因何在吗？我说，当初，覃桂英满以为自己能转成国家干部或是被推荐上大学，但后来却被下放回家成了农民，女农民嫁男农民，这不顺理成章吗？

于铮道，非也。覃桂英回村后，谷文雨又来求婚，但覃桂英还是不答应。后来，发生了一件事，这要从在两县交界处李圣洁老师坟墓前那棵杏树说起。那是一片无主荒地，只有李老师一座孤坟，坟前那棵杏树，十几年后长得枝繁叶茂，每到开花季节，一树繁花，引得蜂飞蝶舞，成为一处景观。有人在墓前立了一块石碑，碑的正面刻着“人民教师李圣洁之墓”，九个隶体大字，碑阴刻着李老师生平事迹。有人传说李老师已经成了神，能保佑学生考出佳绩，于是她坟前香火旺盛，尤其是中考高考之前，前来烧香拜祝的学生和家长络绎不绝。这是后话，先说前言。于铮道，谷文雨是三县屯人，覃桂英是覃家庄人，两村相距三里远，鸡犬之声相闻。说李老师墓前那棵杏树春天繁花如缀，秋后硕果累累，但那杏子又酸又涩，难以入口。熟后无人去摘，坠落于地，腐烂成泥，弥散着一股酒糟气味。后来，谷文雨村子里一个妇女谷玉珍，闻酒香灵机一动，每年杏熟后即采杏回家，杏肉用来酿酒，杏核砸开取仁卖给药店，一举两得，众人皆夸这谷玉珍是三县屯第一聪明人。但有一天，这聪明人突然神经错乱，又说又唱。她又说又唱地向覃家庄行进，身后跟着一群看热闹的三县屯的孩子，到了覃家庄后，又吸引来一群覃家庄的孩子，还有一些妇女。她径直地走到覃桂英的家，这是覃桂英从学大寨工作队被下放回家后几个月的时候。谷玉珍声音尖厉地哭着骂着，她的骂是唱出来的……覃桂英啊……你这个丧尽天良的小六趾……我爸爸亲自为你做手术……我妈妈为你垫上医疗费……我亲自陪床为你梳头穿衣……还喂你吃了阳梨罐头……你竟然剪我辫子打我脸……逼我跳井你如凶神……我蒙冤屈死十年整……今日报仇雪恨我让你鬼缠身……小孩子不知往事跟着起哄，大人们知道往事胆战心惊。那时覃老九已经得了脑血栓多年，留下了半身不遂的后遗症，他躺在炕上挥舞着那条能动的左臂，嘴里含混不清地吆喝着：枪……枪……覃桂英的娘跪在院子里磕头作揖，嘴里叨叨着：他姑啊……仙姑……开恩吧……孩子小……不懂事……冒犯了仙姑……仙姑高抬贵手啊……覃桂英躲在屋里，关着房门，不敢露面。那谷玉珍在院子里狂舞疯唱，长发披散，脱下衣服挥舞着，仿佛挥舞着辫子，局面混乱，不可收拾，村里人唯恐不乱，起哄叫好，那谷玉珍愈发疯狂。此时就听得院外大吼一声：打倒资产阶级臭小姐李圣洁！无产阶级文化大革命万岁！就见一个威武的大汉，上身穿一件草绿色的褂子，头戴一顶草绿色的帽子，腰系一条牛皮腰带，高挽着双袖，臂弯上戴一个红袖标，宛若天兵下凡。此乃何人？当年的红卫兵小将谷文雨也！谷文雨口号一喊，那谷玉珍如同受了电击，浑身颤抖起来。谷文雨雄赳赳上前，抡圆了胳膊，一巴掌，响亮地抽到了谷玉珍脸上。那谷玉珍往后便倒，口吐白沫昏死过去。俄顷，谷玉珍醒来，如梦中醒来一般，问周围的人：我这是在哪儿？旁人道：你在覃家庄覃桂英家。她疑惑地问：我怎么会在这儿？谁把我弄到这里？后来，谷玉珍又来闹过几次，每次都是谷文雨前来降服。覃桂英为什么嫁给谷文雨，于铮道，现在你明白了吧？

原来如此，我说，会不会是谷文雨导演的一场戏呢？

不能肯定也不能否定，于铮说，反正结果就是谷文雨娶回了覃桂英，而结婚第二年覃桂英就为谷文雨生了一个女儿，为了逃避计划生育，他们跑到了中俄边境一个荒凉的山村，在那里开荒种地。去年，他们带着三个女儿一个儿子回到了故乡。这时，人民公社早已解了体，他们因为错过了分配责任田的机会，村子里的公留地也就是叫行地，也都被村干部们瓜分完毕，所以，他们一家五口就成了无地的农民。为此，他们两口子在村里闹，到乡上闹，去县里上访。最终县里给出的解决方法是：补齐三个孩子计划生育罚款六万元，落下户口，然后分配口粮田。1994年的六万元，对于一个农民家庭，是一笔根本无法筹措的巨款。那时我刚由精神病院调回县医院干部保健科工作，那天受院长派遣去县政府为一个副县长送药，在县政府大门口，看到了谷文雨一家六口。当时正是中午下班时间，许多人围成圆圈，一个男人在圈里悲悲惨惨地哭唱，类似我们听到过的沿街卖唱乞讨的盲人。我生性好奇，又心存着文学的梦想，处处注意积累素材，便挤进人群，定睛一看，老天，原来是谷文雨一家。十几年不见，说实话我一时没认出他们。谷文雨穿着一件破旧的军大衣，街上的人都穿着衬衣，女人都穿起了裙子，他穿着油渍黏腻的破大衣，头上还戴着一顶破棉帽，看上去就热得慌。覃桂英穿着一件分不清颜色的羽绒服，头上围一条紫围巾，腰里扎着一根宽布条子，背后布兜里兜着一个孩子。在他们面前，依次排列着三个女孩，大的十几岁，一头乱发，目光呆滞，显然有智力上的障碍，老二和老三看上去很机灵。三个女孩脖子上都插着一根谷草。天哪，这是卖孩子的标志啊，这简直是给社会主义丢脸啊，幸亏小县城里没有外国人的踪影，要是在北京，被外国人拍了照去，发到西方的报纸上，岂不是中国的奇耻大辱？他们悄悄地卖孩子也就罢了，他们还大声唱，唱悲凉的腔调，苦难深重的词儿。谷文雨的嗓子想不到那样好，悲壮苍凉，闻之令人动容：好心的大爷叔叔们，大娘大婶子们，大兄弟大姐妹们……看看我这一家可怜的人……我们流落边关十几年……回乡竟成了多余的人……房屋倒塌院生草……责任田无我们一厘一分……欲想分到口粮地先交罚款六万金……走投无路把儿卖……好心的人啊……可怜可怜这几个快要饿死的孩儿……谷文雨唱到节点上，覃桂英便凄惨地长嚎一声：好心人啊，买了这几个孩子去吧，一万一个不嫌多，一百一个不嫌少，买了去吧，救救这几个孩子吧……与此同时，那两个小女儿大声哭起来，大女儿看看父母和妹妹以及周围的人，害怕地钻到谷文雨的破大衣里。围观的很多人都流下了热泪，有人摸出钱，放到他们面前的一个破瓷碗里。我心里十分难过，于铮说，毕竟是同学，又有过共同挑水的生活，早就听说他们过得很惨，但没想到这样惨。我想，于铮说，命运真的是存在的，退回去十几年，谁能想到他们俩能成为这个样子？如果谷文雨不是右心位，如果不是县武装部政委说了那样一句话，谷文雨也许早就成了军队的干部，肩上将星闪烁也是可能的。而覃桂英如果不是有人告状，很可能也成了高级干部，听说他们学大寨工作队的队友们，有一位已经当了市委书记。县政府大门口的信访办公室里很快跑出了几个人，连拉带拖地把他们一家拽进了屋里，几辆警车也鸣笛开来，驱散了围观的群众。

后来，于铮说，他们分到了口粮地，孩子的户口也落下了，那六万罚款也不了了之，我听县政府的王秘书说，如果不给他们解决，他们就要去天安门广场卖孩子。你这两个同学真是太厉害了，王秘书说，别说是去天安门广场，就是去济南泉城广场，省里追查下来，县里头头们都要吃不了兜着走！

六

表哥的儿子要去新疆就职，来京体检，顺便来家看我。他就是我那位在砖厂当过挑水工、曾经在我最艰难的时候煮了一碗鸡蛋面给我母亲吃、让我终生难忘的表哥的儿子。他在我们东北乡当了四年乡长又当了四年书记，一直提不起来。县里找他谈话，如要提职，请到边疆。他说，只要让我离开东北乡，天南海北都无妨。我问他为什么对东北乡这么反感。他说：表叔，东北乡自然是好地方，东北乡的人民，大多数也是淳朴善良的，但确实有那么十几位刁民泼妇，实在是难斗难缠。这十几个刁民泼妇的领头人，表叔，就是您那两个好同学覃桂英和谷文雨。谷文雨近年来得了精神病，已经掀不起大风浪了，但那个覃桂英，借助网络，兴风作浪，诡计多端，老奸巨猾。我在东北乡工作这八年，起码有一半的精力浪费在她身上。这两年她对网络上的种种猫腻越来越精通，一不小心，就会跳进她给你挖好的坑里。我如果不赶快走，在这里再干两年，非被她祸害了不可。

咱们跟她，也算是沾亲带故啊，我说，她怎么能这样？

表叔您有所不知，我刚到东北乡当乡长时，她闯到我办公室来找我，进门就跟我套近乎，说她是您的亲表妹，刚开始我信以为真，回家问问老人才知道不是那么回事，但毕竟也算瓜蔓子亲戚吧。她后来隔三岔五就来找我，有时提着一筐子杏，有时提着两只鸡，有一次还用扁担前头挑着一条金翅大鲤鱼，后头挑着一只黄盖大鳖。进了院就咋呼：连年有余，独占鳌头！机关里的人都围着她看热闹。我实在是烦她，影响太坏，就对她说：表姑，您不要这样，您这样就把老侄我这个差事给废了，您说吧，有什么事要我办。她说：老侄，你老姑夫1970年就入了党，还在村里当过党支部副书记，后来我们去黑龙江，那也是没法子的事。你老姑父的党员，乡上和村里都不承认了，我希望你能主持公道，恢复你老姑父的党籍，他是个有大本事的人。恢复了他的党籍，你就安排他担任村党支部书记，只要你老姑父上了任，不出三年，他保证能把三县屯村建设成先进村。我说：表姑，这事我说了也不算，但我可以了解一下，如果不违反组织原则，我一定帮忙，如果违反组织原则，那我也不敢违规办事，这点还请老姑谅解。

后来我去调查了一下，谷文雨在“文革”后期确实被突击发展入党，也确实回村当过一段支部副书记，但后来他们为逃避计划生育跑到黑龙江十几年，从没参加过组织生活，更没缴纳过党费，党籍自然也就取消了，如果他在村子里威信很高，确有能力，重新考察发展他入党也不是不可能，但他们两口子在村里名声太臭了。他们在村子中央办了一个废旧塑料收购点，那些破塑料带子、破塑料盆子等等堆积如山，一到夏天臭气熏天、污水横流、苍蝇成群，这还罢了，群众意见最大的是他们建了两个炉子，熔化废旧塑料，再浇铸成塑料块儿，这两个炉子里熔化着塑料，炉底燃烧着塑料，黑烟滚滚，怪味冲天。村子里的人家都不敢在院子里晾晒衣物，离他家近的住户受害尤深，村子里屡次出面禁止，都被他们两口子给骂走了，你说这样的人怎么可能重新入党？即便是党员也该开除了他。我把这道理讲给覃桂英听，并希望她立即关闭塑料熔铸炉，否则，县里环保部门就要来强行拆除并处以巨额罚款。她竟然说：老侄，你混到这份上也不容易，你父亲生前我也认识，他与你老姑父也一起挑过水，你老姑父不能重新入党那就算了，但我呢？我可不可以入党？如果你们发展我入党并让我担任支部书记，我保证立即拆炉子并停止收购废旧塑料，我还会捐出一笔钱修村子里的路，你看这事怎么样？我说：老姑，您早年也是在外边干过工作的人，您知道，入党是件严肃的事，别说老侄只是个小乡长，老侄即便是县长、省长也得按照组织程序来。她说：程序是死的，人是活的。老姑当年在农业学大寨工作队时就写过入党申请书，工作队长代表组织跟我谈过好几次话，如果不是坏人捣乱写诬告信，老姑也许早就当上市委书记了。我说：老姑，历史上的事情，我年轻，不了解，但眼下您有这种愿望自然是好的，您可以先把想法跟村子里的支部书记谈谈，您也可以写入党申请书，但是，老姑，最重要的，您必须先把塑料熔炉拆了，否则别说入党没门，进监狱都有可能，如果你们的邻居有个三长两短……

她可能怕进监狱，也可能是以为拆了炉子就可能入党，于是她回去就把炉子拆了，还拿钱买了几百棵树苗子，栽在村后的河堤上。但她的入党申请，遭到了村里党员的一致反对，人们还把她当年侮辱打骂李老师导致李老师投井自尽的旧事揭了出来，村里党员们说，如果她入党，我们就退党。这事村里的党支部书记跟我谈过，我听后唯有叹息。我叹息这个女人的心智怎么能如此迷乱，她的智商很高，她的知识面很广，但她为什么连一点儿自知之明都没有呢？我想，真正可怕的坏人还不是那些知道自己坏的人，而是那些不知道自己坏反而认为自己很正确很好的人。那些知道自己坏的坏人的心里还存在着良知，所以还知道自己的坏，而那些不知道自己坏的坏人，心里只有自以为是，他永远都以为自己是正确的，他永远都认为别人欠他的，他永远都在恨别人、骂别人。表叔，您这位同学基本上就是一个这样的人。这样的人，不但我怕，我估计连老天爷都怕。

她拆了炉子，花钱买了树，但没入上党，从此就成了一个意见领袖。她认为我骗了她，从此我也成了她的仇人。她甚至要把那些栽到河堤上的树拔出来，村子里的干部理直气壮地制止了她，她说树是老娘栽的，老娘想拔就拔，村里干部说你捐赠这些树苗，村子里给你发了奖状，广播里对你进行了表扬，村民们栽树也付出了劳动，因此这些树已经是村里的公产，你如果敢拔就是破坏公产，这可把她气坏了，这件事也成了她多年上访的理由。她一上访，乡上就得派人去领，就得挨上级的训，后来我当了书记之后，就跟乡长商量了一下，把那些树苗以高于市价百分之五十的价格给了她一笔钱，并与她签了一个永不为此事上访的协议。签了协议后，她老实了一段，但很快又跟我们捣起乱来。

汪家屋子村有一个“文革”期间跑到东北的男子姓乔名智，前几年带着一个痴呆女子与三个孩子回了乡，他这情况与谷文雨当年带着覃桂英与四个孩子回来有点儿相似，村里给乔智调剂了一块口粮地，还帮他维修了破屋安了家，但在为其办理低保问题上有不同意见，因之拖了下来。这时，覃桂英出谋划策，领着这一家五口去县政府大门前插草卖孩子，老戏重演。但时代发生了变化。当年，他们去县政府卖孩子时没有手机，现在可不一样了，人手一机，既能照相又能录像，而且点指之间便可网上传播至万里之外。他们一出现在县政府门前，就被门口的警卫发现，立刻就有十几个保安出来把乔智一家五口请到院内，一直站在旁边录像的覃桂英的手机也被保安夺下。县里问明情况，书记亲自打电话，把我叫去劈头盖脸一顿臭骂，我知道辩解没用，发生这样的事我们只能检讨。书记警告我：如果东北乡再发生这样的事，你自己辞职就行了。我们回去就为乔智家解决了低保问题。为了防止有人效仿——因为覃桂英利用网络宣传她的能力和功劳，并扬言要为乡里的受到不公正待遇的人出谋划策，她的外号“高参”就是那时得的——我们索性让每个村庄把此类问题通通解决，应该解决的必须立即解决，可解决可不解决的也尽量解决。从这个意义上，覃桂英这样一个“高参”的存在，逼着我们不得不认真地努力地工作，但从内心深处，我们对这个女人充满了反感。后来我们终于找到了一个收拾她的机会。

表叔，说实话，自从你出名之后，给我们乡带来了一些积极的效应，也给我们带来了许多麻烦，尤其是你们那个村，村民们都以为这个村里的土地与房产必将升值，而且有政府将要高价收购各家房屋建一个“文革”时期的红色村庄吸引旅游者的谣言，于是，人们开始私下买卖房前宅后土地，也有的人在自家房前屋后的空地上搭建临时建筑，期望着政府收购时讨要高价。这些土地本来就是村子里的公产，在公共土地上私自搭建更是错上加错。但一人带头，群起效尤，村里管不住，报到乡里来，乡里便派遣由乡长、派出所所长、土地管理所所长等人组成的工作组到村里开会，晓之以理，动之以情。并调查各家情况，让这些搭建了违章临建的人家有在党政机关工作或在部队当兵、或在学校教书的儿女亲友一起回来做工作，最后连学生也发动了。我们发现小学生最管用，当这些孩子在老师的指导下，对家长提出批评后，尤其是得知，如顽固坚持错误会影响到孩子们的前途时，便纷纷地打消了讹政府一笔钱的念头，拆掉了临建。只有一个邪头侯百利，充当“钉子户”，软硬不吃，顽抗不拆。后来，我们得知，他之所以不配合，是因为覃桂英在背后出谋划策。我们请示了县有关部门，确凿了各种证据，在不违法理公理和各项政策的前提下，带着公安派出所的人，法院的人，建设局的人，城管局的人，开进村庄，围住侯百利的家，再次动员他自己动手拆除违建，否则即依法强行拆除。侯百利又骂又跳，手持一把长柄大斧胡抡。在这种情况下，几位警察上前搂住他，夺出了斧头，然后把他拖到一边控制住，负责拆除的工人一拥而上，十几分钟的工夫便把这几间违建推倒在地。在这个过程中，我看到覃桂英手持手机远远地拍照、录像。办公室的秘书悄悄地问我，要不要把她的手机没收，我说不用，我们光明正大依法办事，欢迎她录像监督，秘书说就怕她胡乱剪辑，我指了指我们扛着摄像机的人说，我们有全程录像，怕什么?

但我还是低估了覃桂英，第二天网上便流传开一段视频，题目就是“暴力拆迁，头破血流”。表叔，把您还牵扯上了，说您的家乡政府暴力拆迁农民房屋，农民不服，就被打得头破血流。视频中有工人拆房的画面，有拆后一片狼藉的画面，然后就是额头破裂血流满面的侯百利面对着镜头哭诉。那些煽动仇恨与博取同情的词儿，一听就是覃桂英教的。县网络办立即打电话询问，有关领导也来问，我说：完全是伪造的，我们有全程录像为证。

我们没伤到侯百利一根毫毛，可他那额上伤口与满脸血污是哪里来的？正在我们百思不得其解时，你们村党支部书记夏顺生来了。这家伙是个复员兵，鬼点子多，人也算正派，说实话现在选个村党支部书记比选个市长还难。老老实实一本正经是当不了村官的，这话拿不到桌面上去，但却是到了家的实话。夏顺生一见我，就说：书记，请我喝茅台吧。我说：你把村子治理成这鬼样子，我请你喝茅台？请你喝猫尿！夏顺生嬉皮笑脸地说：书记，我发一段视频给你，看值不值两瓶茅台？我点开他转过来的视频，大喜过望。视频中，覃桂英骂侯百利笨蛋，胆子不够大，反抗不激烈。侯百利说，你站着说话不腰疼！我还要怎么反抗？难道我还要真用斧头砍人？我要真砍死个人，谁替我去吃枪子儿？你去？覃桂英道：舍不得孩子套不住狼，你说吧，想不想讹他们一笔钱？侯百利道：爹亲娘亲不如钱亲，想啊，怎么讹？这时，覃桂英弯腰摸起一块砖头，猛地拍到了侯百利脑门上，只听得呱叽一声腻响，侯百利惨叫一声，捂着脸蹲下，鲜血从他的指缝里流出来——这是前天晚上发生在侯百利家房子后边那几间被拆毁的违法临建废墟上的事——侯百利大骂：老覃，你这个臭娘们，你要拍死我啊?！覃桂英道：拿开手，让我录像。侯百利哭咧咧地说：你他娘的下手太狠了，把我打成脑震荡了。你早说啊，我杀个鸡弄点儿鸡血抹到脸上就行了。覃桂英道：老弟，还是那句话，“舍不得孩子套不住狼”，我马上剪辑成一段视频发到网上，然后你就到北京去上访，马上就要开“两会”了，你弄块绷带缠头上，我给你写块黄榜你揣到怀里，到了北京你去找我的联系人，然后你就开口要个价，让我的联系人与乡里联系，他们要不乖乖地拿钱，你就扬言要到天安门广场去自焚！我心里想，覃桂英，你实在是太恶毒了，但这次，你无法得逞了，铁证如山握在我手里。谢谢，我说，夏顺生，兔崽子，真有你的。我欠你两瓶茅台，还欠你两条好烟。告诉我这视频怎么搞到的？夏顺生道：书记，你难道忘了？我们村子里的公共摄像头几乎全覆盖，除了摄不到老百姓炕头上的事和院子里的事，其他的一览无余，这是公开的，村子里人人知晓。覃桂英一直在玩网络，她竟然忘记了天网恢恢疏而不漏。我立即去县里向领导汇报，建议公安局根据法律把这两个人拘起来，省得他们窜到北京去给地方也给国家添乱。表叔，你可不知道，为拦截一个在“两会”期间进京上访者，我们要付出多少人力物力，“一人牵动百人心”，何止牵动百人心？像覃桂英这样的“高参”，每年都跟我们斗智斗勇，我们被她调动得团团转。这一次她与侯百利演“苦肉计”是聪明反被聪明误，公安机关以“编造虚假信息在网络传播、扰乱公共秩序”等罪名拘留了他们，最后法院以“妨害社会管理秩序罪”判处他们拘役三个月。最倒霉的是侯百利，白挨了一砖头，一分钱没讹到，还出了三个月苦力，多了一次犯罪前科。

这是前年发生的事。从看守所回来后，我专门与覃桂英谈了一次话。我说：大表姑您也六十多岁的人了，孩子也都成家立了业，您陪着姑父在家过太平日子多好，您这样与政府作对，折腾得我们有节不能过有假不能休，您于心何忍？她说：老侄，你忘了毛主席的教导了吗？他老人家教导我们“与天斗，其乐无穷；与地斗，其乐无穷；与人斗，其乐无穷”。我怀才不遇，蹉跎半生。与天斗，我斗不过；与地斗，我斗不赢；与人斗，我得心应手，其乐无穷。这就是我的晚年生活，老年之福，全在于此。

我说，大表姑啊，毛主席他老人家的话是在特定历史时期讲的，有特定的含义，现在已进入社会主义新时代，举国上下，万众一心要建设和谐社会，您还是满脑袋斗斗斗，有点儿太不合时宜了啊。希望老姑能吸取教训，不要跟政府作对，你不犯法，政府拿你没办法，但你要犯了法……这次是拘役，下次很可能就是徒刑。她瞪着眼说：老侄子，别给我上普法课，老姑闯荡江湖五十年，知道火比灰热，这次是老姑一时疏忽，忘了头上的摄像头。你难道没听说过庖丁解牛的故事？这个社会，在合法与非法之间有宽阔的缝隙，老姑在这缝隙里岂止是游刃有余？我是游泳都有余！

表叔，你这位老同学的口才实在是太好了，脑袋瓜子实在是太好使了。我有时候想，这样的人，其实是能干大事的人，可惜当年农业学大寨工作队没把她转成干部，如果那时把她转成干部，现在，很可能是位主政一方的干才。

尽管我与她谈话时经常被她驳得哑口无言，但我最终还是制服了她。用什么办法？以毒攻毒。我把苦恼对夏顺生说了，夏说，书记，这事我来安排。夏顺生请侯百利喝了一次酒，带他去医院开了一个脑震荡的证明，然后又答应把翻修村委会二层楼的活包给了他儿子的建筑队。对侯百利的要求是，每天去覃桂英家要医药费，提着一台老式录音机去。为什么要带着录音机去？因为她的丈夫谷文雨前几年得了一种怪病，一听到激烈亢奋的音乐便会发疯。他疯起来破坏性极强，见人咬人，见狗咬狗，力气大得不可思议，要三五个身强力壮的青年才能把他制服。后来在你的师弟于铮的精心治疗下，病情基本得到了控制，但如果突然大音量地放出激烈的音乐很可能还会使他发病。

在夏顺生的指导下，侯百利狮子大开口，要覃桂英赔偿他十万元，覃桂英说，侯老四，你这个忘恩负义的小人，你是不是穷疯了？到这儿来讹老娘？你忘了老娘是干什么的？老娘一天到晚想讹人还找不着个主呢！侯百利和覃桂英吵闹时，谷文雨闷着头在院子里剥玉米。他满头白发，面孔乌紫，双眼浑浊，下巴上长着一撮稀疏的白胡子，真的是一个很老很老的老头了。侯百利说：老覃，你就说个痛快话，给不给？覃桂英搬起一个蒜臼子对着侯百利投过来，侯百利一闪，蒜臼子沉重地落下，把水泥地面砸了一个坑。你不给钱，还行凶打人，侯百利说，覃桂英，老子今天跟你拼了。说着，他按响了录音机。录音机突然放出了当年样板戏里一段激烈快速、令人血热的音乐。他伴着音乐的节奏，在谷文雨面前手舞足蹈。谷文雨嗷嚎一声，双眼突然放出绿色的光芒，看去犹如黑暗中的狼眼。他猛地跳了起来，先是随着音乐笨拙地蹦跳，接着便抓起玉米棒子胡抛乱掷。覃桂英上前拦他，被他一拳捅倒在地，接着他抓起地上的蒜臼子猛地掷到院子里的水缸中，砰的一声巨响，水缸破裂，缸中水奔流而出。接着他又抄起一把铁锨，像挥舞马鞭一样抡起来，有好几次，那锋利的锨尖贴着覃桂英的脑袋抡过去。覃桂英大叫着：侯四侯四，我答应你，快把录音机关了啊！但这时录音机已被谷文雨抢到手里。他一手提着录音机，一手拖着铁锨在院子里转圈。侯百利扑上去夺过录音机，按了停止键。音乐一停，谷文雨就像停了电的机器人一样，一下子僵住了。他眼中的光芒渐渐熄灭，身体渐渐萎缩，然后口吐白沫，一头栽倒在地上……此时，夏顺生带着人走进来，关切地问：这是怎么回事？覃桂英哭着说：书记，没法活了，侯四把俺欺负死了……夏顺生怒斥侯百利：怎么回事？侯百利道：书记，你来评评理，覃桂英撺掇着我跟政府作对，说是能讹一大笔钱，她没经我同意，一砖头开了我的瓢，从此我头痛头晕，耳朵里嗡嗡响，夜里睡不着觉，这还不算，还被捉了去判了三个月拘役，您给评评理，我该不该向她索赔？夏顺生道：你们俩这事，先前是狼狈为奸，现在是反目成仇，丑事拿不到桌面上。但覃桂英，你这两年也太猖狂了，自古以来都是当官的欺负老百姓，现在是你是老百姓欺负当官的。当官的欺负老百姓不对，老百姓欺负当官的也不对。覃桂英，看你是个妇道人家，乡上高书记又念你跟他家沾亲带故，才没对你下狠手，否则早就收拾你了。还有你，侯四，你违章占地盖房，居心不良，挨一砖也是活该，但覃桂英没跟你商量就拍你一砖是她不对，让她赔你点儿钱也是应该的，但你开口就要十万，这不是讹人吗？就你个鸡巴头还能值十万元钱？给你一千块钱，买两瓶酒浇浇就好了。侯百利道：书记，我这是个头，不是个尿壶，一千块钱就想把我打发了？没门，最少一万。如若不给，我天天来放样板戏。夏顺生瞪眼道：你敢！转身他对覃桂英说：大婶子，这样吧，你出一千块，我出一千块，两千块，给侯四养伤。侯四你今后不许再来逗惹谷大爷。你如果再敢来我就让派出所来抓你。大婶，你看怎么样？覃桂英说：还能怎么样？就这样吧。夏顺生说：那好，你们俩跟我立刻去村委，各签一份保证书。覃桂英说：我要照顾老头子，我不去。夏顺生对村文书说：你把谷大爷弄到炕上，打电话把医生叫来，给谷大爷开点儿药，开发票，我想法报销。覃桂英说：那我也不去。夏顺生说：好，那我就不管了，侯百利每天来放音乐我也不管了。你们就斗下去吧……

最终，覃桂英签了保证书，有一条内容就是：永不上访。表叔，你看夏顺生这个村官多有本事。当然，他这些事都不能当正面成绩表彰，但对付覃桂英这样的人，的确没有更好的法子了。

表叔，我提醒你，一定要对覃桂英保持警惕！最近，她把精力转移到网络上去了，我暂时还不知道她想干什么，但我知道她不会干好事。

七

加了她两个微信号后，头三天，一点儿动静没有，三天之后，她便开始用她的“高参”与“猪大自肥”不断地给我发微信。“高参”所发多半是她的生活照片，譬如她包的包子，她摘的黄瓜，她用黄瓜拌的油条，她蒸的馒头，甚至还有显然是使用了美颜瘦脸功能的自拍照。对这些信息，我基本不回，实在不好意思了就发一个龇牙咧嘴的表情。“猪大自肥”基本上是语音，偶尔有文字，她给我的语音，每次都是十几条：

“表哥，我终于揪住了你的尾巴，你插翅也跑不了了。别紧张，表哥，我害谁也不会害你。你是咱那班同学的骄傲，我必须保护你，我也有能力保护你。

“你获奖后，很多人去找你，谷文雨也想去找你，被我拦住了。我说咱不能去给他添乱，咱要在背后默默地帮他。表哥，你太老实了，你身后缺一个‘高参’。

“我看到‘公知’骂你‘奴才’，‘极左’骂你‘汉奸’，你是老鼠钻到风箱里——两头受气。这两伙人其实是一伙的，他们都是嫉妒你。我那个急啊！恨不得赤膊上阵帮你去打架，但后来我明白了，在这个时代里，必须利用网络，这个道理我前几天对你说过，千言万语一句话，得网络者得天下。

“表哥你要信任我，我说过，我有五部手机，有两个公众号，这就是我的武器和阵地。我还有数百个铁杆水军，只要给他们一点儿甜头，让他们咬谁他们就咬谁，让他们捧谁他们就捧谁，生活中，一万个人也成不了大气候，但网络上，一百个人便可掀起滔天巨浪。

“表哥，打死人要偿命，打残人要坐牢，打伤人要赔钱，骂人也要负法律责任，但在网络上，哪句狠就说哪句，哪句脏就说哪句，在网络上不能讲仁义道德，越无耻越狠毒越好！网络真他娘的好啊！

“利用网络报仇雪恨，这是初级阶段，进入高级阶段，那就要成大V，吸粉丝，卖私货，赚大钱。

“表哥，听说你得奖后才赚了几千万？你太笨了，如果我帮你经营，一年我可以让你赚一个亿。你不用担心我会向你借钱，放心，我生财有道。前几年我赚钱赚得很低级，现在想起来也觉得惭愧。去年我申请了两个公众号，一个叫‘红唇’，一个叫‘绿嘴’，我雇了几个小年轻帮我经营，现在粉丝都已过三万，我准备今年想几个高招，大举引流，争取年底让每个号的粉丝过十万，有了十万的关注量就不愁招不来广告卖不了货。

“表哥，你的书，我的公众号可以帮你卖，卖一本书我提成五毛钱，卖一万本书我提成五千块，当然你赚得更多。

“表哥，我还有奇货可卖，卖大钱。我给你十天时间，让你打着滚想，如果你能想出我卖的奇货是什么，我趴在地上学狗叫给你听。

“告诉你吧，表哥，我卖谣言！对，卖谣言。价钱因人而异。我卖的谣言都是正能量满满！上个月，你那位表侄，也就是我们的高书记，就买了我一条，看在与他沾亲带故又是多年的父母官分上，只收了他三千块。

“想知道是条什么谣言吗？好，告诉你：他老婆收了为乡政府建围墙的包工头三万块好处费，被他一顿暴打，打得他老婆下跪磕头求饶！后来他老婆瘸着腿去给包工头退了钱。

“表哥，我卖给你两条谣言吧。这两条谣言一字千金，但咱是要紧的亲戚，又是青梅竹马的同学，所以只收成本价，每条两万。你听一下，值不值。

“第一条：某年某月某日，有关部门领导与你谈话，让你担任一个副部级领导职务，你说你当不了，原因是当了领导就要开会，而一开会你就打瞌睡。

“第二条：俺大舅临终前跟你商量，说希望能够不火化，直接装棺材成殓入土。俺大舅说，火化本来是为了节约土地，但现在流于形式，火化回来依然要装棺入殓，依然要开穴堆坟头，一点儿不少占地，而且还多出了火化费与骨灰匣的费用。俺大舅讲得很有道理。但你说：不行，坚决不行，既然大家都火化，你也必须火化！咱不能带这个头！俺大舅一口气没上来，就这样走了。所以，俺大舅是被你活活气死的。

“怎么样？这两条谣言好不好？一条两万，两条四万，贱卖给你了。你把钱打到我手机上，我明天就在公众号上给发出来。‘红唇’发第一条，‘绿嘴’发第二条。”

我写了一条微信：表妹，我也卖你两条谣言吧。第一条：有人说你在学大寨工作队当队员时，到公社卫生院做过两次人工流产。第二条：谷文雨为了达到和你结婚的目的，写了一封信寄到县委，揭发你打骂侮辱李圣洁老师，导致李老师跳井自杀。这封信，毁了你的锦绣前程，改变了你的命运……

我犹豫了好久，最后还是把这条微信删去，只简单地回了她五个字：谢谢，我不买。

火把与口哨

一

我三婶姓顾，名双红。她嫁到我们家那年，村头那座有着高高的尖顶、据说是意大利人设计修建的教堂失火烧毁。教堂里有一幅壁画，画着一只健壮的母狼和两个叼着母狼奶头吃奶的男孩。当时那教堂是我们村小学的教室，我们把上学说成“进狼窝”。我们村这所小学是初级不完全小学，只有三个班，分三个年级，混在一起上课。老师也只有一个人，算术、语文、体育、音乐、图画都是他来教。他姓宋，名魁，是村里最有知识的人。宋魁老师有家有老婆有孩子，但他不回家住，他就住在教堂内那个沿着木板楼梯可以上去的、据说是意大利牧师吕鬼子曾经住过的房间。因为我们家与宋老师家是前后院，宋老师的老婆，我称之为“二大娘”，经常会敲着我们家的后窗说：小光，跟你们老师说一下，家里没洋油了。或者是：供销社里卖茶叶末子，一毛钱半斤，问他要不要……

我实在搞不清楚，宋老师家有孩子，大女儿比我大三岁，二女儿与我同岁，儿子比我小一岁，二大娘为什么不安排自己的孩子去向丈夫传信息，而偏偏让我去。我也搞不明白宋老师让不到上学年龄的儿子小元上学却不让过了上学年龄的两个女儿上学，这好像是重男轻女的问题，但又不完全是。因为我父母不让天分很好的我姐姐上学后，宋老师来过我家好几次，劝说我父母，希望他们不要重男轻女。我印象特别深刻的是宋老师批评我父母思想封建。宋老师说一个好女儿，胜过一群没出息的儿子。宋老师还拿宋氏三姐妹做例子来证明他的理论，在当时，说这样的话是有很大政治风险的，但宋老师说了，好像他知道自己要在“文化大革命”前结束生命一样。我也记得我父亲说宋老师您讲得对，没一个字不对，但我们家人口多，都上学，谁干活？如果您能安排个人来帮我们家干活，我们就让坤儿去上学，我姐姐乳名坤，村里孩子自然不知道我姐姐这个文化含量很高的乳名的写法与意义，就顺嘴把她叫成“困”，还顺便给她起了个外号“困不醒”，我跟我姐姐打架时也经常喊她的外号。我姐姐只上了一年半学即辍学回家干活，但她十五岁后便天才迸发，被抽调到公社毛泽东思想宣传队里，既能歌，又善舞，还会编快板，成为闻名一时的才女。

还是说宋老师，他那个小儿子，名元，爹名魁，儿名元，父子俩连起来，是魁元，这可是野心勃勃的命名。宋元还不到五岁，就跟着我们读一年级，他又乖巧又聪明，小模样又可爱，简直就是个天使。他跟着宋老师在教堂里睡，让他回家也不回。我曾经很多次踏着吱吱作响的木楼梯进入宋老师的办公室兼卧室，对里边的情况了如指掌且有美好的印象，现在，将近六十年过去了，如果我有美术才能，能把那个房间里的一切都准确无误地画出来。最令我难忘的除了那幅狼壁画，就是房间里的松木地板，被意大利牧师和他的女人以及解放军指挥官以及区干部的脚掌摩擦多年而形成的凹陷里那些颜色金黄的突出木络，那看上去养眼、摸上去光滑、闻起来芳香的木地板。能睡在木地板上，或是行走在吱吱嘎嘎作响的木地板上该是多么幸福啊！怪不得宋元非要跟宋老师在教堂里睡觉，如果是我，当然……如果我能在这个铺了松木地板的房间里睡一晚上该有多好啊！但是我没有这个福气。这个房间当时我觉得很大，现在一回想，其实很小。房间呈长方形，有一扇朝东开的窗户，有一扇朝南开的窗户，窗户的玻璃花花绿绿的，当时我觉得这花玻璃神奇，后来知道这是教堂的标配。想当年意大利人费尽心力把这些彩色玻璃从他们国家运到我的故乡这个偏僻的小村庄，是多么样地执着和不易。那房间的东北角落里安着一张床，一张窄窄的单人床。我们那地方老百姓的口语里虽然多用"床"这个名词，譬如说新媳妇过门要"坐床"，但这个"床"是不存在的，因为家家户户里只有土坯垒成的炕，"坐床"实际上就是坐炕，但既然这样说，那就说明在历史上，我们这地方也是有过床的。有床的时代，必定是社会比较安定、人民比较富裕的年代。现在，我们那儿的年轻人，多数都进城睡床去了，那些没进城的老人，有的也拆了土炕，买了“席梦思”，过上了睡床的幸福生活了。但在宋老师睡床的年代里，只有公家的人才睡床。经过了改朝换代和革命的洗礼，教堂里与上帝有关的痕迹早已荡涤干净，唯一保存下来的狼壁画，也差点被铲除，之所以没被铲除，是宋老师从报纸上发现了一位解放军高级将领的照片，竟然是以这幅狼与男孩的壁画为背景的，据老人们回忆，解放军打高密时，这座教堂是解放军的指挥部，于是，这壁画也就成了革命历史的一部分。后来我经常想，如果这教堂不被烧毁，岂不是一个爱国主义教育基地？狼与男孩的壁画是在大堂的墙壁上，宋老师卧室的墙壁上贴着发黄的报纸，还有一张题目叫做《今天我喂鸡》的年画。这张年画在教堂失火三年后可是大大地有名了一阵，原因是有人从画面上的衣纹及线条里发现了“×××万岁”五个字，我三婶家的墙壁上就有这样一张画，我曾指证给我三婶看，希望能将此画撕下来，送到学校的红卫兵头头那儿去表功，但我三婶很轻蔑地说了两个字：“放屁！”

我至今还记着第一次去上学的情景。姐姐去送我，此时她已经辍学。我背着姐姐用过的蓝布书包，书包里放着一块石板，两根石笔。那时候物资缺乏，买不到本子，课本也是印在一种散发着臭气的马粪纸上。一进教堂我就感到脊梁沟里冷飕飕的，抬头就看到对面墙上那幅狼壁画。一缕从彩色玻璃窗上透进来的柔和光线，斜照在狼歪着的脑袋上，使它的眼睛闪闪发光。我感到那狼的眼睛是死盯着我的，便匆忙躲到姐姐身后。姐姐说你躲什么？这是一匹善良的狼。它不但不吃小孩，它还给小孩喂奶。这时，我的好朋友宋老师的儿子小元跑到壁画下，用他父亲的教鞭指点着靠近母狼后腿那个仰着头吃奶的男孩说："这是罗慕路斯。"然后又指着靠近狼的前腿噙着奶头的男孩说："这个是勒摩。"经小元这样一说，我感到狼的目光不似刚才那样凶恶了，而且我马上就联想到，那母狼腹下的男孩，一个是我，一个是小元。

以上这些都不是我这篇文章的主要部分，全部删去也不足惜，但这些闲笔，营造的就是那样一个时代的氛围，而没有氛围，文章就没有说服力，您说对不对？

经与我父亲我姐姐以及村子里的老人核实，大家一致认为，将教堂烧成一片废墟的那个夜晚是公元1963年12月22日，因为那天是冬至，也就是农历癸卯年的十一月初七日，那场大火是黎明前最黑暗的时刻燃起的。我是我们家最先发现教堂着火的，因为几天前宋老师给我们讲语文课时，突然讲到天上的星宿，他说最近一段时期，在北斗七星附近每天凌晨时会看到一颗拖着长尾巴的扫帚星，宋老师说扫帚星是民间的俗称，正确的叫法是彗星。因为我们那篇课文中有一个智慧的“慧”字，老师给我们讲这个生字时，顺便讲到了彗星。他说同学们要从小培养起对天文地理的兴趣，人类的智慧就是从仰望星空开始的，许多伟大的科学家也是在听了老祖母讲述的类似牛郎织女的神话故事后，抬起头来寻找天上的星座，由此开始了他们的科学研究道路。所以那天晚上我特意多喝了两碗水，希望在黎明前被尿憋醒，然后出去观赏彗星。我在膀胱的压力和我三叔家院子里那几只公鸡的齐声鸣叫下醒来，披着棉袄趿拉着鞋子跑到院子里，一出房门就看到教堂那儿火光冲天，照耀得整个村庄一片通明，我大声喊叫:“起火了！”

大人们都披着衣服跑了出来。村子里响起了呼喊救火的声音。父亲提着两个铁皮水桶拖着一根扁担跑了出去。村子里一片嘈杂，一会儿工夫就听到我家后院里响起了二大娘的哭叫，紧接着她的两个女儿也哭了起来。听哭声知道她们往教堂的方向奔去了。我挣脱了母亲的拉扯，往狼窝，不，向我们亲爱的学校奔去。大街上有很多人，男人们有的在大柳树下那口水井边上摸着黑打水，有的站在街边呆呆地望着火。有人哑着嗓子喊叫:“救火啊，救火啊……”但面对着这高达数十米的火苗子，无人敢往前靠。我站在离教堂足有一百米的地方，还能感觉到皮肤被烤得生痛。附近大槐树上被惊扰得神经错乱的乌鸦哇哇地怪叫着，在火光里乱飞，有几只竟然扑进了火焰。我在回忆教堂里，不，我们学校里的木头课桌，木头的板凳，木头的黑板，以及那通往宋老师房间的木头楼梯以及宋老师房间里的木头地板，还有那张《今天我喂鸡》的年画，那幅具有历史意义的狼与男孩的壁画……呜呼，这一切美好的记忆，都化成了这烛照天地的火焰，我坦率地承认，我当时根本没想到宋老师和他的儿子宋元，我估计周围的人们也没有想到，只有当二大娘跪在众人面前喊叫着“救救我的男人吧，救救我的儿子吧……”的时候，大家才想起，在那熊熊的火焰里，还有两个人，一个是村子里最有文化的人，一个是村子里最可爱的孩子。村党支部书记郭大发，这个参加过抗美援朝、一条腿上留有残疾的荣誉军人，从一个男人手里接过一桶水，提着，一瘸一拐地试图往火焰靠近，那炽热的火焰似乎把他照耀成了一个闪光的透明体，我平日里对这个满嘴酒气、动辄开口骂人的瘸人没有好感，但在这一刻，突然感觉到他高大威猛，像个英雄。我曾经认为村子里传说甚广的他在朝鲜战场上用步枪打下一架美国飞机的事纯属吹牛，但在这一时刻我觉得那是千真万确的事实。有人大喊：郭支书，危险！但郭支书就像扭秧歌似的轻盈而飘忽地提着一桶水靠近了那大火，然后一手提着铁桶的鼻子，一手把着桶底，以那条健康的右腿为支撑，以那条有残的左腿为辅助，猛地将身体旋转了一百八十度，一道明亮的水瀑飞向烈火，烈火似乎略微地暗了一下，颤抖了一下，但随即更猛烈地燃烧起来。后来当我学到“杯水车薪”这个词时，立即就回忆起了这个场面。村里的老者也喊：“支书，闪开吧，没有救了！”这时，二大娘又哭起来。支书退后几步，对着他那位担任民兵连长的侄子吼叫：“还傻站着干什么？快，男人们排成队，从这儿到井边，隔两米一个，老吴、老聂、老陈，你们三个负责从井里往上打水，其余的人，传递，不要乱！快！”

尽管事后证明这点水对这样的火势几乎没发挥什么作用，但大家都不得不佩服郭书记在危急时刻的决策能力和身先士卒的英雄精神，在那晚的情况下，这样的安排是最有条不紊、效率最高的，而且他是那样地知人善任，老吴、老聂、老陈是村子里的三个巧匠，老吴是泥瓦匠，老聂是木匠，老陈是铁匠，这三个人都上了年纪，腿脚不如年轻人利落，但他们手上都有尺寸，摸着从井里往上打水，村里的人，没有比他们更合适的了。话说这条从大柳树下到教堂的长达数百米的输水线就立刻地运转起来，那位当过几年坦克兵的民兵连长郭光星几次要把叔叔换下来，但都遭到了拒绝。于是他也就担当起将桶里水泼向火焰的最危险的工作，表现出了他曾经有过的军人的勇气。大约有一个小时过去，从井台那边传来喊叫，说井水已经干了。是的，桶里的水早就变少了，变浑了，而人们的体力也消耗得差不多了，幸好火焰渐渐变弱，水泼进火堆里爆发出的奇特的香味弥漫在天地之间。被吓昏了的狗，开始叫了起来。河对岸那个名叫沙子口的小村里的人，也提着水桶拿着十字镐下到河底，砰砰啪啪地凿开冰层，从河中提水过来。领头的那人穿一件扎着绗线的棉袄，腰里扎着一根皮带，头上戴着一顶栽绒帽，一看就知是个复员兵。受他们的启发，郭支书下令让村里的人到河里去取水。火势虽然减弱了，但还是可以把河道照耀得通明。站在高高的河堤上，可以看到河面上的冰放射着银白色的光芒，也可以看到对岸的河堤上站着很多看热闹的人。村里的人一窝蜂般扑向河底，砰砰啪啪地砸冰。沙子口村一个青年一手提着一桶水爬河堤时不慎摔倒，铁桶滚下去，桶里水都泼洒在河堤的慢坡上，这也为后边的人提桶爬坡制造了困难，人们只好从旁边那些树丛里钻上来。这时，从东边射来两道明亮的光柱，随即传来汽车的轰鸣，人群中一阵欢呼：蛟河农场的人来了！他们是半军事化的单位，是部队成建制地转业成了农业工人，他们跟新疆、北大荒、海南岛的农垦工人是一个系统的，县里都管不着他们。他们是有战斗力的生力军。

简短捷说吧，在三伙人的共同努力下，火熄灭了。我当时有一个很不正确的想法，那火即使不救也会熄灭，因为能够燃烧的东西就那么多，烧光了，自然会灭。但是我这个想法如果在当时说出来，必会挨揍。因为第二天，县广播站就播放了一篇通讯，稿子很长，把原本该放茂腔的时间都挤掉了，写稿的人是我们烽火人民公社的大笔杆子杨结巴，这当然是外号，用他的外号其实没有一丝一毫的不敬，因为他自己也习惯了这个外号，如果有人称呼他的原名杨连升，他反而会愣一下。杨结巴是我们宋老师的好朋友，两个人都有文化，可谓“物以类聚，人以群分”，这是高雅的说法，低俗的说法是“鱼找鱼，虾找虾，乌龟找王八”，杨结巴经常到教堂，不，狼窝，不，学校，来找宋老师玩，骑着一辆“国防牌”自行车，那车子虽然破旧，但也让村里的年轻人羡慕不已，当时的农村人如果能拥有一辆“国防牌”自行车，比现在的人拥有一辆豪华轿车要更引人注目。杨结巴这辆自行车是一辆有故事的自行车，我们且放下这个话头，等有时间再另章详述。咱先说正事。杨结巴原先是公社驻地那所完全小学的语文教师，因为文笔好，也因为口吃不适合讲课，被提拔到公社里去专职写文章，号称二秘书。一秘书就是那位可以列席公社党委会议的党委秘书陈正言。杨结巴归陈秘书领导，但他看不起陈秘书，我好几次听到他喝得半醉时骂陈秘书狗屁不通。宋老师那间宿舍里还有一个铁皮焊接的煤油炉子，一般不用，只有来了杨结巴才会点燃烧一壶水沏茶。他那把烧水的壶是那种三毛钱一把的泥陶壶，用时要格外小心。他们喝的茶叶就是二大娘买的那种一毛钱半斤的茶叶末子，偶尔杨结巴也会从怀里摸出一个白纸包，小心翼翼地剥开，不无炫耀地说：“尝尝这个，六安瓜片！这次写的稿子，曲书记在县三干会上宣讲后大受好评，曲书记奖了我二两！”然后又摸出一包大前门牌香烟，说：“还有这个，也是曲书记奖的。”

杨结巴每次进了我们教室，都会对着那幅狼壁画双手合十拜祝两下，他说这是一只神狼，是我们学校的保护神。

杨结巴和我们宋老师在教堂里那个铺了松木地板的房间里抽着大前门烟喝着六安瓜片茶的情景，过了将近六十年还历历如在我的眼前。我想，人的幸福感还真不完全是因物质的积累和职位的升迁或名誉的叠加所决定的，就连我，因为帮他们去河里提了半桶最清澈的水而被奖赏了半杯茶水也幸福得不可言状，那种幸福啊，现在即便把我泡在一个用最高级的茶水充盈的浴缸里也是得不到的啊。他们说着投机的语言，偶尔议论时政，但大多数是在谈论艺术，谈他们读过的书，谈他们听过的戏，谈他们看过的电影，我听得入迷，如痴如醉，并产生很多梦想。我记得最让我入迷的是杨结巴讲过的印度电影《流浪者》，讲到热闹处，他站起，手舞足蹈地唱。真是奇怪，他讲话结巴，但唱起来一点儿也不结巴。许多年之后，我在军队大院的操场上看了这部电影，但感觉有点儿失望，因为我看到的没有杨结巴讲述的精彩。还有，宋老师床头上挂着一把京胡，杨结巴能唱老旦，满口嗓，他们一拉一唱，整个村子的人都能听到。火灾之后的第二天早晨杨结巴骑着自行车匆匆赶来，到了废墟前将车子一扔，跪到地上放声大哭，一边哭，一边用巴掌拍打地面。他的悲恸绝对不是装的，跟他与宋老师讲述过的诸葛亮哭周瑜有本质的区别。他的哭感染了还在那里冒着余烬的烘烤用铁锹、铁钩子往外扒拉破砖烂瓦，试图寻找宋老师和他的儿子的遗骸的人们，大家一边干活，一边用袄袖子或手背擦拭眼泪，而二大娘又一次昏了过去。有人上前试图把杨结巴拉起来，但死活拉不起来。他身上仿佛没有骨头，软不邋遢的，一拖一耷拉。鼻涕眼泪把他文质彬彬的脸弄得惨不忍睹。最后还是郭大发书记上前把他拉起来，其实也不是郭书记的手把他拉起来，而是郭书记的话把他拉起来。郭书记说：“老杨，你就别像个老娘们一样嚎起来没完了，毛主席咋说来着？‘要奋斗就会有牺牲，死人的事是经常发生的。’你现在立刻去采访，采访完了赶快写一篇稿子，我告诉你说，宋老师是为了抢救公共财产牺牲的，为了抢救公共财产，他连自己的亲生儿子都不顾了！”

听到书记的话，杨结巴几乎是蹦了起来，是的，哭管什么用呢？哭也不能把死人哭活，把宋老师的英雄事迹报道出去，才是对宋老师的最好纪念，也是一个老朋友向死者表示友谊的最佳方式。必须承认，杨结巴是大才，只可惜他是结巴，否则，凭着那支生花妙笔，到县委宣传部里去当个副部长或者到省报里去当个记者那是绰绰有余的，但老天偏偏让他是个结巴，于是他也只能在我们那个小小的公社里作为一个名人而终其一生，据说八十年代时，他带出来的几个徒弟都转了城镇户口，吃商品粮，拿工资，只有他，郁郁不平地、牢骚满腹地在这个局里或那个镇上帮人炮制点文章，混碗饭吃。其实，他也有过交鸿运的时候，那就是全国普及革命样板戏的时候，他自告奋勇扮演《红灯记》里的李奶奶，一炮打响，全县闻名。如果不是因他得意忘形，犯了错，那也不至于落魄到后来那种程度。

杨结巴这篇通讯，文采飞扬，描写生动。他写宋老师冒着生命危险一次次冲进火海去把课桌和板凳拖出来，而他的最亲爱的儿子在火里哭叫。他写：烈火熊熊如火炬，照亮了大地与天空。他写：这是一曲集体主义与英雄主义的壮歌，沙窝村生产大队的贫下中农在党支部书记郭大发的率领下救火救人，不怕牺牲，沙子口生产大队的贫下中农也赶来助战，国营蛟河农场的工人老大哥们也从十里之外以急行军的速度赶来——明明是坐汽车来的嘛。他再写：大火终于被救灭，保住了生产大队的粮仓和三万斤战备粮，保住了生产大队的三匹马、三头骡子和六十多头耕牛，保住了生产大队养猪场里的数百头猪，也保住了全村两百多户贫下中农的房屋和生命……

这篇文章缩写后，在省报发表了一个简短版，让杨结巴的才名又上了一个新的台阶。为宋老师评烈士的事，因为有这篇文章助力，只用了十天就得到了县政府的批准。过了十几年，兴起招收工农兵大学生时，村里竟然把连一天学都没上过的宋老师的小女儿推荐去上了烟台水产学校，这自然是沾了他爹烈士英名的光，准确地说是沾了杨结巴那篇文章的光，更准确地说是沾了郭大发书记的光。虽说一天学没上，但她天生聪明，先认鱼虾后认字，很快就成了班里的优等生，毕业后分配到县水产公司，卖鱼卖虾卖海带，凡是海里产的东西，就没有她买不到的，我们家跟着她沾了不少光。我母亲曾幻想着让她成为我媳妇，但人家是吃国库粮的，自然看不上一个农民，后来她嫁给了原烽火公社副书记罗金友的儿子罗卫民，生活幸福而美满，这些都是后话了。

二

失火后第三天，盛着宋老师和他儿子遗骨的两具棺材从他们家院子里抬出来时，我们正在把我三婶娘家陪送的一个柜子两个箱子还有洗脸盆、脸盆架、被子褥子，还有一大包蜡烛等物品从牛车上卸下来。胡同狭窄，挡了他们的路。这确实是巧合，但有的人却认为这是我们家故意的设计，棺材者，“官”也“财”也，拦住了棺材，就等于拦住了官运和财运，当然这些都是事情过后人们的演绎和解释，而在当时，我们家里的人都发自内心地感到晦气，娶媳妇碰上出殡的，哪里去找好？幸好我们仅仅是在卸嫁妆，再过十天才是婚期，如果是花轿落地那一刻碰上棺材出门，那才是晦气呢！我从家里长辈的脸色上看出了他们的懊丧和对我与三叔的不满，但三叔好像没事人似的，匆匆忙忙先把牛车上的东西卸下来，然后让我在前头扯着牛缰绳，他在后边用荆条子抽打着牛屁股，用最快的速度把牛车赶出了胡同，为宋老师父子的棺材和送殡的队伍让开了道路。

我三婶是城里人，家里开着一个蜡烛店，地点在东关神仙巷。店门口挂着一个油腻腻的木牌子，上边写着四个暗红色的字：光明蜡烛。蜡烛店门面不大，前面三间房子，中间是店面，有几排货架，货架上摆着各种蜡烛。两侧是两间耳房，有一个后门，通往后院，后院两侧，摆着成捆的芦苇和几个大缸，大缸里盛着羊油和牛油，这些都是做蜡烛的原料。东侧两间厢房，是蘸蜡烛的作坊。北面三间正房，是主人起居的地方。

这是我第一次进县城，时间是教堂起火后第二天。三叔让我跟他赶着牛车去县城拉三婶的嫁妆。按说拉嫁妆的事三叔不能自己去，但村里人都忙着挖台田防涝治碱，连妇女都下了地。三叔是龙山煤矿的工人，请了一个月假回来结婚。他带着我去找郭支书，希望书记能派两人去城里帮他拉嫁妆。三叔递给郭支书一支“大前门”香烟，支书接了烟，放在鼻尖下嗅嗅，然后又放到指甲盖上顿顿，那时可没带过滤嘴的香烟，将烟头放指甲盖上顿，其目的是防止细烟屑被吸入口，其实那就是老烟鬼的派头儿。三叔赶紧划火帮书记点上烟，吭吭哧哧地说请书记派人的事。书记说一个萝卜一个坑，哪里有闲人？你闲着没事，自己去吧！如果怕路上闷，就带上你这个话多的侄子。我心里想我什么时候话多了呀？三叔搔着脖梗子说，书记，您看，哪有新郎自个儿去老丈人家拉嫁妆的，只怕会让人家笑话呢。支书喷吐着烟雾说：新社会，新风尚，谁敢笑话？你去吧，没准儿你那媳妇还挺高兴的呢！听说你媳妇能写一手好字，她是什么文化水平？我三叔说，好像是初小吧，也许是高小吧，等她来后我问问。支书笑道，不是说你们是自由恋爱吗？怎么连人家是什么文化程度都不知道呢。我三叔嘿嘿地笑起来。这样吧，小光跟你一起去，书记说，我让第二生产队把那辆地排车借给你们用，二队里那头蒙古牛腿最快，就派这头牛去，你去跟赵六说，就说我说的。书记抬头看了看太阳，说，时间还不晚，你们这就出发，无论如何今晚要赶回来，带足草料，把牛照顾好，这头牛，是宝贝，我们还指望着它繁殖几头快腿牛呢。我三叔很感动，把那盒烟塞到支书口袋里，支书说，三怪（我三叔外号三怪），你想干什么？腐蚀拉拢革命干部？三叔不好意思地搔脖子。支书摸出烟盒，从中抽出两支，一支夹在耳朵上，一支就着那个烟头引燃，把烟盒又还给我三叔，说，雷厉风行，赶快，明儿个宋老师出殡，公社里还要来人呢。对了，你们路过百货商店时，顺便帮我买两节干电池，要大无畏牌的，去吧。

我和三叔赶着地排车进城，母亲为我们包上了两个玉米面饼子、两棵大葱，还有一团黑酱。那时候可没有瓶装的矿泉水之类的，不过也绝对渴不着我们，公路沿着河边走，我们随时可以到河里去喝水。那时代的河水清澈见底，绝对没有污染。路刚刚修过，所谓刚刚修过，就是在路面上刚撒了一层破砖烂瓦，还有鹅卵石，然后让国营蛟河农场的东方红牌链轨拖拉机来镇压了两遍。这条路也是蛟河农场通往县城的唯一道路，他们的嘎斯51大卡车和捷克斯洛伐克生产的胶轮拖拉机每天都要在这条路上跑。我们尽量让蒙古牛沿着路边比较平坦的地方走，为了减少颠簸也为了保护它的蹄子。

三叔坐在牛屁股后的辕杆上，我坐在车厢里，屁股下垫着一盘麻绳子。三叔心情很好，嘴里哼唱着小曲。小曲哼够了就吹口哨。那时候的年轻人都喜欢吹口哨，据说是跟着一部外国电影里的男主角学的。就连刚刚去世的宋老师也擅长吹口哨，他还是我三叔的启蒙老师，很多人都说吹口哨是流氓行为，但参加过抗美援朝的郭支书不这样看，他说志愿军的侦察兵在树林里吹口哨，学鸟叫，引诱敌军过来，活捉回去，立功受奖，关键是要吹好！三叔的口哨吹得好听极了，几次让他教我，他也教过我，但我口舌太笨，怎么也学不会。长大后我学习了一点儿音乐知识，曾多次想起，如果当时有个录音机，把我三叔吹过的口哨都录下来，交给音乐家，必会给他们带来很多灵感。三叔还送给我一块金黄色的有半个拳头（我那时的拳头）那般大的透明的松脂一样的东西，里边有一只活灵活现的碧绿小虫子，三叔说这是他在坑道掌子面上抱着风钻采煤时发现的。这应该是三叔对我的奖励，奖励我陪他进城拉嫁妆。其实不用奖励，我也很高兴。这是我平生头一次进城，进城可以看火车，看楼房，看许多在乡下看不到的风景。现在回忆起来，三叔送我的是一块顶级的价值不菲的琥珀，可惜，我太好奇，总感觉里边那只小虫子是活的，于是就用锤子砸破。如果能留到现在 …… 这是一个人老了后经常说的废话，这世界上什么“果”都有，就是没有“如果”。

三叔当然也跟我说过他这门亲事的缘由，他说，小光，你三婶，那可是高密城里有名的美人哪。“第一美女岳海玲，第二美女孔海蓉，第三美女邵春萍，三个美女加起来，比不上蜡烛店里的顾双红。”这是高密城里人人都知道的顺口溜，三叔洋洋得意地说，顾双红就是你三婶，你想知道我一个煤黑子是怎么把高密城里的大美女搞到手的吗？天意！除了天意没有别的解释。我特别想三叔把这个“天意”的细节讲给我听，但三叔似乎沉浸在对往事的回忆中，一副心醉神迷的样子，那下意识吹出的口哨，特别地婉转抒情，连天上的百灵鸟都盘旋鸣叫着跟随我们前进。牛车从铁路桥洞里钻出来就等于进入县城了，这时恰好有一辆从青岛方向开过来的列车经过，我不错眼珠地盯着，看那车头喷出的强劲白烟，看那些一闪而过的窗口，听那铿锵的车轮声和震耳欲聋的汽笛声，心中萌生了强烈的向往，我对三叔说：三叔，我这辈子要能坐一次火车，死了也就不冤枉了。三叔笑道：这还不简单吗？过几天我回煤矿上班时带上你坐一次就是。你这辈子，一定能坐上火车！

三叔说，一会儿到了三婶家，你切记要少说话，要看我的眼色行事，如果我那老丈母娘留我们吃饭，你小孩家不要上桌，在下面弄点吃的就行了，吃完了就出去看车喂牛。我说三叔你放心，我装哑巴。三叔笑道：也没有必要装哑巴，你是很聪明的，不用我多嘱咐，看我的眼色行事就行了。

我们赶着车到达三婶家的光明蜡烛店时，已经是正午时光了。三叔让我看着车和牛，他自己进了店。我看了店门旁边那块有了年份的老招牌，为自己猜识了“蜡烛”的繁体字而得意。我看到三叔站在柜台前与一个女子说话，我知道她就是我的三婶顾双红，尽管我看不清楚她的脸，我也知道她很美。

一会儿工夫，我看到三叔跟着三婶到后院里去了。有一个年龄跟我差不多大的小男孩像从地里冒出来似的出现在我的身边，气汹汹地问：小孩，你是从哪儿来的？我说：从烽火公社来的。他翻着白眼又问：烽火公社在哪儿？我指了指东北方向说：在那儿。他又问我：你来干什么？我答道：来拉嫁妆。他非常不明白的样子，又问：什么是嫁妆？我立刻在心里就把这个城里的小孩子给蔑视了，连嫁妆是什么都不知道，还城里人呢。当然我没把对他的蔑视说出来，而是耐心地告诉他，说这是我三婶家，我三婶就是刚才站在店里卖蜡烛的。那小孩立刻明白了，说：原来是蜡烛红要出嫁了，蜡烛红要嫁给乡下人啦。我纠正他说：我三婶的名叫顾双红。他说：顾双红就是蜡烛红，蜡烛红就是顾双红。蜡烛红，大破鞋，兜里揣着一副牌，想跟谁来跟谁来，蜡烛红，吹口哨，青年听了不憋尿。我知道这些话很坏，怒道：你胡说，我让俺三叔揍你！他又低声神秘地说：蜡烛红的爹当过国民党呢，你知道什么是国民党吗？我说我不知道。他说国民党就是坏蛋。然后他又说蜡烛红是个瘸子！

我们俩正说着话，就看到我三叔和一个系着蓝布围裙、头发花白、身上散发着浓浓膻味的瘦高老头出来了。后来我慢慢地知道了我三婶家的蜡烛使用的主要原料是羊油和牛油，所以他们家人身上都有一股膻味。三叔指着我对老头说：这是我侄子小光。我慌忙按照行前母亲特意叮嘱过的叫了一声“姥爷”。那老头和蔼地对我点了点头，还夸了我一句：聪明！我心里感到暖洋洋的，对这老人充满了好感。这时候，那个城里的孩子突然喊了一声：打倒国民党！然后便跑了。老头叹了一口气，低声嘟哝了一句，然后便说：那就装车吧。这时又有一个白头发的老太太出来了，我赶紧叫了一声“姥娘”，老太太哼了一声，很不高兴的样子，然后叨叨着：我们陪送了这么多贵重东西，你们就来这么一辆破牛车！我三叔赶紧低头哈腰地道歉，说原本是想来辆大马车的，但大马车轮胎坏了，一天两天的修不好。那老头就对老太太说：行了，别叨叨啦，快进屋去打点着往外抬吧。老太太道：抬，跟谁抬？老头指指我三叔说：我们俩抬。老太太道：你们俩能抬动那个楸木柜？那是我出嫁时俺老奶奶送给我的陪嫁，二寸厚的板子，四角包着铜，只怕四个人都抬不动呢，何况里边还装满了东西。老头说：把里边的东西先拿出来，先抬空柜子。老太太说：那你们两个人也抬不动。三叔道：让我侄子搭把手。老太太撇撇嘴：就这么个吃鼻涕的娃娃，浑身是铁能锻几根钉子？我忙说：姥娘，我很有力气的！我能抬起一桶水呢！三叔道：是的，他很有劲儿！老头上下打量了我几眼，说：试试吧，实在不行再想办法。

我从路边搬了两块石头把车轮塞住，把牛缰绳拴在路边一棵杨树上。我跟在三叔身后，三叔跟在老头身后，老头跟在老太太身后，鱼贯着进了店。我一眼就看到三婶坐在柜台后，戴着白套袖，系着白围裙，手持一支毛笔，蘸着碗里的金色，往一根红色的大蜡烛上写字。这是我第一次看到女人用毛笔写字儿，心里感到很惊奇。我三婶身体侧着，我看不到她的整脸，她的侧面真好看，腮不胖，耳朵很白，眉毛很黑，睫毛真长，我不知该不该叫她一声三婶，但一看到她那副不理人的样子，就把到了唇边的话咽回去了。她身后柜台上那些蜡烛我也是第一次看到，粗的细的，长的短的，红的白的，摆满了货架。那两根足有一米长的粗大蜡烛给我留下了深刻的印象。后来我听三婶说，这样粗大的蜡烛是祠堂里用的，那时候有的村子里的大姓家族还保留着祠堂，每到春节，合族的人要聚在一起祭祖，那大蜡烛就是此时用的。那些红蜡烛上都描着金字，这些字都是我三婶写上去的，当然，她的父亲也能写。后来，我才知道她的父亲曾经在解放前的政府里当过录事。

尽管把柜子里的东西都拿了出来，但那楸木柜子实在太沉，三叔与姥爷抬不动。而且只抬了一下，姥爷就哎哟了一声，好像是把腰拧了。姥娘唠叨不休，就差破口大骂了。三叔满头是汗，张口结舌。这时，姥爷和姥娘吵了起来。三叔拉着我穿过院子和前店，到了街上。穿过院子时，我看到了东厢房里有一长案，案上摆满了半成品的蜡烛，当然我也嗅到了浓烈的膻味，我从小嗅觉就比一般人灵敏，当时我以为大家的嗅觉都跟我一样，后来发现很多人的嗅觉比我迟钝许多。穿过前店时我看到三叔可怜巴巴地望了一眼三婶，似乎有求助的意思，但三婶没有抬头。

站在蜡烛店门口，三叔点燃了一支烟，忧愁地四处张望着，他甚至低头问我：小光，你说咱怎么办？我说：要不咱先回去，明天多叫几个人来。三叔说：明天，明天找谁来呢？此时，有三个青年骑着那种乡下很少见到的永久牌自行车和小国防牌自行车，追逐着过来。到了蜡烛店门口，他们停住车子，手扶着车把，脚尖支着地，都把食指噙在嘴里，吹出尖厉的、由高而低的口哨，显然是在对我三婶耍妖——后来听三叔说，他们吹的是专门调戏妇女的“狼哨”。其中一个满脸粉刺、留着大分头的沙哑着嗓子喊：蜡烛红，出来！

听说城里有很多流氓，我想这三个就是了。我三婶一声不吭。他们又吹起了口哨，依然是由高而低，充满挑逗意味，仿佛是从一个女人的头，看到一个女人的脚。这时，我三叔把左手食指和拇指捏拢，噙在嘴里，吹出了一声由低而高、直冲云天的呼哨——后来三叔告诉我，这是“鹰哨”，专门压制“狼哨”的。这“鹰哨”的意思是，这个女人是我的，你们滚到一边去。那三个城里青年顿时愣了，直着眼看我三叔。我三叔拿出手指，嘬起唇，吹出了电影《上甘岭》的插曲《我的祖国》。吹奏时，我三叔腮帮子上的肌肉不停地跳动着，他的双手还打着节拍，他的眼睛里满是情感。吹到“朋友来了有好酒，若是那豺狼来了，迎接它的有猎枪”时，三叔加大了力度，眼睛里闪烁着光芒，产生了一种凛然不可侵犯的感觉。那三个小伙子慌忙从车子上下来，凑到三叔眼前，说：嘿，伙计，有两下子！干什么的，搞音乐的吧？我三叔道：挖煤的！那个面有粉刺的说：挖煤的？骗谁？——我三叔的堂堂仪表我一直没顾上描写呢，简单写两句吧，他身高一米七六，这在当时属于高个子了。他面色黧黑，鼻梁挺直，头发粗硬，眉毛很浓，眼睛不大，但闪闪发光。我必须说明，我三叔是我爷爷的三弟媳妇的儿子，之所以这么说，是因为我这位三爷爷年轻时游手好闲不务正业，将近四十岁了还打光棍，后来与一西北某省来讨饭的女人结了婚，那女人带着一个男孩一个女孩，男孩就是我三叔，我这样一说大家就应该明白我三叔为什么长成那个样子。尽管他不是我们老高家的血脉，但我们都没把他当外人。他理直气壮地跟着我们姓高，他的名字也被堂堂正正地写进家谱。他的多才多艺尤其是在音乐方面的才能也一定与他的那个在西北某地的家族有关吧。

那满脸粉刺的小伙子恍然大悟，兴奋地说：你就是顾双红的那个吧？另外一个白净面皮、留着黑森森小胡子的青年道：我们想顾双红嫁给一个煤黑子不是鲜花插到牛粪上了吗？原来你是这样的！而且还吹得一口好哨！

三叔摸出烟，分给他们每人一支，并为他们点燃。三个小伙子香甜地抽着。那个年龄看上去最大、脸上有很多黑痦子的小伙问：伙计贵姓？三叔道：不贵姓高。黑痦子看看牛车，看看我，问：这是……三叔道：三位兄弟，帮个忙怎么样？三个小伙子齐声道：没问题，你说！三叔道：我今天是来拉嫁妆的，但那柜子太重，抬不出来，我老丈人把腰又扭了。三个小伙道：小事一桩，兄弟！我们都是顾双红的朋友，这点事，小意思！

于是三叔就带着那三个小伙子进了店。长粉刺的那位对我三婶打趣道：顾双红，悄没声地就要嫁啦？喜糖喜烟可要准备好！我三婶冷冷一笑，也没说什么。

三个小伙子加上我三叔，四个人把那沉重的楸木柜子抬到了牛车上。还有两个箱，都是用梧桐木板新做的，没多大分量，他们两人抬一个，轻松地就弄到了牛车上。接下来他们七手八脚地把那些被子褥子枕头毛巾等等杂物都塞进箱柜，那包沉重的蜡烛，用旧报纸包着，被放到箱子底下。然后用绳子把箱子固定好，我三叔又敬了他们每人一支烟，互报了姓名，关系密切得像多年的朋友似的。

此时太阳已偏西，估计是下午三点多了，那是白昼最短的季节，再有两个多小时天就黑了。我三叔从他岳父家院子的那口水井里提来一桶水饮了蒙古牛，然后与岳父岳母告别。这时他岳母的脸色也好看了，可能是听到了三叔的口哨，也看到了三叔的交际能力。她甚至热情地说：要不就住下吧，赶明儿个天亮回去。三叔说，不啦不啦，我们紧着点走，三个多小时也就到家了。

我原本以为三婶会出来送我们，但她一直没出店门。姥爷姥娘站在店门口对我们招手。我三叔吹了一串口哨，婉转如画眉鸣叫，这是给我三婶听的，三叔后来告诉我，这叫“鸳鸯哨”。那三个青年听到三叔吹给三婶的这串口哨，脸色红红白白，都是很不自然的样子。车装得有点儿后沉，三叔让我爬上车，坐在前边那个箱子上，平衡一下车上的重量。他自己步行，倚靠着车辕杆，赶着牛走。那三个小伙子恋恋不舍地推车跟着我们。粉刺脸说：兄弟，我们护送你一程。三叔吹了一首电影插曲《九九艳阳天》，自然又让这仨青年如痴如醉。三叔说：伙计们，就此别过，咱们后会有期。三个小伙子很遗憾地骑车走了。三叔显然很得意，问我：小光，三叔还行吧？我说：太行了，三叔，你是天才。三叔道：天才说不上，不过，在音乐方面我是有感觉的。无论多么难唱的歌，顶多听两遍我就能记住。你要相信，小光，三叔总有一天会从坑道里爬上来，到矿山宣传科里去坐办公室。

就这样说着话，我们到了东关铁匠街。铁匠街上有几家铁业生产合作社，能制造镰刀、锄头、铁锹等农具，叮叮当当的打铁声震动人心。路上有很多煤渣子，煤渣子里混着铁屑，有一股嗅之令人兴奋的铁的气味。出了铁匠街往右拐，我们就可以望见那个铁路桥洞子了，穿过铁路桥洞子就等于出了城，但就在此时，我们的地排车轮胎被一块废铁扎破了，顷刻便泄了气，三叔长叹一声，道：这可坏了事了。我赶紧从车上爬下来，看着那瘪瘪的车胎，眼泪哗哗地流了出来。

三叔安慰我，别哭，小光，没有翻不过的山，没有过不去的河！

我们将车靠到路边，把牛卸下来。三叔让我看着牛和车，他自己到路边的铁匠铺里借工具，只借到一把钳子，一把钳子根本不可能把车轮卸下来。三叔说：小光，今天夜里咱们可能回不去了。我说：那怎么办？我们会冻死的，牛也会饿死的。三叔道：不会，我们冻不死，牛也饿不死。你好好看着牛和车，我找人去。我问：去三婶家吗？三叔道：不，不去她家。

太阳即将落山时，三叔带着那三个小伙子来了，他们都穿着油腻的工作服，带着帆布工作袋，袋子里装着钳子、扳手、螺丝刀等工具。事后知道这三个小伙子都是棉花加工厂维修车间的工人，都有技术。他们把车上的柜子抬下来，然后用砖头把车的一侧垫高，把轮胎剥了下来。两个小伙子骑着车去修车铺帮我们补车胎，那个脸上有痦子的留下，陪我们看着牛和车。

车修好后，已经满天星光。我又饿又困，蒙古牛也饿得哞哞叫。在三个青年的劝说和帮助下，我们住进了离三婶家很近的前进旅社。这旅社其实就是马车店，在那儿竟然巧遇了我们村的马车夫老柳。他匀了一点儿干草给我们喂牛，那三个小伙子买了二十个炉包送给我们。炉包虽然凉了，但味道很好。伙计，你的口哨是跟谁学的？那个面有粉刺的小伙，兴致勃勃地问。三叔道：我的启蒙老师是我们村学校的宋老师，后来又拜了一个高人为师。我们村东八里有一个国营农场，前几年，省直机关的所有“右派”都在那里劳改，其中有一个放羊的老乔，曾经是全国口哨比赛冠军，还去罗马尼亚参加过比赛，我的口哨就是跟他学的。三个青年齐声道：怪不得，果然名师出高徒！这个老乔现在在哪儿？我们也去拜他为师，三叔道：拜不成了，1961年春他就死了。面有痦子那个青年问：怎么死的？饿死的吗？三叔道：据说是上吊。那太可惜了，三个青年几乎齐声道，那我们就拜你为师吧。三叔道：你们厂里允许吹吗？有的地方把吹口哨的当流氓抓呢！青年们说，我们厂的书记好文艺，会吹口琴，他说你们要吹就好好吹，吹出水平，升华成艺术。那真不错，这样的干部不多，三叔道，我们矿山有一个口琴小组，我想参加，但他们不要我，总有一天他们会要我的。顾双红也会吹口哨，你知道吗？那位白脸小胡子说，她原来是我们厂的合同工。真的吗？三叔道，这些我都不知道呢。粉刺脸小伙对小胡子使了一个眼色，说：伙计，今天暂时别过，你们早点休息，改天我们去找你，专程拜师！三叔像江湖上的人物一样，抱拳对那三个小伙子说：兄弟们，大恩不言谢，但我牢记在心了。走到门口时，那白面小胡子又回头问三叔：哥们，能吹几个八度？三叔伸出四根手指，笑着说：不多，四个！

粉刺大分头吐吐舌头，道：天哪！神人也！

这一夜我睡得很沉。天麻麻亮时三叔把我拉起来，我们套上牛，匆匆上路，穿过铁路桥时，一轮红日升起，我看到路边的树上结满了冰霜。

三

还是先交代一下，我三叔和三婶是如何结成姻缘的吧，按说我三婶是一个虽然腿有小残疾，但不影响行走而且相貌压全城的美女，几乎不可能看上一个家住偏僻乡下，职业危险劳累的挖煤者。这就是三叔讲过的“天意”了，何为“天意”？其实就是我三叔的善意。话说1960年秋天，我三叔从煤矿请假回来为他的父亲也就是我的三爷爷办理丧事，在坊子火车站等车时，遇到了一个昏倒在地的老人，这个老人就是我三婶的爹顾传胪。顾传胪当时五十刚出头的年纪，按现在的标准，也就是一个中年人，但在当时，就是标准的老人了。顾传胪在旧政府当过文员，最高职务是秘书科长，虽没有当汉奸杀革命者的罪恶，但也参加过一些危害革命的活动，解放后判了他十年徒刑，我三叔在车站遇到他那天，正是他从潍北劳改农场刑满释放的日子。他是站在三叔面前排队买票时突然一头栽倒的。那时候的人都饿得本命不顾，没人理倒地的顾传胪。我三叔喘息着，把他拖到一张木条子钉成的长椅上。他歪头吐出一些绿水，就像蚂蚱吐出的绿水一样的颜色一样的味道。三叔说，我知道他是饿的，给他点吃的他就活了，不给他吃他就死了。三叔说，我的包里有两个黑面馒头，那是我勒紧裤腰带省出来想带回家给俺娘吃的。我不敢看老头那灰暗的眼神，我犹豫着，眼前晃动着老娘瘦得皮包骨的面孔。最后我还是悄悄地将手伸进包里，掐下了一半馒头，递给那老人。三叔说那馒头的香味突然地挥发出来，把候车厅里饥肠辘辘的人们的目光一下子吸引了过来。顾传胪得到馒头，几口就吞了下去。这时，一个带着两个孩子的妇女扑通跪在了三叔的面前，涕泪横流地说：同志，同志，给这俩孩子一口吃的吧，他们已经三天没吃东西了。三叔说那两个孩子其状之惨，实在令人不敢正视。三叔把那半个馒头摸出来，分成两半，给了那两个孩子。这时，更多的人围了上来。三叔慌忙站起来说对不起大家了，我只有一个馒头了，这是我省出来回家孝敬俺娘的。一个满头乱发的中年人猛地把三叔的书包夺过去，转身就跑，一边跑一边把馒头摸出来，顺手把书包扔在地上。三叔在后边紧紧追赶，那人一边跑一边往嘴里塞馒头。三叔说等他从后边抓住那人的肩膀时，那人已经把馒头全都塞到了嘴里。他的口腔撑得合不拢，他的眼睛噎得翻了白。三叔在他背后拍了一掌，那人将馒头咳出来，但紧接着又抓起来往嘴里塞。三叔叹口气，便松了手。三叔回到候车室，顾传胪已经坐了起来。那女人将书包捡起来递给三叔，眼泪汪汪地说：大兄弟，你真是个善人哪！

那天，三叔与顾传胪同车到了县城。出了火车站，顾传胪说：小高，我不瞒你，解放前我在旧政府里干过事，判了十年劳改，今日刑满释放，我家住东关神仙巷，离这儿不远，你要不嫌弃，就把我送到家，让我老婆做顿饭给你吃，我家开着一个卖蜡烛的铺子，勉强还能吃上饭吧。我三叔看老头那随时都可能倒毙的样子，心中不忍，虽然挂记着老娘，但还是帮他提着行李卷，把他送回了家。顾传胪力邀三叔进屋，三叔以父亲去世母亲老病为由坚辞。最后，顾传胪说：小伙子，你先回去办事，但回程时，一定要来家坐一坐，你记住这个门儿。三叔允诺。

三叔回家后，看到老父停尸堂上，老母也病饿而逝。两个老人并排躺着，脸上都蒙着黄纸。那时候生活之艰难穷困，不经历者难以相信，用不起棺材，从炕上揭了一领破席卷了老父，用一块破毡片裹了老母，然后找了本家几个人，抬出去埋了。

至于三叔和三婶，如何订下终身的详细情节，三叔未说，我也不敢妄加猜测。三婶为什么能够看上三叔，这个三婶也没说，我也无从知悉。我听大姐说过，说咱三婶的爹娘原本是想招咱三叔去做养老女婿的，但三婶不同意。三婶说将来这社会，家庭出身高于一切，如果三叔当了上门女婿，那生下的后代，受姥爷历史问题的牵连，就没了前途。而咱们这边是响当当的贫农，孩子会有好前途。姐姐说你看咱三婶多有头脑，有文化的人就是不一样。姐姐说三婶还说，她娘家那个蜡烛店也开不了几年了，将来这社会，必会向着越穷越光荣越富越可耻变化。果然，几年后，兴起了红卫兵，先是把羊油大蜡烛上那些“忠厚传家久，诗书继世长”“年丰人增寿，春来福满门”等吉祥句子，当成“四旧”，不准再写，改成了革命词儿，后来又说这些写在蜡烛上的革命词儿被燃烧殆尽，很不吉利，索性把蜡烛店给封了。姥爷的历史问题又被抖搂出来，批斗游街，抄家封门，老两口子看看生不如死，于是把羊油牛油蜡烛棉絮搬到脚下点燃，然后双双悬梁。蜡烛店里失火，那是没有救的。左邻右舍，各自保护着自己的家，眼睁睁地看着那烈火把蜡烛店烧成一片废墟。这时候我们才意识到三婶的英明。也有人风传，说三婶是顾传胪夫妇抱养的孤儿，原本就没有那种骨肉深情。此事也无法求证，蜡烛店大火后，三叔那三位朋友中的一位捎信来报告了噩耗，此时城里的革命正闹得狼烟烈火，三婶流了眼泪，但没有号啕大哭。此时，她已经生了女儿清灵。她将女儿交我母亲帮看着，带上我，搭乘上蛟河农场去县城拉煤的拖拉机到她家的遗址上看了看。能搭乘上农场的拖拉机要感谢我姐，她这时已经成了我们公社宣传队有名的小演员，能唱歌能跳舞，还能编快板书。最绝的是我姐姐也会吹口哨，三叔教过她，她也是这方面的天才，一学就会。她平时就噘着嘴，好像天生为吹口哨准备的。我姐还有个神技，那就是梦里吹口哨。第一次听她梦里吹口哨，把全家人都吓蒙了，后来习惯了，也就不怕了。虽然她的水平与三叔不是一个等级的，但一个女孩吹口哨，且能吹出完整的歌曲，里边还夹着些小花活儿，已经让乡下人大开眼界了。她在宣传队里有个好朋友袁小凤，袁小凤的爸爸就是农场的拖拉机手。

农场的拖拉机把我们放到铁路桥边，约好了下午三点还在这个地方等，然后就开往火车站货场去装煤。我和三婶走着去神仙巷。三婶虽瘸，但走路速度一点儿也不慢。我脑子里不断地浮现着三年前跟三叔出来拉嫁妆的情景，许多细节历历在目。到了那里一看，只有几堵被烧燎得乌黑的墙壁和满地的瓦砾。虽然时间过去了好几天，但燃烧羊油牛油的膻味还没散尽。三婶脸色苍白，在废墟里转了几圈，找来一根木棍，在姥爷姥娘自尽的那个房间拨拉出几根骨殖。三婶从头上解下那条紫色的方围巾，将骨殖包起来。几个女人站在不远处往这边张望着，这些人都应该是三婶的邻居，但她们都不敢靠前。看看天将正午，三婶掏出三毛钱半斤粮票让我去买两个馒头充饥。我说俺娘给了我两毛钱。三婶说把你的钱收起来吧，然后说顺着街往西走，路口有一家工农兵饭店，里边有馒头有烧饼。

我买馒头回来时，三婶双手捂着脸坐在那儿哭，那几个邻居的老年妇女在旁边劝说着。我看到三婶手里攥着一张纸，后来我知道那纸是姥爷的遗书，但这遗书不是写给三婶的，而是写给各级革命委员会的。遗书证明三婶是他们夫妇收养的一个孤儿，而这个孤儿的父母是被国民政府枪毙了的共产党地下党员。这证明如果能被承认，那三婶一下子就变成了革命烈士的后代，即便不被承认，也能够发挥很好的作用，起码可以说明，她血管流淌着革命烈士的血，无论他的养父母用什么样的饭食喂养，她的血型也不会变化。姥爷可真是用心良苦啊！

我笨嘴拙舌，不会劝解，只好跟着三婶哭。哭了一阵，三婶擦擦眼睛，站起来，对那几个女人深深地鞠了躬，感谢她们收藏了父亲的遗书并转给自己，那几个妇女也就借机别过，各自走了。我将两个馒头一块咸菜递给三婶，三婶说，你吃吧，我吃不下。

我是懂事的少年，两个馒头我吃了一个，剩下的一个，连同大半块咸菜，硬塞到三婶手里。三婶吃着馒头，眼泪沿着腮往下流。我愤愤不平地说：他们逼死姥爷姥娘，应该去告他们。三婶苦笑一声，竟然说：死了也好，活着也是受罪……

这是1966年8月份的事，那时候的事，不能以常理论之，如今回想，如同噩梦，但噩梦中似乎也有浪漫与狂欢的成分，甚至还有艺术，这是否是少年的错觉，还真不好说。

后来我听杨结巴大叔说，三叔曾私下里去蜡烛店废墟上祭奠过顾传胪夫妇，所谓祭奠，其实是凭吊。因为三叔既不敢烧香烧纸也不敢摆祭品。他只是在那废墟上，眼含着热泪，即兴吹了一会儿口哨。

三叔和三婶的婚礼是必须讲的，但在讲他们的婚礼之前，应该把我们家与三叔家的关系交代一下。我爷爷兄弟三人，大爷爷是中医，早就分家单过。我爷爷与我三爷爷一直没分家，三爷爷游手好闲，但他是小弟，我爷爷只好容忍。三爷爷与那个西省的流亡女人成亲后，爷爷就把场园边上那三间房子收拾了一下，让他们搬去住。看起来三爷爷是另起了炉灶，但经济上还是混在一起，三爷爷家缺了什么，就到我家来取什么。1960年，三爷爷三奶奶双双去世，三奶奶带来那个女孩子（我们叫她二姑）远嫁去了黑龙江。三叔在煤矿，所以那房子就空着了。1963年是大涝之年，那房子塌了。因此原因，我父母就决定把我们家的东厢房拾掇出来，作为我三叔和三婶的婚房。这时我爷爷和奶奶都还健在，但爷爷不喜欢走集体化道路，发誓不给人民公社干活，家里的事也一概不管不问。要问为什么在最困难那年我三爷爷和三奶奶死了，而我爷爷和奶奶却活着，这事我不想说又不得不说。其实我三爷爷是被棉籽饼胀死的，他领了政府发放的救济粮——三斤棉籽饼，一边吃一边往家走，走到家也吃完了。然后就口渴，喝水，棉籽饼在胃中膨胀起来……我三奶奶之死与饥饿有关系，但主要原因还是生病。

情况大概如此，大家看，我这哪像是写小说啊？简直是写交代材料或是记流水账。

因为我们没能按郭书记规定的时间回来，让书记再将地排车借给我们当婚车把三婶拉回来的可能性完全不存在了。我当时不过是个七八岁的小孩，但三叔一直把我当成他的知心朋友，把他的高兴、担忧、计划都告诉我。他说，小光，即便老郭把地排子车借给我们，我们也不用。你说，我们用辆破牛车拉你三婶，这多丢人。我说，是丢人，三婶是高密城里有名的大美人呢。三叔，我有个主意。三叔说：什么主意，快说！我说，咱能不能到蛟河农场去借用他们的大汽车？汽车不行，拖拉机也可以。三叔道：这绝无可能。不过，我有一个很可能实现的计划。

三叔去供销社买了一包好烟，带上我去公社驻地找到二秘书杨结巴，提出借他的大国防牌自行车，杨结巴说，高三，你知道不知道？我曾经对外宣称过：老婆可以借，但车子不能借。按照与三叔预先商定好的计划，我双腿一屈，跪在了杨结巴面前。杨结巴满脸通红，急不成句地说：起……来起来，你这是干什么？你这不是折老子的阳寿吗？我说：你不把车子借给俺三叔，我就跪着不起来了。杨结巴说：……起来……起来，有话好商量。我看了一眼三叔，三叔点点头。我站了起来。杨结巴说：你借我车子干什么？三叔说：实不相瞒，杨秘书，我元旦结婚。你大概也听说了吧，我那未婚妻名叫顾双红，是高密城的头号美女，城里多少小伙追她，她都不嫁，偏偏要嫁给我这个挖煤的，而且不让我去当养老女婿。你说，杨秘书，我要赶着个破牛车去拉她，多丢人，不仅仅是我没面子，也让人家城里人笑话咱们烽火人民公社是不是。杨结巴问：那你想怎么着？借我的车，自己去把媳妇载回来？这也不合风俗啊，哪有新郎官自己去载媳妇的。三叔道：我上次去城里拉嫁妆，结交了三个朋友，都在棉花加工厂工作，他们三人都有自行车，元旦他们放假，我想借你的车去县城找他们，请他们元旦那天把我媳妇送来。杨结巴道：那你走着去不就行了吗？三叔道：杨秘书，后天就是元旦了，家里还有很多事，走着去太慢，当然，我跑着去也是可以的，但您不知道我那丈母娘有多势利，她反对女儿嫁给我，我骑车去，尽管她知道车子不是我的，但她的心情会好一点儿。关键是，我如果能请动我那三个朋友，我媳妇脸上也有光彩。所以杨秘书，这个忙您一定要帮我。

杨结巴抽着三叔敬给他的烟，脸通红，嘴唇哆嗦着，好像要从他身上往下割肉似的。最后他抖着嘴唇，眨巴着眼睛说：好好好……吧，高三，看在你媳妇这个高密城第一一一……美人的面子上，我借给你。

杨结巴推出车子，支起来，弯腰试了试前后轮胎的气，又手摇着脚踏子让后轮高速旋转。他心醉神迷地听着车轮旋转的呼呼声，说：你听听，我这车子，一点儿毛病也没有。他慢慢地将脚踏子往后轻按着，刹住了旋转的车轮，说：你刹车时不要太猛，太猛会伤害里边的零件。然后他又拍了拍座子，检查了一下座底的弹簧，叮嘱道：过沟过坎遇有颠簸，一定要把腚翘起来！否则会把弹簧弄断，总之我不多说了，你千万小心着骑，下午五点前，最晚五点，必须把车子给我还回来。

三叔终于从杨结巴手里接过了自行车，推到了大街上。杨结巴紧跟着我们，口里还在唠叨着重复了很多遍的话。就在三叔骗腿要上车时，他又一把拉住了后货架子，说：你是什么时候学会的骑车？技术行吗？先别急着走，骑两圈我看看，我宁愿把车子借给老手骑十次，不愿借给新手骑一次。三叔说：好好好，我骑给你看。

三叔在公社机关大院后边的大街上，熟练地表演了从后边骗腿上车和从前边提腿上车以及左拐弯右拐弯从前边屈腿下车和从后边甩腿下车的基本技术。然后将车停在杨结巴面前，说：怎么样？放心了吧。杨结巴点点头，说：还行，那也得加小心。三叔说：我还能大撒把呢！杨结巴说：你必须保证不大撒把，否则我不借了！三叔道：好好好，我一定两手始终扶着把，始终小心加小心，回来你检查，如果车子少了一块漆，你就抠掉我一块皮。杨结巴道：如果我的车子真的掉了漆，把你全身的皮都都都……剥下来又有什么用处？

在我是先坐在车后座上让三叔从前边屈膝提腿上车还是三叔先骗腿上车慢行着我从后面蹦到货架上的问题上，杨结巴又纠缠了半天，最后定下让我先稳稳地坐在后货架上，然后让三叔从前边提腿上车，因为车在行进中我往上蹦会产生重力加速度，让自行车后轮胎承受太大的压力。

我们终于骑行在通往县城的道路上。车行数百米后我看到杨结巴慢慢地回到了大院。我知道，他的身体在公社大院里，他的心已经跟着他的自行车来了。三叔问我：杨秘书回去了没有？我说：回去了。三叔大喊一声：我的个天老爷！把我的嘴唇都磨起泡来了。我说：磨起泡来会影响吹口哨吗？三叔说：我这是用了一个比喻！三叔接着就吹起了口哨。

四

1964年元旦上午，三叔的三个朋友，其实也是我的朋友：面有粉刺的那位名叫郑华波，白脸小胡子那位名叫邓然，脸上有痦子的那位名叫邱开平。是我发现了这三个人的姓都带着——“阝”，然后我马上又想到三叔的名字高邦，这四个人的名字里竟然有四个右耳刀，我不由得喊叫起来：“三叔，太巧了！”这时正是三婶在东厢房“坐床”，三叔在我家北屋炕上招待这三位哥们和杨结巴的时候。听我解释了我的发现，他们感到蹊跷。三叔说：“三位兄弟，这是天意啊！”邱开平说：“我们应该结为兄弟是不是？刘关张桃园三结义，咱们是，这个村叫什么来着？对，沙窝，我们来一个沙窝四结义！”其他三位，也都拍手赞同。我必须补叙几句：当三辆车把上系着纸扎的大红花的自行车一路响着铃铛骑进我们村庄时，1964年的元旦上午顿时变得喜气洋洋。三个城里青年的洋气打扮和坐在中间那辆自行车后座上、身穿红格褂子、外套栽绒领蓝色华达呢半大衣、头蒙红色长围巾的我三婶的美貌，让村里的人羡慕不已，赞叹不止。大人小孩都挤到我家院子里，我母亲和邻居家几个大娘婶子引领着三婶上了东厢房的炕。墙壁上贴着花纸，窗户也用红纸封了，屋子里红光荡漾，喜气洋洋。小孩嚷叫着要喜糖，争先恐后地往炕上爬。我姐姐抓了一把糖扔到院子里，那些小孩便一窝蜂地扑上去。在抢夺的过程中，宋老师的小女儿被人碰破了鼻子，血流如注，坐在地上号啕大哭。我母亲恼怒地低声骂："真她娘的丧气。"母亲对二大娘很不满，说她家里新遭了大丧，竟然还放孩子出来抢喜糖。我姐姐也很不高兴，她与她那个宣传队的好朋友袁小凤一人一只胳膊，将宋老师的小女儿拖出了院子。

三叔给我的任务是看守好那三辆自行车。村子里的年轻人围着那三辆自行车：两辆上海产永久，一辆青岛产小国防，车子都有八成新，车圈车把上的电镀在阳光下熠熠生辉。村里那位最蛮横的青年名叫平度的，撇着从电影里学来的日本军官的说话方式，按了一下郑华波那辆永久的铃铛，道："大大的好，这匹小马驹子大大的好！让太君骑出去遛一遛！"听到车铃响，三叔跑出来，对平度等人作了一个揖，好声好嗓地说："兄弟们，这是朋友的车子，别给人家弄坏了。"平度伸手道："车子的可以不骑，但是你的，把喜烟的拿来！"三叔摸出一包友谊牌香烟，分发给众人，我知道这烟质量较差，价格便宜，而屋里炕上那几位贵宾，抽的是大前门。

三叔散烟后，将三辆自行车搬到墙角，顺手锁了，把钥匙拔下来，交我保管，这样就把我解放了。这时杨结巴推着车子进了大门。一进门他就喊：“高邦，你小子不不不……不够意思吧！借自行车时满满满……满嘴甜言蜜语，用完了自行车就把我我我……我忘记了。”三叔忙道：“我正想让小光跑步去请您呢！您是有文化有身份的人，正好，来给我陪客。”

一进屋杨结巴就对炕上三位年轻人拱手施礼，并不太结巴地说：“对不起对不起，公社曲书记让我给他准备讲话稿，刚刚弄完，耽误大家喝酒了。”

三叔也忙对他们介绍：“这是我们烽火人民公社的二秘书，大笔杆子，他的文章在省报刊登过，在省广播电台播送过，至于县广播电台，如果没我们杨秘书供稿，那就只好倒台了。”

杨结巴道：“高邦，你的话虽然有点儿夸张，但基本上还是事实。咱要是不结巴，小小的烽火人民公社哪能留得住我？”

三叔忙道：“对对对，杨秘书，你总有一天会高升，杨秘书，请吧，上炕。”

杨结巴也说：“好，上炕，站客难伺候。”他脱了鞋，不无炫耀地往上拉了拉他那双新袜子的筒儿。

现在回想起来，我们的炕其实很小，炕中央摆一张长方形矮腿桌子，每边坐上两人，整铺炕就满了。三叔侧着身子，半个屁股坐在炕沿上。我负责为他们烫酒。那年月时兴把白酒烫热了喝，说是喝凉酒写字时手会颤抖，其实是酒的质量差，加热后会让酒里的有害物质挥发一些。

母亲端上了四个冷盘，一个是白菜心拌虾皮，一个是盐水花生米，一个是松花蛋，一个是葱白拌豆腐。现在看这四个小菜有点儿寒酸，但在当时，已经相当不错。父亲过来，站在炕前，代表我们家的老人，对三位城里青年和杨结巴表示了感谢，然后便以大队里有事找他为借口走开了。

刚开始，三个城里青年还有点儿拘谨，杨结巴见过场面，很会调动气氛，几句调皮话，就让大家松弛了心情，自然了形体。就是在这时候，我发现了四个“阝”的问题。到那四个人吵嚷着“沙窝四结义”时，杨结巴道：“还有我呢！”

我说：“杨秘书，您的名字里没‘阝’啊。”

杨结巴说：“小屁孩子，你认识几个字？大叔名叫杨连升，升字的繁体字里，恰好有一个‘阝’。”然后他便摸出钢笔，将繁体字的升字写到手背，举着给大家看。

三叔抚掌道：“那就更巧了，来，为了我们这五个耳朵，干一杯！”

那时候生活困难，酒盅子也小，大家都小心翼翼地把杯子端起来干了。三叔又赶紧给大家把酒倒上。

杨结巴道:“各位小兄弟，今日这个事，还真是天意。原本我是不想来的，曲书记让我陪他到供销社饭店吃包子，当然，菜也是有的，酒也是有的。但我想，高邦老弟大喜的日子，虽然下煤窑这活儿又苦又累，但毕竟也是工人阶级，工人老大哥娶媳妇，咱能不来捧场？再说了，我跟这沙窝村的感情那是不一般的，你们郭支书，老英雄，公社书记见了都要敬三分，但他偏偏对我好，知道他叫我什么？‘杨记者’！‘记者’啊，多响亮的名头！好了，不说咱的光荣经历，咱就说五个耳朵这事。只要你们不嫌弃我结巴，我愿与你们结拜兄弟。桃园三结义那叫三侠，咱们沙窝村结义，五个人，五义，三侠五义！看过《三侠五义》没有？著名小说，也有评书，鲁迅先生都表扬过的。”

众人都直着眼，不言语，显然是没看过这部小说。杨结巴便匆匆讲述了书中情节，讲了两齣戏:《遇皇后》《打龙袍》，这两齣戏就是根据《三侠五义》改编的。说到了戏，杨结巴顿时满面生辉神采飞扬，他端起一杯酒，道:“弟兄们，其实我是个角，是个大名角，但可惜我生不逢时也生不逢地，结果成了个丑角。来，干了这杯，老哥给你们唱两句:龙车凤辇进皇城，御街上来了我讨饭人——”

他高亢苍凉的声音震动得封窗的红纸嗦嗦作响，三位城里青年都目瞪口呆，显然是被镇住了。

“眼不明观不见花花美景，看不见汴梁城文武公卿——”

正在东厢房里闹腾着的孩子们都跑出来，聚拢在窗外，戳破窗纸，往里观望。

杨结巴却突然刹住了唱腔，结结巴巴地说："献献献……献丑，今日到此为止，过几天到城里去，如果兄弟们爱听，老哥我给你们唱全本，生旦净末丑，狮子老虎狗，文武昆乱不挡！当然，我最拿手的还是老老老……老旦。"

三叔道："杨秘书，我听过您与宋老师在教堂里一个拉一个唱，但当时感到一般般，今日当面聆听，感觉大不一样，太棒了！"

杨结巴说："可惜了，宋老师，拉得一手好京胡，嘎嘣利落脆，不拖泥带水，他死了，再也没人能给我伴奏了，高山流水，知音难觅啦！"

说着说着，杨结巴的眼圈就红了，他用袖子擦擦眼，笑道："看我，真是丢人，这大喜的日子，扯到哪儿去了？我还给你们讲这《三侠五义》里的'五义'，'五义'者，'五鼠'也。何谓'五鼠'？钻天鼠卢方，彻地鼠韩彰，穿山鼠徐庆，翻江鼠蒋平，还有那盖世的英雄锦毛鼠白玉堂。知道白玉堂是哪里人吗？平度，与咱们一河之隔，现在平度是县，那时平度是州，白玉堂家土地万顷，家财亿贯，骑着快马跑三天也跑不出他家的地盘，这沙窝村，也是他家的地盘！关键是这人豪侠仗义，挥金如土，专好结交天下英雄，那《三侠五义》的作者就是以他为原型塑造出了锦毛鼠这个英雄人物……"

大家都听得愣愣的，忘记了喝酒。母亲又端上来热菜，第一个菜是白菜炒豆腐，第二盘是蘑菇猪肉炖粉条，第三盘是油煎萝卜丸子，第四盘是芹菜炒肉丝。尽管盘里只有寥寥的几片肉，但香味格外强烈，母亲对杨结巴说："大兄弟，领着客人多喝酒啊！"杨结巴道："大嫂放心，少喝不了。各位兄弟，什么是老嫂比母？这就是！老三父母归西，一切都靠这老嫂子操持着，你说对不对？高邦？"

三叔道："是，杨秘书说得对，没有大哥大嫂张罗，我现在连个家都没有！"

杨结巴道："人海茫茫，也不过是父母妻子兄弟朋友，看那《三国演义》《三侠五义》，一个义字，顶天立地。咱们今日，五个耳朵聚合，天巧地巧，如果不弄出个名堂来，岂不辜负了天地美意？那闹东京的五鼠，是老五义，咱们是新五义，咱们结拜为异姓兄弟如何？"

三叔道："太好了，那我就高攀了。"

郑华波激动得满面赤红，那些粉刺都发了紫，他说："太好了，杨大哥，您的一曲高腔，气冲霄汉，英雄气概！我们虽居城里，其实是井底之蛙，前些天结识了高兄，他的出神入化的口哨让我们佩服得五体投地，杨大哥的气魄、学问，更令我们敬佩有加。我们三个，同在一厂工作，因为志趣相投，虽没结拜，但也情同兄弟，今日如能与杨兄、高兄结为兄弟，真乃大快人心之事。"

邓然和邱开平齐声道：“我们乐意！”

郑华波道：“卢方、白玉堂他们号称五鼠，我们叫什么？”

三叔道：“我们叫五虎吧，沙窝五虎。”

邱开平道：“《三国演义》里有五虎上将，个个武艺高强，可我们都不会武术，叫五虎名不副实啊！”

我插嘴道：“那就叫沙窝五狼！”

三叔道：“胡说！”

我又道：“那就叫沙窝五狗！”

三叔道：“闭嘴吧你给我！”

杨结巴道：“什么五狼五虎五狗五猫，都不好！我们就叫沙窝五耳，这样有个讲说，不是凭空捏造。”

“好！”大家齐声道，“就叫‘沙窝五耳’！”

大家不约而同地举起杯，豪气地碰了，酒溅到手上，不去管了，都干了，亮亮杯底。我把烫热的酒递给三叔，三叔又给大家倒满杯。

杨结巴道：“我们就不搞磕头烧香、歃血为盟那一套了，但年齿还是要排一下的。我1934年生，属狗，三十周岁。”

三叔道：“我，1943年生，属羊，二十一周岁。”

邱开平问三叔道：“你是几月份生日？”

三叔道：“正月初八。”

邱开平道：“那我是老三了，我也是1943年生的，生日是10月7号，阴历不知道，但肯定比你小。”

邓然指指郑华波，道："我们俩同岁，1944年，但我的生日比他小十天。"

杨结巴伸出一根食指，指点着说："我，老大，你，老二，你老三，你老四，你老五！今后，咱们就以兄弟相称！"

邓然道："我最小，小弟敬四位哥哥一杯！"

三叔道："五弟慢来，我们四个，先共同敬大哥一杯吧！"

五人举杯，都很激动，猛碰之后，一饮而尽。

杨结巴激动万分，道："四位贤弟，现在是新社会，咱不搞封建时代同生共死那一套，但咱们今后，有福同享，有难同帮，不是兄弟，胜似兄弟！"

三叔道："大哥说得对！我们都是有志青年，大哥能唱，我们四个能吹。天生我材必有用，千金散尽还复来。"

这时母亲端上一盘煎青鱼。

"鱼上来了，该吃饭了，今天咱们就先喝到这儿吧，过几天到我办公室里，咱们放开一喝！"杨结巴道，"不过在终席之前，还得请二弟给我们吹奏一曲，否则这宴席就不圆满。"

"其实我早就嘴痒了，"三叔道，"我给大家吹奏印度电影《拉兹之歌》的插曲如何？"

"太太太……好了……"杨结巴说，"这部电影，如果没有这首插曲，起码要减色一半呢！"

城里的三个耳鼓起掌来。

三叔喝了一口茶，眯眼凝神片刻，嘬起口唇，先吹出一套花样繁多的过门，然后便吹出那令人心神荡漾的旋律。我们都屏住呼吸，沉浸在音乐所营造出的意境里。我那时没看过这部电影，但我在“狼窝”里听杨结巴和宋老师绘声绘色地讲述过这个故事，所以，我的脑海里浮现着许多光怪陆离的画面。在这些画面里活动着的主人公拉兹，就是我的三叔，而那位贵族小姐丽达，就是我的三婶。后来我听懂行的人说，我三叔口哨演奏的过人之处，除了吐气和吸气都能发声之外，还在于他能即兴地在基本旋律之上进行变奏，在于他对声音的丰富的想象力，让我们听着是那首歌，但又不完全是那首歌。就像一个美丽的姑娘在花丛中忽隐忽现，使她的美丽添加了神秘；就像月亮在云中时隐时现，使它的光辉增添了含蓄。

三叔一曲吹罢，拱手对大家说：“献丑了，各位兄弟指教！”

城里的三个耳眼泪汪汪地鼓掌。他们是懂音乐的人，我觉得懂音乐的人大多数都是感情丰富、心地善良的人，所以，即便后来我知道他们做过坏事，也没有改变对他们的良好印象。

“二弟，还还还……还让人活不活了？”杨结巴拍了自己的腮帮子一巴掌，说，“大大大……大才！绝对是大才！你不但是口哨演奏家，还是作曲家！”

“大哥，”三叔红着脸说，“我就是吹着玩儿。”

“二弟，”杨结巴说，“是金子总会发光的。三弟四弟五弟也是这样，大家都要坚持学习，等待时机，时机一到，宝刀出鞘！”

……

一直闹到红日平西，这四个人才走。都有了酒意，有的脸红，有的脸黄，但腿脚都有点儿不利索了。我看到母亲如释重负的神情，听到两只喜鹊在墙外槐树梢上喳喳噪叫。我帮他们开了自行车锁，他们都将手扶在了自己的车把上，站在院子里，似乎恋恋不舍的样子。夕阳正照着东厢房的窗户，窗户上新糊的红纸被要糖吃的孩子戳得稀烂。一直陪着三婶并担当护卫任务的我姐姐把脸贴到窗棂上，喊：“三叔，你来一下！”

“干什么？”三叔问。

“俺三婶找你！”姐姐说。

“快去快去，”杨结巴流畅地说，“夫人下令，焉敢不听?!”

我说：“杨大叔，我发现你喝醉了就不结巴了！”

母亲训斥道：“没大没小的孩子！”

“等一下，”三叔道，“我送走朋友。”

“赶快来！”我姐敲着窗户道。

那三个三婶曾经的工友，有叫她顾双红的，有叫她蜡烛红的，嘈嘈杂杂地说，再见再见，你现在是我们嫂子啦……

“俺三婶让你们都不许走，”我姐道，“俺三婶有东西给你们，三叔快来。”

“兄弟们稍候！”三叔说着，便进了厢房。

几分钟后，三叔拿着四个用红绸布缝制、用丝线绣着花鸟的荷包出来。荷包里装着烟糖。

“谢谢弟妹！”杨结巴说。

“谢谢嫂子！”三个城里青年道。

五

1971年5月下旬的一天，“沙窝五耳”中的四个耳，站在三叔的坟前，面色肃穆地看着跪在坟前的三婶和她的女儿清灵与儿子清泉。

清灵当时是六岁半，清泉一岁半。

三婶一向寡言，好像也寡哭，当然这个“寡哭”是我的生造，但我的确也想不出更恰当的词来形容三婶的这个特点。

那天是三叔遇难三十五天，按风俗上“五七坟”。我蹲在坟前用四块新砖摆出的所谓“锅”前烧纸。坟墓坐落在一道丘岭的高坡上，这里是村子的公葬地。三叔的坟墓旁边就是他的父母亲的合葬墓，稍远一点儿那个小小的墓里埋着三婶父母的骨殖。周围还有数十座坟墓。多数坟墓上都长满绿草、荆棘，墓间的空地上，凌乱生长着针刺锐利的酸枣树。两只野兔子在坟墓间追逐着，吸引了两个孩子的目光。风从两道岭之间的深沟中刮上来，吹得纸灰团团旋转，我不得不反复地用一根树杈子镇压着那些燃烧的纸片，防止它们被刮到公墓外的那片松树林子里引发火灾。

“锅”前供着一碟饼干，一碟糖果，四个橘子，四个馒头，还有一碟子煎鱼。

杨结巴——此时他已是县样板戏学唱团里的著名演员，他扮演的李奶奶虽然扮相有几分粗鄙，但嗓音洪亮宽厚，且能唱出“雌音”，实在是罕见，开口就是满堂彩。他高腔明亮，低音婉转，真是一唱三叹，千回百折，连道白也是纯粹的京腔，结巴的痕迹一丝不存。这个样板戏学唱团的老班底是原来的县茂腔剧团，那些人都是吃国库粮拿工资的公职人员，只有杨结巴是农村户口。但听说很快就会给他转正，而一旦转了正，就是乌鸡变凤凰了。他蹲下来，长叹一声，用筷子夹了一条鱼扔到火里，悲悲切切地说：“二弟呀，吃吧。”又抓了几块糖，捏了两页饼干，拿了一个橘子，都扔到火里。又掰了一半馒头投到火里，再次高声祝祭：“二弟啊，吃点吧……”他的富有感情色彩的祝祷，闻之令人鼻酸，我的眼泪哗哗地流出来。清灵放声大哭：“爸爸呀……爸爸呀……爸爸……我想你了啊……”杨结巴扑通一声跪了地，大放悲声，先是哭，渐渐变成唱：“哭一声二贤弟命运凄惨，遇矿难丧青春命归黄泉。可恨这阎王爷他不长眼，二贤弟盖世英才再难施展。原指望兄弟们同生共死，不承想贤弟你先化青烟。眼看着五个耳缺了一耳，撇下了众弟兄好生孤寒——”在杨结巴跪下那一刻，三个耳也跟着跪下了。邓然号啕大哭，郑华波双手掩面，邱开平额头触地。这几位结义兄弟的情谊深深地感动了我，眼泪流多了，头痛欲裂。馒头饼干被烧焦，香味弥漫开来，一群麻雀从坟墓上空旋风般飞过去。两只喜鹊在前方的一个坟头上噪叫。那一岁半的小儿清泉，咧着嘴哭了几声，便蹒跚着去拿糖。他连同糖纸一起塞进嘴里，口水从嘴角上流出，湿了胸前肚兜。也许是因为咂不出甜味，他哭了。所有人都在哭，只有三婶不哭。三婶一身重孝，头发披散，目光呆滞，呆呆地跪着，仿佛一尊石像。我吓坏了，我说：“三婶，三婶，您哭吧，您哭出来吧……”

我想起了一个多月前陪伴三婶去龙山煤矿处理三叔后事的情景。母亲与姐姐帮着照看两个孩子，父亲陪爷爷在胶州医院做膀胱结石手术，奶奶已于两年前去世，家中再无他人，陪同三婶去煤矿的重任落在了我肩上。我们搭乘农场的拖拉机进了县城，到火车站买了两张到坊子的慢车票。巨大的悲痛冲淡了我第一次坐火车的兴奋，但我还是回忆起了跟随三叔来拉三婶的嫁妆时，曾对三叔表达过此生能坐一次火车便满足的愿望，我也记得三叔给我的承诺：我一定让你坐上火车！三叔，我真的沾你的光坐上了火车，但你没了，我宁愿永远不坐火车三叔您也不要没了呀。想着想着我的眼泪就流下来了。三婶脸色苍白，目光直直的，让我瘆得慌，我真怕三婶疯了。到了煤矿，一个副矿长接待了我们，简单地说了三叔遇难的过程。瓦斯爆炸，三叔工作的那个掌子面上有二十多个人，一个也没上来。大爆炸……副矿长说，小高是个好同志，是我们文艺骨干，口哨吹得出神入化，口琴吹得也好，还会吹笛子。工会主任插嘴说，我们正准备把他抽调到矿山毛泽东思想宣传队，没想到出了这事。矿长摸出手绢擦眼睛。我们很悲痛，很惋惜……我想见见人，三婶道。……大爆炸，几百米巷道都塌了，而且，瓦斯浓度非常高……矿长为难地说。……我想见见人……三婶道。工会主任说：大嫂，瓦斯爆炸后又引起大火，所以……我想见见人，三婶道。……我们给您最高额抚恤金，工会主任把一个信封递过来。我想见见人……三婶又喃喃了一遍，便一头栽倒在地……

眼前这座新坟里，埋葬着三叔的衣服鞋帽，是我从煤矿背回来的。我虽然只有十四岁，但我表现得很勇敢，三婶昏倒后，我抓起了一个炉钩子，指着副矿长："快救我三婶，我三婶要是死了，我就杀了你们，我就把你们煤矿点火烧了，我跟你们拼了……"他们找来了医生，给三婶打了针。三婶醒过来，大叫一声："他爸爸，你疼死我了呀，今后的日子，你让我们娘仨怎么过呀……"三婶干号着，没有眼泪，猛然又哽住，咳几声，吐出一口鲜血……

杨结巴站起，用手绢擦眼睛，他已经混到不用衣袖或手背擦眼泪的阶级了，说："弟妹，三位贤弟，起来吧，人死不能复生，二弟走了，可我们还得活下去，尤其是弟妹，还肩负着抚养儿女的重任，哭坏了身体，二弟在天之灵也不得安宁啊。"

"爸爸，爸爸，你回来吧，我想你了……"清灵哭道。

"爸爸……"清泉也口齿不清地叫着。

两个孩子的哭叫，宛如钢刀戳在我心上，我跪在被纸烧得发烫的地面上放声哀号。

杨结巴拉起郑华波，然后又拉起邓然与邱开平。郑华波抱起了清泉，邱开平抱起了清灵。杨结巴似乎有点儿气恼地对我说："行了，小光，快起来收拾一下，劝你三婶回家。"

杨结巴和邓然一边一个，扯着三婶的胳膊把她拉起来。三婶挣扎着要跪。杨结巴说："弟妹，为了孩子，回去吧！"

三婶停止挣扎，幽幽地说："你们先走，让我一个人在这里坐一会儿，就一会儿。"

杨结巴道："弟妹，为了这两个孩子，你可要想开点……清灵、清泉，来，领妈妈回去。"

清灵拉着三婶的手，清泉扯着三婶的衣襟，哭叫着："娘，回家吧……回家吧……"

三婶对清灵说："好孩子，你带着弟弟，跟着伯伯和叔叔，先到前边等我，娘要跟爸爸说几句话儿……"

我们站在公墓外的小路上等候三婶，为了让孩子们不哭，杨结巴给他们每人嘴里塞了一块糖，还给他们每人一个橘子、一页饼干。三叔坟前的“锅”里，那些燃烧未尽的纸片还在冒着细弱的白烟，那两只喜鹊已经落在距三叔坟墓只有几步远的那棵酸枣树上，噪叫着跳跃。我突然想：这一定是三爷爷和三奶奶在显灵啊，他们没变乌鸦而变成了喜鹊，这是个多么好的兆头啊！但杨结巴侧耳对郑华波说的一句话解构了我的想象，他说：“喜鹊是等着吃‘锅’里的祭奠品呢。”三婶跪着，腰板挺得笔直，她侧面对着我们。杨结巴抬腕看了看手表，他升到戴手表的等级了，下午三点的太阳光，照耀着三婶，使她的全身孝服焕发着刺眼的光芒。三婶在对三叔说什么呢？我猜不到，也不敢猜，一猜就心疼。我放眼岭下，看到了我们的村庄，看到了在教堂的遗址上建起的小学，看到了我的家，看到了在教堂东南方向那片高坡上三婶家的四间房屋和小小的院落。那是村子的新址，按照公社和大队联合制订的规划，我们的村庄，要在五年之内全部搬到这里，而旧村庄腾出来的土地，据说要建设一所完全小学和一所农业中学。岭下平畴上麦子将熟，西风过处，麦浪滚滚，一群麻雀冲天而起，然后便归于寂静，这时，突然从三叔的坟墓前，传来了口哨声。

天哪！这是三婶吹口哨！三婶竟然会吹口哨！三婶果然会吹口哨。我们都屏住呼吸，捕捉着每一个声波。我无暇也没想到去看一下三叔的四个结义兄弟的表情，我只看着三婶。只能看到三婶的右侧面颊，而且也因强光而晃眼，看不到三婶的口型，也看不清她腮上肌肉的跳动。三婶吹出的哨声，起初无节无奏，听来仿佛是北风吹进空瓶发出的呼啸，又如冷风掠过电线时的叫嚣，也似深秋的虫子悲凉的哀鸣，但接下来便无比的婉转与抒情，让人产生花前月下之联想。坦率地说当时我并无花前月下之体验，只是感到心里有那么一种说不出来的想哭又很温暖的感觉。然后又变调成急促的旋律，仿佛一只小鸟看到巢卵遇险时在低空的盘旋呼叫。后来又慢下来，旋律很是耳熟，很像芭蕾舞剧《白毛女》中那段“北风吹”：“北风那个吹，雪花那个飘，雪花那个飘飘，年来到……”

岭下远远地传来车辆的轰鸣，我看到，一辆草绿色的吉普车开进我们村庄。

三婶停止了她的吹奏，慢慢地站起来，一瘸一拐地朝我们走来。我知道她瘸得没这么严重，因为长时间的跪，使她的腿血脉不通，走一会儿就会恢复常态。我听到杨结巴感叹道：“都是人才啊，可惜了！”那三位青年一定是深有同感，我看到他们一齐点头。我恍然记起他们中的谁提过三婶也擅吹口哨的事，但没想到她吹得如此出色。由此我也就明白，尽管三叔有恩于她的养父，但让她下定决心嫁给三叔的最主要的原因，也许是共同的特长与爱好：这看似简单实则深奥实则变幻无穷的口哨。许多年后，我认识了一个在国际比赛中屡获大奖的口哨王，与他谈起我的三婶、三叔和口哨以及二十世纪六十年代中期风靡一时的吹口哨热潮。他是青岛人，距我老家不远。他说，他少年时听老师说过高密有个吹口哨的，不但吹气能发声，而且吸气也能发声，这就解决了口哨演奏中声音不连贯的问题，这个问题一解决，口哨才真正上升到艺术的境界。青岛的口哨王研究探索了许多年，才找到吸气发声的诀窍，但比我三叔晚了几十年。我不知道三婶是否也能吸气发声，因为那时我根本不懂，而且我听三婶吹口哨唯此一次，回忆起来，她的口哨声那样的流利婉转，一定也掌握了吸气发声的高难技巧。杨结巴懂吗？他是否跟我一样，只觉得好听，但不明白为什么好听。那三个高密城里的青年，都是口哨爱好者，而且还跟三婶同在棉花加工厂工作过，尽管不是一个部门，但三婶这样的人，一定是引人注目的，她的吹口哨的才能，是否在厂里的某次文艺晚会上展现过呢？三婶走到我们面前时，我突然从她身上嗅到一股膻味，就像我七年前在她娘家蜡烛店里嗅到的一样。现在想起来，我那时也许是回忆起了蜡烛店的气味，而不是从三婶身上嗅到了这种气味。接下来发生的事情让我终生难忘——三人当中，那位一直少言寡语的邱开平，突然跪在了三婶面前，流着泪说："二嫂，顾双红，我们对不起你……"邓然与郑华波也跟着跪下来，道："二嫂，原谅我们吧……"杨结巴——

我不能再写“结巴”这两个字了——杨连升大叔，有点儿丈二和尚摸不着头脑的样子：“这是干什么？三弟四弟五弟，你们这是唱的哪一齣呢？”

“我们……我们欺负过二嫂……”邱开平说。

“我们有罪，请二嫂原谅我们吧。”邓然说。

“从今后，这两个孩子就是我们的孩子，我们帮二嫂把他们抚养成人……”郑华波说。

三婶道：“谢谢你们，从今以后，我跟你们没任何关系了。”

六

给三叔上“五七坟”那天，也是杨连升大叔倒霉的日子。在我们下岭回村的路上，我看到过的那辆吉普车迎着我们开来，在距离我们十几米时停住，有两个穿白上衣、蓝裤子，头戴大盖帽的警察钻出来站在车旁等着我们。

我们都不由自主地停住脚步。那三位城里青年脸上的颜色都发生了变化。他们小声地，甚至是可怜巴巴地求告着：“二嫂原谅我们吧，我们一时糊涂，干了错事！”

杨连升大叔到底是过来人，他应该猜到了这三个人与我三婶之间发生过的事情，他抖着嘴唇很结巴地说：“年轻人……真是胡闹……不过，你们那时还小……二嫂一定会原谅你们的……”

“我说了，我什么都不记得了，我跟你们没有任何关系。”三婶冷冷地说完，一手抱起清泉，一手拉着清灵，对我说，“小光，我们走。”

他们四个，跟随在我们身后，沿下坡路前行，两个警察迎上来。我看到，三个城里青年下意识地排成一队，跟随在三婶身后，好像鸡雏跟着母鸡。只有杨连升大叔坦然地走到前头，并主动向两个警察打招呼：“同志，下乡检查工作吗？”

那位矮个的警察问：“你就是杨连升吧？”

杨连升大叔道：“你也认识我？”

高个警察道：“名角嘛，谁不认识？”

杨连升大叔道：“什么名角？丑角。”

矮个警察突然出手抓住了杨连升大叔的腕子，明光一闪，咔嚓一声，一副亮晶晶的手铐，就把他双腕锁在了一起。

那位高个警察摸出一张纸在杨连升大叔面前晃了晃，说：“对不起老杨，麻烦您跟我们走一趟吧！”

“凭……凭什么？”杨连升大叔急忙辩解着，“我犯……犯了……什么罪……”

两个警察不由杨连升大叔分说，便把他推进车，关上车门，并严厉地呵斥：“坐好了，不要反抗！”

杨连升大叔吆喝着，但吉普车已经借着下坡的惯性，一溜烟尘，转眼就没了踪影。

七

写到这里，我真想就此结束，因为接下来的事情，我连回忆的勇气都没有，总是偶尔想到，便立刻回避。但如果就此结束，显然又对不起听我唠叨了这许久的读者。那就含悲忍泪往下讲吧。

我访问过村里年龄最老的人，也去县里查阅过有关资料，我们这地方确实曾经有过狼。那应该是在民国元年之前，那时这地方基本上没有人烟，丘岭上布满荆榛。洼地里长满野草，狼、狐狸、猞猁等野兽都曾在此繁衍生息，后来随着人口增多，荒地被开垦，各种野兽便渐渐地销声匿迹。人们偶尔还见到过狐狸的身影，獾的身影，有人还见过猞猁的身影，但除了见过那只画在教堂墙壁上奶着孩子的母狼，没有任何人见过真狼，于是狼，也就成了一个遥远的传说，一个儿童故事中的角色，一个在关东客口里的传奇。

从1970年春天开始，村子里便开始流传一个谣言，说是有两匹野狼，一公一母，从内蒙古草原迁移到我们这儿来了。有人曾经在丘岭上的酸枣林里见到过它们的身影，也有人说曾经看到两条毛色灰黄的狗在河边喝水，但靠近了看又觉得不像狗。也有人说某某人家的母猪下了八只小猪，每天少一只，每天少一只，后来主人埋伏在猪圈附近，才发现小猪是被狼叼走的。那个年代，“文革”进入中期，国家大局基本稳定，老百姓勉强能够填饱肚皮，各种带着神话色彩的谣言，各种带着政治色彩的故事大行其道，人们兴致勃勃地传播着、想象着、添油加醋着，没人太当真，也没人不当真，就像听评书时掉眼泪，听完了评书该干啥还干啥一样。

但残酷的事实在1971年秋天证明了：有时候，谣言的核心是事实，就像某些故事有真实的原型一样。

1971年国庆前，也就是给我三叔上完“五七坟”四个多月后的一个下午，三婶与几位妇女，被队长安排跟着生产队的马车去公社粮站缴“爱国粮”，原以为太阳落山前就会回来，但没想到卖粮的车排成大队，粮站的工作人员在粮食检验的关口或嫌水分太大，或嫌杂质太多，于是就吵架、就调解，总之，大家辛辛苦苦把粮食拉来，谁也不愿再拉回去。所以，那所谓的“爱国粮”对于当时的农民来说，就是不得不完成的任务，只要能蒙混过关缴上去，至于这潮湿的粮食入库之后是不是会发霉腐烂，那就与农民无关了。客观地说，当时的农民，对城市、对干部、对吃商品粮的人，心中既充满羡慕，又充满仇视。为什么队长偏要派三婶带几个妇女去跟车卖粮？因为我三婶有文化，会看磅秤，会算账，处理事情有眼光，让她去，生产队不会吃亏。我扯远了。等到三婶他们把粮食卖完时，已经红日西沉，暮色苍茫。从公社粮站到我们村庄还有二十多里，路又崎岖，拉车的那匹辕马，因为后腿一只蹄子上蹄铁脱落，还没来得及去挂新掌，因此走起来一瘸一拐，鞭打、咋呼也是那速度。妇女们都急着回家，三婶家中有两个孩子，心中更是牵挂万端。而这时，赶车的王五，一个六十多岁的老头，瓮声瓮气地说：“昨儿个匡家庄上俺外甥来，说他们村杜六家一头肥猪，被一只狼给叼走了。我问，那么大一头猪，一只狼如何能叼得动？俺外甥说，舅，这你就不懂了。狼有诡计，不亲眼见到都不会信。俺外甥说杜六亲眼看到，那只狼，用嘴咬着猪的耳朵，用尾巴敲打着猪的屁股，猪乖乖地跟着狼跑。杜六拖着一张铁锹去追赶，追赶到路口，就看到草窝里绿光一闪，再一细看，发现一只狼埋伏在那儿。杜六拖着铁锹，倒退着回来。这时看到那条埋伏在草丛中的狼出来，与那匹狼一起，将他家的肥猪飞快地赶走了。”

此时天已黑，天上繁星点点。路边的草丛里，有秋虫在悲凉地鸣叫。坐在车栏杆上的郭延福的老婆道：“大叔，您别说了，怪瘆人的。”

王五道：“好好好，不说了，我这是提醒你们小心着点。”

三婶用一根挽起的绳子，抽打了一下辕马的屁股。

王五道：“其实，狼这种东西，也有弱点，它最怕火，古代原始人夜里点起一堆火，狼就不敢来了。俺外甥在大兴安岭林业局抬过木头，他说那儿的人走夜路都举着一支火把，狼见了火就吓跑了。”

三婶又用绳子抽打马臀，并带着哀声道：“大叔，求您加鞭吧，俺家里还有两个孩子呢！”

世界上许多事，有时候是想什么就来什么，有时候是怕什么就来什么，有时候是说什么就来什么。我小时特别怕蛇，去割草放牛时总怕遇到蛇，但总是会遇到蛇，现已是老年，每晚临睡前总是祷告，千万别梦到蛇，但还是经常梦到蛇。

当马车到达村庄时，就看到村子里灯笼闪烁，手电筒的光柱晃动，接着听到一个女孩尖厉的哭声和嘈杂的人声，出大事了！三婶大叫一声，从马车上跳了下来，用最快的速度，挥舞着双臂，摇晃着身体，往家的方向奔跑，一边跑一边喊叫着:“清灵——清泉——”

我们看到三婶像一只受伤的大鸟一样扑过来，在她家门前的空场上，聚集了几十个人，十几盏马灯照出一大片光亮，有人拿着手电往前面丘岭上胡乱照着。清灵大声哭着，扑向三婶，三婶也扑向清灵，“你弟弟呢？清泉呢？”

“娘……弟弟被大黄狗叼走了……”

三婶猛然变得无声无息了，直着，像根朽木。清灵摇晃着她哭叫:“娘……娘……”

三婶一头栽倒，众人慌忙把她扶起，村里的赤脚医生吴红梅坐在地上，让三婶仰靠在她的腿上，然后用拇指掐按三婶的人中。清灵跪在三婶面前，哭叫着:“娘……娘……娘……你可不要死啊，你死了我就成了孤儿啊……”

我看到众人的眼里都流出了眼泪，吴红梅的泪珠滴在三婶脸上。三婶长舒一口气，醒过来，立即挣扎着要起来，并大声哀叫着："清泉 …… 清泉 …… 我的儿啊 ……"

此时村里的书记已由郭大发的侄子郭光星担任，他当过坦克兵，有胆量。他招呼道："妇女们照顾好顾双红和清灵，男人们，都跟我上岭去找。"下完命令，他又低头问清灵，"好孩子，别哭，你说，狼叼着弟弟往哪个方向跑了？"

清灵指了一下岭上茂密的酸枣树林。

"有几只狼？"

"两只 ……"

"走啊！"郭光星振臂一呼，众人有举着棍棒的，有提着马灯、握着镰刀的，有打着手电拖着铁锹的，有敲打着破脸盆的，都吆喝着，往岭上前进。三婶奋力挣扎起来，要跟随众人上岭，但被几个妇女死死地抱住。

此事之后，我们深悔当初同意三叔三婶到这近岭之地盖房，但当时三叔三婶的态度很坚决，他们认为，盖房子当然要选择高处，高处视野好，光线充足，而且即便河流决堤洪水泛滥也不会有危险，这些理由当然正确，但谁能知道，我们这地方竟然会出现狼祸？而这狼，竟然选择三婶这样一个寡妇下手。狼啊，你吃猪吃羊吃鸡吃兔子都可以，为什么要吃人呢？狼啊，你不是在教堂的墙壁上为婴儿哺乳吗？你不是跟上帝居住在一起吗？意大利牧师将这样一幅画画在墙壁上，我们一直以为这是他在告诉我们狼是人类的尤其是孩子的朋友，现在看来，牧师画这样一幅画，其实另有深意。

轰轰烈烈地闹腾了半夜，连个狼的踪影也没见着。祥林嫂的孩子被狼叼走还留下一只小鞋子，还留下一个五脏被掏空了的尸身，但清泉，什么都没留下，连一丝布条、一滴血迹都没留下。于是大家都怀疑清灵所说是否是真话，也许，清泉是被那些专门拐卖儿童的花婆子拐走了？郭光星把这事报告了公社，公社派了那位破过很多案件的别公安员前来调查。别公安员手持匣子枪，在村里几个民兵的协助下，在我们村前那两道丘岭上拉网般地搜索，身上的衣服被酸枣刺刮破多处，脸上、手上也都受了伤，但也没发现任何踪迹，连一根狼毛都没看见。于是，别公安员和颜悦色地询问清灵，让她讲述当时情景。清灵哭着说："我坐在大门槛上看连环画《白毛女》……清泉在那儿……"清灵指了指前边的酸枣林边那片草地，"清泉在那捉蚂蚱……我看到杨白劳被打死时，正想哭，就听到清泉哭了……我抬头一看，一条大黄狗把清泉扑倒了……我扑上去救弟弟，树林里又跳出一条……我想去救弟弟……它对着我龇牙……我害怕……它们就把弟弟拖到树林子里去了……"

别公安员对着村里干部和我三婶悄悄地说："如果小姑娘所说属实，那这两条大黄狗，肯定就是两头狼。如果是狼拖走了孩子，不可能不留下一点儿痕迹，除非这两头狼特别狡猾，消灭了所有的痕迹。如果小姑娘撒了谎，不一定是故意撒谎，譬如是一时神经错乱出现幻觉，或者是受到了什么恶人恐吓而不敢说实话，那么，就存在着很多可能性，譬如被人贩子抱走，或是自己走失。”

大家都认为别公安员的分析在理。他的分析也给我们留下了一线希望。别公安员说他回去后会向公社领导报告并向县公安局报案，请求县公安局在车站、码头派便衣侦查暗访，他同时也建议村里组织人扩大搜索范围，不要局限于村前这两道岭，周围的村庄，甚至临县的山岭沟壑、湾里井里，都要去搜寻查看。别公安员悄悄地对郭光星说：“找不到活的，找到死的也是对家属的安慰。”

在那几天里，我和姐姐伴随着三婶，找遍了村前岭上的每丛灌木每片树林，沟里的每处凹陷和罅隙。在寻找的过程中，三婶不停地哭喊着：“清泉……我的儿啊……你在哪儿……你是跟娘藏猫猫是吗？……出来吧，好儿子……”我们好几次路过了三叔的坟墓，每次路过，三婶就会跪在墓前，哀求着：“他爸爸，你显灵吧……你显灵让咱儿子出来吧……”三叔的坟墓上已长满野草，坟后有一棵蓖麻，长得有一人多高，分出数十根枝杈，枝杈上结满一簇簇的带刺的果实。我们在学校时，曾经在老师的组织下采摘蓖麻籽去供销社卖，据说很贵。老师说卖蓖麻籽的钱都买了粉笔纸张和办公用的灯油，但年龄大的学生则认为老师从中吃私贪污。我帮母亲烧火做饭时，曾用铁丝串起蓖麻仁烧着玩。蓖麻籽含油非常丰富，点燃之后火苗旺盛，滋滋地往下滴油，而且还有一股子香气。我吃过几粒烧蓖麻籽，就让它燃烧着扔到嘴里，立刻闭嘴，嘴里会发出“滋啦”一声响，我们在一起玩这种“滋啦”的游戏，最后大家都屙在裤子里。我看到三叔坟后的野生蓖麻就这样胡思乱想着。三婶跪在坟前，哭着，求告着，有时会把手深深地插到坟上的泥土里。我知道这是无用的，因为坟里埋着的，只是三叔的几件旧衣服，还有一只旧口琴。即便三叔的尸骨真在坟里，难道就真的有灵吗？我听老人说人死七天后，灵魂就会或投胎转世，或下地狱受苦，或上天堂享福，坟中留下的，只不过是一堆朽骨，很快就会混同于泥土，这么说，亲属每年的上坟磕头烧纸，岂不是一种自我安慰或自欺欺人？我曾就这些疑问问长辈，他们避而不答；我曾就这些疑问问高僧，高僧念一声阿弥陀佛。

我写上边这些话，是在延宕一个痛苦的细节，那就是三婶对清灵的拷问。因为我们这么多人找遍了能想到的一切地方，都没找到一点点孩子的痕迹和狼的痕迹，大家嘴里不说，心里也都认为，清灵这个小姑娘撒了谎，那么，她为什么要撒谎，她试图用谎言掩盖一个什么事实？我好几次听到村里的长舌妇在一起叽叽喳喳地说清灵的坏话：“你看看她那眼睛，白眼珠只有一线线，几乎全是黑眼球，滴溜溜乱转，一看就不像个正经孩子……”谣言也立刻生长出来，说是清灵吃了拐卖孩子的花婆子的一块糖，那糖里是有蒙汗药，等她醒来时，弟弟已经被花婆子拐走了。还有更恶毒的谣言，但因为过度血腥失去了真实，因之流传不广，只有这个吃了花婆子蒙汗药的流传最广。围绕着这个谣言，又次生出很多谣言。一个说花婆子已将清泉卖给了山西一对老夫妇，老夫妇没孩子，视清泉如掌上明珠。还说这对夫妇买了一只奶山羊，天天挤羊奶喂孩子，孩子长得白白胖胖。这条次生谣言是让我们最感欣慰的了。还有一条次生谣言说，那花婆子将清泉卖给了一个马戏班子，马戏班主割掉了他的舌头，并用小刀在他身上划出很多血口子，然后杀一条狗，剥下狗皮，趁热包在清泉身上，这样，这张狗皮就永远长在了清泉身上，然后，清泉就成为马戏班子里的"狗孩"，为老板赚钱。这故事太过离谱，所以我们基本不信，但一想到谣言所描画出来的那个身披狗皮的孩子形象，心脏便感到紧缩，脊梁沟里阵阵冰凉。

三婶当然希望那个蒙汗药糖的故事是真的，当然更盼望着确有一对老夫妇在山西的一个偏僻的山村里用羊奶喂养着自己的儿子。但这一切，都需要清灵的证实。

我和姐姐目睹了这场拷问。

三婶先是和颜悦色地问清灵："好孩子，你想不想弟弟啊？"

清灵点点头，嘴一瘪，哇的一声哭起来。

三婶抚着清灵的脑袋，笑着说："好闺女，娘知道你想弟弟，你亲弟弟，你爸爸死了，弟弟就是咱家的希望。那么你告诉娘，那天，是不是有一个老太婆，给你吃了一块糖？”

清灵收住哭声，怔怔地望着三婶，好像听不明白问话的意思。

三婶问：“那个老太婆，个头高不高？是一头白发吗？头发上是不是插着花？她穿着什么颜色的衣裳？”

清灵摇摇头，又哇哇地哭起来。

三婶火起来，在清灵头上拍了一巴掌，厉喝：“你说，是不是有这样一个老太婆?!”

清灵哭着说：“娘，没有老太婆……”

“那你弟弟哪儿去啦?!你今天要不说出实话我就打死你！”三婶举起一把笤帚威胁着。

“弟弟被两只大黄狗拖走了……”

“还大黄狗，还撒谎！”三婶愤怒地用笤帚敲打清灵的脑袋。

“我没撒谎……”清灵双手捂着脑袋哀号着，“是两条大灰狼……”

我和姐姐慌忙扑上去。姐姐拉开了三婶，我抱住了清灵。

三婶把笤帚扔在地上，恼恨地骂：“死丫头，还不说，一会儿大黄狗，一会儿大灰狼，我把犄角旮旯都找遍了啊……”三婶吼着，但接着就转了悲声，呜呜地哭起来。

清灵紧紧地搂着我的腰，哭着说：“哥，我没撒谎……”

第二天，我陪三婶去公社找别公安员，询问案件进展情况。一路上，三婶说：“小光，过两天你陪三婶去趟山西吧。”

我问三婶：“去山西干什么？”

三婶道：“我昨天夜里梦到你三叔了，他让我跟他走，说是要带我去找清泉。我跟他上了火车，咣当咣当地经过了好多车站，你三叔说到了，下了车，好多人挤在一起，你三叔在前边吹着口哨引着我，吹的就是那首《拉兹之歌》，可一转眼，口哨不响了，你三叔也不见了，那些拥挤的人也没有了，只有我一个人孤零零地站在月台上，抬头一看，站台的站名牌上写着‘昔阳’两个大字。我醒来一想，农业学大寨，大寨就是昔阳县的啊，所以，我想，清泉一定是被人贩子拐卖到昔阳去了。”

我虽然还是少年，但心里也明白三婶这话没有太多的可信性，但我又怎么忍心去打破她的梦想？我满口答应下来，说我反正也捞不到上中学了，闲着也没有事，我愿意跟她去山西昔阳找清泉，只要我爹娘同意就行。

到了公社，三婶又把夜里的梦境向别公安员说了一遍。别公安员先说县公安局虽已立案，但却没有什么实质性进展。然后他说三婶的梦有一定价值，他会向县公安局报告，请求县公安局与昔阳公安局联系，对三婶提出要去昔阳寻子的计划，他也没明确表示反对。最后他说，据他向内蒙古的朋友了解，去年冬天当地搞过一次大规模的捕狼运动，出动了部队、汽车、摩托、冲锋枪，消灭了大量的草原狼，在这种情况下，一部分狼流窜到内地的可能性是存在的。

我们去公社前，让姐姐带清灵去学校上学。姐姐因为在公社宣传队的突出表现，被安排在村小学代课，领着孩子们唱歌跳舞。我们从公社回到家时，见院门锁着，便从门旁的罅隙中掏出钥匙开门进院。房门也锁着，但钥匙却在锁上插着，我们开锁进屋，起初以为无人，但随即闻到一股浓烈的敌敌畏味道。我们这才看到，清灵这个不到七岁的小姑娘，坐在墙角，双腿前伸着，头垂到胸前，在她的双腿之间有一个酱黄色的药瓶，那是灭蚊子用的敌敌畏药瓶，容量五十毫升。

“天哪——”三婶惨叫一声，便栽到地上。

在清灵双腿间有一张从练习簿上撕下来的纸，纸上用铅笔歪歪斜斜地写着：娘，我没 sā huǎng…… 是两条大黄狗把弟弟 tuō 走了……

村子里的赤脚医生吴红梅急忙赶来，我母亲我父亲赶来了，村支书郭光星也赶来了。一个青年抱起清灵就往外跑，说是要去公社卫生院。

郭光星说：“快去叫四喜，让他把拖拉机开来。”

那青年放下清灵，就跑着去找四喜。四喜是村子里的手扶拖拉机手。

吴红梅摸摸清灵的脉搏，又用听诊器听听她的心脏，含着眼泪摇摇头，说："没有用啦。"

郭光星说："先救大人！"

吴红梅在众人帮助下把我三婶弄到炕上，给她打了一针。三婶苏醒过来，猛地翻下炕，扑向清灵，一声长嚎，令人心肝欲裂。

"我的女儿啊…… 你把娘活活地疼死了啊……"三婶哭叫着，"娘也不活了啊……"三婶弯腰往墙上撞去，幸亏后边的人拉住了她。

父亲扇了姐姐一个耳光，骂道："不是让你带着她去学校吗？"

姐姐捂着脸，哭道："我是带她去学校了，可她说头痛，我就把她送回来了。我还有课，就让她一个人在炕上好好躺着…… 我还给她吃了一片去痛片……"

"安排后事吧……"郭光星说。

"支书……"村子里那位革委会副主任李鱼海说，"按上级要求，死人一律送县火葬场火化，是不是要……"

郭光星打断他的话，低沉地说："滚！"

八

为了防止三婶寻短见，父母亲让我必须时刻跟着她。姐姐白天去学校代课，晚上也到三婶家来睡。在起初那些日子里，村里的女人们，络绎不绝地来安慰三婶，送面食的，送鱼肉的，都有。三婶在众人的劝解下，开始吃饭，睡觉。她和姐姐睡在一炕，我睡在东间屋里那铺小炕上。我听到三婶经常在夜里起来哭，哭一阵又睡，而且还打着很响的呼噜。转眼一个多月过去，我们也渐渐松懈下来。三婶平静地对我们说:“孩子们，你们不用这样跟着我了，我不会死的。我知道，清泉没死，我必须活着等他回来，清灵是被那花婆子的蒙汗药给迷了心窍，才说什么狗啊狼啊的。”

一天夜里，我梦到了教堂里那幅壁画，还梦到了宋老师和他的儿子小元。我记得我们都站在壁画前观看，发现壁画上在母狼肚皮下吃奶的两个男孩少了一个，而余下的这个吃狼奶的男孩，竟然是清泉。我记得清泉吐出狼的奶头，歪过头来，对着我们微笑，那微笑是那样的神秘。我记得小元问清泉:狼奶好吃吗？清泉说:好吃极了，你要不要尝一尝啊？一转眼，小元就上了壁画，于是壁画上的母狼肚皮下又是两个孩子了，一个是小元，一个是清泉……天亮后我将这个梦境告诉三婶，我看到三婶的眼睛里闪烁着异样的光彩，我知道三婶相信这个梦，我也相信这个梦，而且很快就有人在传说狼孩的故事。

三婶提着筐子和镰刀，上岭下沟地寻找着。开始我一步不离地跟着，后来三婶说:“小光，你不必跟我，三婶什么都想明白了，三婶不会自杀，三婶只是散散心，顺便挖点草药……”

杨结巴大叔和那三位城里青年来看过三婶，三婶对他们很冷漠。杨结巴大叔被抓是因为他在剧团里与那位扮演李铁梅的女演员有染，而那女演员的未婚夫是部队军官，幸亏女演员与军官没登记，不算军婚，所以免除了杨大叔的牢狱之灾。杨大叔很坦率地对三婶说那女演员已有身孕，问三婶愿不愿意收养这个孩子，三婶苦笑着说：“杨大哥，我命薄，担不上。”

从阳历的十一月初开始，三婶挎着篓子到岭上去采摘蓖麻，连三叔坟后那棵也没漏过。采摘时，棵上的蓖麻已半干，放在院子里晒两天，便脱粒。脱下来的蓖麻粒装了满满一口袋，足有十几斤。我姐姐说，三婶我帮你背到供销社卖了吧，很值钱的。三婶说，不用。三婶把那些蓖麻籽的壳脱下来，得到一篮子白色的蓖麻仁。

当年，三婶的嫁妆里，还有六对羊油大蜡烛，每对一斤重。这些蜡烛三婶一直没舍得用，这次也从箱底找出来，蜡烛已经走油，包蜡烛的报纸都油汪汪的。

三婶又拿出钱来，让我去供销社打来五斤煤油。我不明白，三婶为什么要一次打这么多煤油。

三婶又找出一些旧衣服，剪成布条，又找出一床旧棉絮，搓成棉条。

三婶提着斧子，到酸枣林里，砍倒两棵主干如同锄杠、又直又光溜的酸枣树，修出了两根长约一米半的杆子。酸枣树生长缓慢，木质坚硬，饱含水分，砍一斧流白水儿。

三婶给我钱，让我去供销社买了十圈铁丝，二两钉子。

我问三婶想制作什么，三婶说，做好了你就知道了。

公社里把姐姐纳入了明年推荐的工农兵学员的候补名单，全县共有一百名。这批人文化程度不齐，县里要把他们集中起来学习三个月。姐姐来跟三婶说，三婶道："这个是打着灯笼都难找的好机会，你一定要去。我没事，你放心。"

十一月里，天寒地冻，县里集合所有的劳力去二百里外参加挖胶莱新河的工程。村子里的整壮男人都去了，只剩下一些老人和妇女儿童。

三婶将那六对大蜡烛用斧头剁碎，放在东边那口铁锅里，然后在灶里点燃劈柴，开始熬煮。我说："三婶，熬过蜡烛，这口锅就无法做饭了吧？"

"一口锅就够了。"三婶用下巴点了一下西边那口锅。

三婶拿着锤子，把那些一寸长的铁钉，转着圈儿钉在那两根酸枣木杆子的前端，钉好后，很像两根狼牙棒。

三婶把那十几斤蓖麻仁用斧头砸碎，然后扔到锅里与蜡烛一起煮熬。

锅灶里的火很旺，锅底的蜡烛开始熔化。

三婶往两根狼牙棒上缠布条，然后用细铁丝捆住布条，锅里的蜡烛熔化成浅红色的蜡水，红色是蜡烛表面的颜色所致，那些破碎的蓖麻仁在蜡水里翻滚着。

三婶将捆绑了一层布条的两根狼牙棒放到锅里翻滚浸泡，然后提出来晾干。

三婶在晾干的狼牙棒上，又缠上一层棉絮条。然后再用铁丝缠两道。

三婶将缠了棉絮条的狼牙棒放到蜡水里翻滚浸泡。

就这样，一层一层地裹，一层一层地缠，一层一层地浸泡。最后制作出两根前头粗大、提起来坠手的——

我问三婶："这是蜡烛吗？"

"火把。"三婶说。

三婶把锅里剩余的蜡水和蓖麻仁儿舀到一只铁桶里，又把那五斤煤油倒进去。搅拌均匀后，又把两支火把浸泡进去。

"三婶，您制作这个干什么用？"

"打着火把走夜路。"三婶将浸泡着火把的铁桶提到院子里，说，"中间那个抽屉里有钱，你去供销社买个手电筒，装三节电池那种，配上电池，要大无畏牌的。"

"三婶，两节电池的也可以吧？"

"不，要三节电池的。"

等我拿着新买的手电筒回到三婶家里时，天已擦黑了。三婶擀好了一轴子面条，锅里的水也开了。三婶把面条下到锅里，又往锅里打了六个鸡蛋。

我惊诧地问："今天是谁的生日吗？"

"谁的生日也不是，"三婶道，"咱娘儿俩好好吃顿饭。"

吃完了面条鸡蛋，三婶道："小光，你回家找你娘去吧，三婶有了这两根大火把和这支三节电池的手电筒就什么也不怕了。"

我说："不，三婶，俺爹俺娘要我保护你。"

"三婶不用保护，你回去吧！"

"不，我不能回去。"

"那好，那你早点儿睡吧。"三婶道，"我也要睡了，我累了。"

九

我心中警觉，和衣而眠。夜半时分，听到三婶轻轻地拉开了房门。我立即爬起来，追了出去。半块月亮悬挂在西南方向的天空，院子里很亮。无风，寒气凛冽。三婶脖子上挂着那支新买的手电筒，一手提着一支火把，正要出发。我上前，不由分说，从三婶手里抢过一支火把。

"我是去拼命的，"三婶冷冷地说，"你不怕吗？"

"我是男子汉，不怕！"

三婶把手电筒摘下来，挂在我的脖子上，然后顺手提起了那把斧头，说："记住，只要你开亮手电对着它们的眼睛照，它们就不敢动弹！"

我立刻明白了它们是谁，一股寒气仿佛从脚底升起，使我周身凉彻，我的牙齿不由得打起战来。

"如果害怕，你还是留在家里。"三婶道，"它们怕我，我不怕它们，我一点儿也不怕它们。"

"我不怕，"我咬紧牙关说，"我也一点儿也不怕。"

"那好，我们走！"

我们悄悄地出了院门，沿着村前那条路往西走。月光照耀着，路上白茫茫一片，仿佛撒了一层银屑。村子里非常安静，连一声鸡鸣狗叫都没有。

从村庄西头，我们拐上那条通往丘岭也通往三叔坟墓的小路。路边沟渠里的杂草，仿佛在微微颤抖。路边那条翻过山岭的乡村电话线，偶尔也会发出呜呜的声响。我听村里闯过关东的人讲过很多关于狼的故事，知道狼是非常狡猾、非常阴险、非常多疑、听觉和嗅觉都非常敏锐的动物。它们行踪诡秘、变幻莫测，其智慧不逊于人类。我没见过真狼，但我见过教堂里壁画上那只母狼，曾经有一段时间我相信了那只母狼的目光是慈祥的说法，但自从清泉失踪后，那母狼的目光就是阴险毒辣的了，那阴险毒辣的目光经常在我的脑海里闪烁。我跟随在三婶身后，总觉得背后有声音，仿佛那只母狼在我背后跟随着，回头时又什么都看不到。

在三叔的坟墓前三婶停下脚步，默默地站了一会儿，然后她又到清灵的小小坟头前站了一会儿。我脑海深处响起了口哨，既像三叔吹的，又像是三婶吹的，然后三婶便带我钻进茂密的酸枣树林。我们弯着腰，让火把顺贴着身体，以免与树枝挂碰，有时不慎碰响树枝，心里便一阵怦怦乱跳，生怕被狼听到。

我跟随着三婶，穿出树林，下沟，上沟，上岭，下岭，拐来拐去，不知走了多远，最后停顿在一道陌生的深深的沟壑的中段。我知道这已经是邻县的地盘了，脚下是嶙峋的乱石，乱石的缝隙中有银白耀眼的冰。夏天的时候，这里应该是条溪流。溪流的两侧是一蓬蓬的野柳棵子。三婶低声对我说："就在这里。你跟在我身后，记住，我们不怕它们，它们怕我们。"

这时，尽管我还没发现狼窝的入口，但我的鼻子，已经嗅到了动物窝巢里那股腥膻之气。

三婶悄声道："小光，你跟你三叔好，跟三婶也有缘，你是个勇敢的孩子，三婶希望你那个梦是真的，如果你那个梦是真的，咱娘儿俩豁出命也要把清泉抢出来。如果……"

三婶摸出了一个打火机，打着火，点燃了火把。

"打开手电！"三婶命令我，"照着那丛柳棵子。"

我将白亮的手电光柱照到那丛柳棵子上，看到了柳棵子掩护着的崖壁上，有一个黑乎乎的洞口。

三婶拿着火把轻轻地晃了几圈，火焰便猛烈地燃烧起来。三婶又引燃了我手中的火把，让我举着。就这样，三婶在前，右手举火把，左手提斧头；我在后，左手举火把，右手持手电。我是左撇子，左手举着沉重的火把感到更自如一些。我牢记着三婶的叮嘱：只要狼进攻，就用火把烧它。

我们弯腰钻进了狼窝。这是个天然的山洞，因之比一般的狼窝要高阔许多。我们一进洞便看到，在洞的最深处的角落里，有十几点闪烁的绿光，那便是狼的眼睛。

“照着它们的眼睛！”三婶大声喊叫着，这声音尖厉刺耳，震得狼窝嗡嗡作响，“清泉！清泉！我的儿啊……”

我用手电光照定那只最亮的狼眼，我手中的火把也在猛烈地燃烧着，蜡烛、蓖麻仁、煤油，这三种易燃物叠加起来，焕发出了巨大的能量，并发出呼呼的声响。

果然如三婶所说，在强烈的手电光和两支火焰凶猛的火把照耀下，那一窝狼，紧紧地挤在一起。

“清泉啊，清泉……”三婶哭叫着，我也努力地辨认着，希望能从狼群中发现清泉，但哪里有清泉？没有清泉，只有狼。最前面的是匹硕大的公狼，果然是土黄色的大狗模样啊。那公狼耸起颈毛，喉咙里发出低沉的呜呜声，口半张，龇出白森森的牙齿，似乎是想跳起来对我们进攻，但更像用身体遮挡身后的母狼和小狼。我紧紧地攥着火把，随时准备着，一旦公狼向三婶进攻，我就把火把戳过去，让火焰烧烂它的头脸。三婶大骂着，尖厉地吼叫着，挥起斧头，对那公狼的脑袋用力劈下去。那两只碧绿的眼睛瞬间熄灭了，但马上又亮了起来，三婶连续地挥动着斧头，就像砍剁一块烂木头。我用手电光，死死地照着那只母狼的眼睛，此时我的胆量陡增，我想起了清泉、清灵，心中充满了仇恨。但我不能擅自向前，我要站在三婶身后，保护她的安全。三婶收了斧头，气喘吁吁地将那支火把，猛然地触到公狼头上。公狼的毛在燃烧，公狼的脸被烧焦，一股烧燎狼毛的怪味，一下子刻在了我的记忆里，永远也不能忘记了。这时，那只母狼发出了哭泣般的鸣叫，我看到，在狼窝的角落里，有两只小鞋子和一些衣服的碎片。三婶一定也看到了，她大声哭叫着："清泉……我的儿子……"

那四只小狼，把脑袋挤在母狼的腹下，身体露在外边，可怜地颤抖着。

三婶挥起斧头，对准母狼的鼻子劈了一斧，母狼一声哀鸣，闭上了眼睛。我看到，似乎有两行眼泪，从母狼的深深的眼窝里流出来。

"你也会哭啊！"三婶哭着，骂着，"你们，山上有野鸡野兔，你们为什么不吃，你们偏偏要吃我的儿子……你护着你的孩子，但你吃了我的孩子……"三婶又在母狼头上劈了一斧，斧刃陷在狼的头骨里，拔不出来了。三婶将火把触到母狼身上，又是一阵恶臭的焦煳气味扑进我的记忆。那四匹小狼被火把烧烤，有两只下死劲往母狼身下钻，有两只逃出来，在火光中转圈。这时我才发现，几乎任何动物在幼年阶段都是可爱的。这两只小狼崽子，黑黝黝的毛色，短短的嘴巴，短短的尾巴，肥嘟嘟的身体，笨拙的步态，全无一点儿狼的凶恶相，分明就是两条小狗崽子。

三婶一手举着火把，一手捡起来那两只脏得看不出原来颜色的小鞋子，按在胸口，变了声腔地哀号着。

我用手电照着那两只嘤嘤呜叫着的小狼，不知如何是好。

我劝解三婶："三婶，您别哭了，我们大仇已报，您该高兴才对。"

三婶钻出狼窝，站在月光下。火把已经燃烧近半，火势熊熊，一股股黑烟强劲上冲，有一些滚烫的蜡油流下来，流到我们手上，烫得皮肉生痛，但片刻便凝固了。

我问："三婶，那几只小狼怎么办？"

三婶想了想，说："它们长大了也要吃人的 …… 而且它们也长不大了 …… 你去把它们弄死吧！"

我犹豫着，此刻我觉得那几只小狼不是狼，就是几只可怜的小狗。

"三婶 …… 我 ……"

三婶道："还是我去吧。"

三婶钻进狼窝，过了一会儿，她一手举着火把，一手提着斧头出来了。

已经后半夜了，在明亮的火光下，我看到那些柳条上挂满了白霜。三婶将火把扔进狼窝。

我也将火把扔在狼窝。

我看到燃烧的火把将狼窝照耀得一片通明。

我们走出这道深深的沟壑时，三婶把手中的斧头往身后一撇，斧头落在卵石上，发出清脆的响声。

在三叔的坟墓前，三婶跪下，用树枝在墓前掘了一个小坑，把那两只小鞋子埋了。

十

杀狼复仇后，三婶洗净了手脸，梳顺了头发，换上结婚时穿的那身衣服，静静地躺在炕上，闭着眼睛，叫也不应，问也不答。

村里留守的老人孩子都来看她。

我母亲流着眼泪说："她三婶啊，你可不能犯糊涂啊，你还年轻，要好好活下去……"

村子里的人通过我的口，知道了我和三婶夜闯狼窝、报仇雪恨的事迹，许多人跑去观看，归来后便添油加醋地描述。其实根本不用他们添油加醋，这件事也注定要成为传奇。

村里的赤脚医生吴红梅跟随着民工到水利工地上去了，

母亲便让我去把八十多岁，会治牛马病也敢给人下针的吴金贵大爷叫来。

吴大爷摸摸我三婶的脉，看看我三婶的脸，什么也没说就到了院子里，对我母亲悄悄地说："神仙也治不好不想活的人。你们把门关好，不要让人打扰她了。"

七天之后，三婶平静地走了。

我们没送她去县火葬场火化，还为她弄了一口很好的棺材。我们掘开了三叔的衣冠冢，掘开了三叔坟墓旁边那座埋葬着清灵的小坟墓，我们把三婶的棺材，清灵的小棺材，跟三叔已经朽烂的棺材并排着放进拓宽了的墓穴。在我的提议下，我们找到清泉那两只小鞋子，装进一个三婶娘家陪送来的盛首饰的楸木匣里，并把这木匣，放在了三叔和三婶的棺材之间。

事后我们得知，那位村革委会副主任李鱼海从水利工地回来后，知道了我三婶未经火化就下葬的事，悄悄地去公社举报，并污蔑村支书郭光星与我三婶有不正当关系。他希望公社严格执法，命令郭光星把我三婶的尸首挖出来送去火化。此时已入腊月下旬，春节将近，公社干部道："你先回去吧，等过了春节再处理。"

除夕夜里，李鱼海家那条土狗突然疯了。它龇着牙，仰着头，对着天上的寒星，发出了凄厉的哀鸣，这绝对不是狗的声音，而是狼的号叫。大年初一，他的老婆口吐白沫，突然昏倒，醒来后便胡言乱语，一会儿说头被斧子劈破了，一会儿说毛被火把烧焦了，一会儿又说：“我是顾双红，上帝念我杀狼有功，已任命我为护子娘娘。”

李鱼海想拉她去医院，她双目圆睁，大吼一声：“跪下，你这个奸贼！”

十一

现在，那个狼窝已经成了旅游的热点。村里的人，暗中计划着要在三婶一家的合葬处盖一座护子娘娘庙，但又怕上级不准，他们派人进京来找我，希望我能帮他们出出主意，我说：“你们不妨先建个纪念馆，纪念的时间长了，也就成了庙了。而一旦成了庙，也就没人敢拆了。”

本书作品
创作年表

· 澡堂与红床	2011 年 12 月
· 左镰	2012 年 5 月初稿于陕西户县
	2017 年 8 月 16 日定稿于高密南山
· 地主的眼神	2012 年 5 月初稿于陕西户县
	2017 年 8 月 16 日定稿于高密南山
· 斗士	2012 年 5 月初稿于陕西户县
	2017 年 8 月 18 日改定于高密南山
· 等待摩西	2017 年 8 月 15 日于高密南山续完
· 表弟宁赛叶	2017 年 8 月 19 日改定于高密南山
· 诗人金希普	2017 年 8 月 27 日改定
· 天下太平	2017 年 9 月 19 日
· 晚熟的人	2020 年 3 月 12 日
· 贼指花	2020 年 4 月
· 火把与口哨	2020 年 4 月
· 红唇绿嘴	2020 年 6 月

图书在版编目（CIP）数据

晚熟的人/莫言著．—北京：人民文学出版社，2020（2022.1重印）
ISBN 978-7-02-016477-6

Ⅰ．①晚…　Ⅱ．①莫…　Ⅲ．①中篇小说—小说集—中国—当代 ②短篇小说—小说集—中国—当代　Ⅳ．①I247.7

中国版本图书馆CIP数据核字（2020）第116460号

责任编辑　**赵　萍　徐子茼**
责任校对　**刘晓强　李晓静　李义洲**
责任印制　**苏文强**

出版发行　**人民文学出版社**
社　　址　**北京市朝内大街166号**
邮政编码　**100705**

印　　刷　**北京盛通印刷股份有限公司**
经　　销　**全国新华书店等**

字　　数　**207千字**
开　　本　**850毫米×1168毫米　1/32**
印　　张　**12**
印　　数　**1000001—1100000**
版　　次　**2020年8月北京第1版**
印　　次　**2022年1月第12次印刷**

书　　号　**978-7-02-016477-6**
定　　价　**59.00元**